渭北春天树（全二册）下册

休屠城 著

江苏凤凰文艺出版社

图书在版编目（CIP）数据

渭北春天树：全二册 / 休屠城著 . — 南京：江苏凤凰文艺出版社，2023.3
ISBN 978-7-5594-7377-6

Ⅰ . ①渭… Ⅱ . ①休… Ⅲ . ①言情小说 – 中国 – 当代 Ⅳ . ① I247.5

中国版本图书馆 CIP 数据核字 (2022) 第 233295 号

渭北春天树：全二册

休屠城 著

责任编辑	白　涵
策划编辑	朱　雀
营销支持	杨　迎　刘　洋　史志云
绘图支持	岁岁长　荀白茶司　南方喵族　TUTU
内页题字	听　莲
封面设计	小贾设计
版式设计	天　缈
出版发行	江苏凤凰文艺出版社
	南京市中央路 165 号，邮编：210009
网　　址	http://www.jswenyi.com
印　　刷	三河市国新印装有限公司
开　　本	670 毫米 ×970 毫米 1/16
字　　数	526 千字
印　　张	27
版　　次	2023 年 3 月第 1 版
印　　次	2023 年 3 月第 1 次印刷
书　　号	978-7-5594-7377-6
定　　价	78.00 元（全二册）

江苏凤凰文艺版图书凡印刷、装订错误，可向出版社调换，联系电话 025-83280257

稽首三界尊
皈依十方佛
我今发宏愿
愿百姓康宁
国泰城安
再愿来世再结姻缘
早得厮守

她喜欢这片宁静贫瘠的土地,喜欢彪悍又热血的军营,喜欢每日里那些和善鲜活的面孔。

「只要是和他厮守的岁月,她都喜欢。」

目录

- 壹拾壹 情不知 001
- 拾贰 路迢递 018
- 拾叁 两相依 035
- 拾肆 兄弟情 070
- 拾伍 寻白骨 086
- 拾陆 漪旎夜 094
- 拾柒 甘州城 111
- 拾捌 恨别离 131
- 拾玖 长安城 150
- 贰拾 人间事 172

- 番外壹 现代篇 190
- 番外贰 墨离川 201

拾壹 情不知

李渭比以往更沉默。

春天觉得不安，时常偷偷朝他张望，他虽然神色平静，眼神清浅，但下颌紧绷，是疏离的态度。

她有些忐忑。

穿过稀疏荒草的沙碛，西折数里，是一片赭黑交杂的枯山。山中草木羸弱，自南向北漫起十来峰，穿入山间，奇石满目，似戟似矛，如隼如兽，龙盘虎踞，山中辙道弯环，山罅狭窄，穿行其间，颇有目不暇接之感。

是夜歇在山中，夜里山峡阴气森然，两人以胡饼肉干果腹，草草歇下。

一夜无梦，次日春天醒来，天还未大亮，篝火已熄，身边只余枣红马静然相伴，一行蹄印渐次远去，此外再无旁的。

她心里蓦然一惊，急急从毡毯中跳出来，朝着蹄印消失的方向跑了几步，又顿住，只见山峰寂静，怪石耸立，凉风穿窜，四野只余她一人。

是……走了吗？

春天面色惊疑，默默伫立半晌，无力垂手，而后折回宿地。

李渭片刻后即回，手中还拎着几枝小指粗细、通体雪白的植物，见春天已醒，倚石抱着水囊，做沉思状。

她听见马蹄声，抬首，见他归来。

李渭下马，目光镇定，语气和煦，把手中的植物递给她："尝尝，你应该会喜欢。"

她岿然不动，少顷眼中微光跳动，启唇轻语："我腿麻了。"

李渭挑眉，唇角微翘，而后朝她递来一只手。

她把手指搭在李渭掌缘，他的掌厚实宽大，覆有硬茧，两手相握，微微收拢，李渭轻力一提，将春天从地上拎起，李渭待她站定，旋即松开手。

她起身的那一瞬，他见她眼角微红，似有泪意，低声问："刚哭过？"

春天摇头："沙子眯眼里……"

"附近有片盐卤地，夏秋两季天旱，盐卤化出，附近牧民都会来此处捡盐卤，我也去采了一些，以后能用上。我瞧着这附近有不少新鲜羊粪，再往前走走，兴许能遇上在附近放牧的牧民，今夜可以在牧民家借宿一晚。等明日到星星峡，去见个朋友。"

"嗯。"春天点头，靴尖磨蹭着地面，接过李渭递过来的东西。

"是芦苇的嫩茎，这个不多见，我在盐卤附近略挖了几根，给你尝尝鲜。"

春天道了谢，吁一口气，叼一根在嘴中，只觉此物极其脆，鲜嫩爽口，清甜多汁。

她记得爹爹曾说过，甘露川湖水浩瀚，芦苇蔚然若林，每逢冬季缺少食蔬，兵卒们会去湖边摘挖淤泥里干枯的芦苇，剥开枯茎，里头是一截嫩茎，味美极嫩。她一直记得这段，在野马泉见湖边苇丛青翠，粗如细竹，和叩延英折了几根芦苇茎，不过吃到嘴里只觉味寡，口感如絮，不是爹爹描述的那种美味。

李渭微笑道："春来盐卤地冰雪初融，只有那几日，芦苇遇了淡水，猛然抽芽生长，待冰雪化尽，芦苇被硝碱灼烧枯死，但地下的根茎犹存，细嫩生白，藏在地底，这样的芦苇茎风味尤为特别，是西北边陲鲜为人知的美食。"

春天心头微动，抿唇致谢："谢谢大爷，这一路给大爷添了许多麻烦，我心头实在过意不去。"

她模样乖巧，眼睑低垂，李渭站在她身前，解释道："我只出去了片刻，转身即回，没料想你醒得这样早，应当先和你说一声才对。"

"这没什么。"春天摆摆手，连连摇头。

李渭待再想说些什么，见她凝神专注，一心一意吃着东西，也只得按捺住。两人用过水粮，收拾行囊，往星星峡方向而去。

"星星峡是入西域的咽喉，峡在两山之间，地势险要，因两壁之间岩石嶙峋，石含金点，错落如星，因此名星星峡。入星星峡后，再行三日则到了伊吾城，甘露川在伊吾西北五百里处。"

春天点头："我想先去伊吾城，寻寻陈叔叔的消息吧。"

李渭瞥了她一眼："好。"

复行一日，偶见戈壁间有羊群散漫，伊吾周边一带居民多以放牧为生，只是星星峡草木不丰，水源不足，畜牧不兴，此处又偏离驿道，人烟稀少。两人走了整整一日，才在一处山坳见到两三间低矮棚屋，近前一看，屋内陈设简陋，气味古怪，但屋角有薪柴生火痕迹，知道主人外出，还未归来。

不多时，一个披着羊裘的驼背老者背着箩筐，挥着羊鞭，赶着数十头山羊回圈。走至最近，才见自家前有两马散漫吃草，难免惊讶，又见两人，一男一女，俱是年轻，相貌极佳，朝他作揖。

李渭见那老者满脸皱纹，稀疏白发，一双眼混浊不清，上前和老者说明来意，想在此地借宿一宿。

放羊老者不理李渭，反倒呆愣愣地注视着一袭赫红珂罗衣裳的春天，咕哝两声，把手一背，朝屋内行去。

老者在屋内待了片刻，复又出来，拿着一个满布灰尘、蛛丝的发黑物件绕过李渭，径直塞给春天。春天吓了一跳，不知所措地摆摆手，连声道："多谢老伯，我不用……"

那老者不管不顾，嗓子里呼哧呼哧，盯着春天，不断咕哝，径直将那物件往春天怀中塞。

春天无法，只得硬着头皮，伸手去接。

李渭在一旁无奈失笑，一手压住春天的手，一手将老者那物件托在手中，弯腰低头，脚尖一点，划手向老者行了个礼。

那老者见李渭接了东西，盯了他一眼，复又咕哝两声，转身走开。

李渭把东西托在手中，盯了两眼，偏首对春天道："老人家应该是珂罗国人，他见你只着珂罗国衣，却不戴珂罗国冠，礼节有失，所以把这个冠顶塞给你。"

他瞧瞧手中不见原形原色的物品，敲了敲，正色道："这是个错花银冠，不是普通的珂罗国冠，样式古朴，是很多年前的老物了。"

春天惊疑，看着他手中黑乎乎的物件："既然老伯是珂罗国人，怎么会孤零零一人留在这荒无人烟处？"

"许是什么原因滞留在此处，不得归吧。"李渭叹道，"伊吾地处要塞，胡汉交杂，人潮兴旺，往来络绎。"

两人将银冠摆在地上，春天用布巾去擦蛛灰，露出发黑的银冠，花枝纠缠，一叶一花栩栩如生，只觉颇为不俗。

银冠通体錾花，花叶枝蔓都用银丝缠绕而成，珠玉点缀其中，重工精美，只是陈年旧物，保养不当，致使明珠蒙尘。在此凋敝山野间，牧羊老者家中藏有如此富贵之物，两人心中都不免惊讶。

耄耋老者驼着背，将羊群赶入圈中，背手进了屋内。半响后出来，他已经脱了羊裘，着一身破旧到看不出颜色的百结衣，捧着个豁口的黑陶大碗，将近旁一间木屋的门推开，将碗搁于门旁，用混浊的眼看了两人一眼，也不说话，蹒跚走开。

倒是个古怪又孤僻的老人家。

春天见老者回了屋内，将屋门紧阖，又见李渭走进木棚，将碗端起，仔细端详。

碗中盛着小半碗混浊的液体，那气味尤其古怪，似有酒香，又有腐肉的气味，李渭缓缓晃动黑陶碗，低头微嗅："这是珂罗国的迎客水酒，是羊羔酒。"

李渭摇摇头，将那碗搁在原处，春天跟随而上，近前瞥见那黑陶碗，瞪圆了眼，旋即又将眼神挪开。

那酒水里漂着密密匝匝的白色小虫，沉沉浮浮于其中，线长模样，头部两黑点为眼，尾部尖翘。

"是酒虫。"李渭解释道，"无毒无害，倒不碍事，就是有碍观瞻。"

木屋低矮昏暗，被大片灰尘裹着，处处结满细密蛛丝，角落堆着红柳、芨芨之类的柴火，窗下贴墙放着一张短窄木榻，上头胡乱堆着些陈旧的布帛被褥，一侧还翻着只蒙灰的虎头布枕，这似是家中儿童的睡榻。

李渭见此情景，斟酌道："今夜就先如此吧，夜里山石迷障，极易迷路，明早再赶路。"

春天点点头。

夜幕降临，李渭去敲老者的门借用薪柴。屋内亮着莹莹微光，门窗却一直闭着，屋内混浊又奇异的气味隔着缝隙飘来，老者听见李渭在门外说话，近前来隔着窗含糊咕哝几声，又自顾自地走开。

李渭行走西域许多年，粗通胡语，只是老者语调怪异，口音奇特，几乎听不出他说的是什么，又孤僻不与人接触，只得作罢，自去生火。

春天瞥瞥屋子里的火光，狭小的窗上隐约映着牧羊老者弯驼的身影："我们是不是打搅了老伯，惹他不悦了？"

李渭将火烧起："许是这山坳经年未有人经过，他一人独居惯了，孤僻不爱与人言而已。"

两人简略吃过，听见老者在屋内咳嗽几声，灭了灯火，歇息去了。

春天回了木屋，拍拍那只破旧的虎头布枕，将木榻一角简略收拾，只打算胡乱凑合一夜。木屋窗洞窄小，木条破碎，只有一线月光借着窄窗透入。

李渭守在门外，身影筛过门缝投在地上。此夜月光甚亮，通透舒爽，但春天只觉呼吸压抑，自进入此山坳已来，只觉鼻尖一直萦绕着一股奇异的气息。那气味有丝古怪，又很陈旧，像是兰香和恶臭糅合在一起，极其微弱，但屡驱不散，瞬间被风拂去，又被风吹来。

她被那一丝气味熏得脑仁发疼，蜷躺在那小榻上，只觉眼皮黏厚，身体沉重，很快睡去。

夜半时分，春天模糊听见一阵低语声，间夹着咕哝咕哝的笑声，睁眼只觉头昏脑涨，门缝泻出一丝微光，她瞧见李渭静然站立，不知在看些什么。

她下榻，推门而出，门吱呀一声轻响，惊扰了月下之人。

春天顺着李渭的目光望去，借着流淌月色，可见屋前正中有一张残破黑椅，椅上斜靠着一人，正沐浴着清亮月色。

那椅上之人，着一身已褪色的绯红珂罗国袍，头戴珍珠高冠，身佩宝玉腰带，衣下身量极其修长枯瘦，骨骼在衣下扭曲得近乎诡异。

月光洒在脸庞上，这不是一个人，乃是萎缩成一条的灰黑干尸，已然发硬发干的肉束粘连在骨骼上，皮肤已然结壳成破帛，一片片斑驳掉落，亦不辨男女，不知容貌。

浓郁的气味从干尸身上传来。

春天目睹此景，汗毛倒竖，不知如何应对，突然被李渭捏住手，一阵微痛从手心传来。

老者旁若无人，自言自语地咕哝着，替干尸肃正衣冠，又驱赶上面的蚊虫，将干尸的手臂双腿露在月色下，似是晾晒。

他动作柔和，面容温和，仿若殷勤地对待爱侣，眼里满是殷殷情谊。

李渭不惊不惧地朝着干尸躬身，施以敬意，又扯扯春天衣袖，春天回过神来，也依样行礼。

她被李渭拉着回了屋，李渭见她呆怔，犹未回神，示意她噤声，小声向她道："不必害怕，那一位怕是老人的家人，只是死去多年，依照珂罗国秘法，最后制成人干留存于世，老人和干尸同吃同睡，怕是早已疯癫，避居在此，却遭我两人误入。"

他的目光停留在那银冠上，内心满是惋惜："可惜一代传奇，最后落此下场。"

春天被那月下之景震撼不已，抱着李渭的酒囊灌下几口烈酒，双颊通红，后半夜未曾合眼，在小榻上枯坐至天明。

晨起太阳高悬山谷，雾气上涌，李渭在屋前留下一点碎银，留下那一顶已被擦拭得恢复当年潋滟光彩的花冠，带着春天悄悄离去。

李渭带着春天朝星星峡一路行去，见她脸色犹是苍白惨淡，安慰道："胡地风俗异样，礼仪不同我邦，有些惊世骇俗之事在他们眼里不过稀疏平常，不用太过计较这些。我们奉行入土为安，不可亵渎逝者躯体，但在他们眼里，灵肉合一，把尸身守住，才是大敬。"

春天点点头，也不得不道："书上皆说西北各族茹毛饮血，生性残暴，吃人杀人，其实只是民智不化，蒙蔽不通。"她顿了顿，接着道，"如若教以礼仪，授之教义，他们和汉人，也没什么不同吧。"

"塞外不比关内，关内有良田沃土，气候宜人，适合居住。塞外苦寒，只能游牧为生，大部分部族勉强温饱，为求领地和子民，养活人口，不得不左征右战，杀戮为生，被中原轻贱不齿。"李渭道，"其实人都是一样的，冠冕堂皇之下，哪里都有生嚼血肉之人。"

马儿穿行山野之间，走了有二十余里，入一山，山中几为不毛之地，满目光秃山岩，土色甚奇，黑、黄、青、赤皆有，风亦嚣张，尘沙刮面，最后两人穿过一方极狭小的山罅，眼前突现一抹青色，满目荒凉之间，几株胡杨张牙舞爪，几排破旧屋落横七竖八地错落山间，有羊群牛马漫步在荒野中吃草，懒散的牧人悻悻跟随之后。

"到了。"李渭指着不远处的村落，"这是星星峡附近的一个村庄，叫山窝子，仅有七八户人家，都是附近聚集在此的牧民，这里再往前行二十里，就是星星峡。"

村庄简陋，只因附近有一口牲畜喝水的苦井，牧民们才聚集此处，筑屋而住。村内连路都未有，只有一条牛马踩出的土路，两侧几间泥屋木棚，一派惨淡衰败之气。李渭带着春天行入村子，有白发苍苍的老者见生人近前来，好奇地倚门相望。

李渭停在一处屋舍，看模样比左邻要洁净些，下马敲门，静等片刻。

灰暗的木门吱呀一声开了，随后有个身姿窈窕的年轻女子探头出来，那女子不过桃李年华，皮肤白皙，脸蛋浑圆，一双微狭单眼，头发浓密乌黑，穿长襦裙，气质柔顺乖巧，与这土尘破舍格格不入。

女子见李渭，初时惊讶，而后惊喜，连忙敛衽笑道："李郎君。"

"真姬，经年未见，你可还好？"

"奴很好，这几年不见李郎君，奴心里一直惦念着您。"那女子圆脸上笑意盈盈，见李渭身后跟着名清丽少女，容貌不俗，年岁尚小。

"她是春天，从长安来。"李渭介绍，语气一顿，"我带她来见赵宁。"

真姬颔首，屈身温顺道："贵客相至，蓬荜生辉，两位快快里面请。"

屋里只真姬一人，院落窄小，却收拾得纤尘不染，井然有序，真姬将李渭和春天迎至榻上坐定，婉转一笑，徐徐退身去准备茶水。

春天听真姬话语柔婉，语调微异，又打量四周陈设，与汉家微有不同，心头正奇异，李渭低声道："真姬是新罗人，我这位友人名赵宁，在星星峡驻守，真姬是他的婢女，他把真姬安放于此，隔几日会回来看看。"

话音未落，真姬叩门而入，跪捧来手巾、热帕、茶水，正要服侍两人，李渭抽过手巾，笑道："你不必奉我，我自己来。"

真姬听此话语，亦是微微一笑，屈身就近春天，捧过手巾端于春天面前，举过头顶："请女郎净手。"

"多谢。"春天瞟了李渭一眼，见他满眼笑意，也摆摆手，"多谢姐姐，我自取便是。"

真姬跪在一侧，焚香净手，为两人沏了一壶茶水。

时下长安显耀之家，尤爱一掷千金，又广蓄昆仑奴、新罗婢，以竞豪奢。

春天听闻新罗婢女，皆衣长襦，盘发以缭首，以珠彩饰之，无不婉顺柔美，正是真姬这个模样，很受长安浪荡子弟的青睐。

李渭大概是熟知真姬这套礼仪，见她行云流水般沏完茶，才开口问："允静仍是三日一归？"

允静是赵宁的字。

"正是，主人前日才走，应是明早得归。"她声音柔美，问道，"郎君前来，我唤人去通会主人一声，让主人早些归？"

李渭摇头："不急，等他明日归家即可。"

真姬俏然一笑："主人不在，奴僭越招待郎君和女郎，若有怠慢之处，请恕奴拙笨。"

李渭道："是我叨扰府上，给你添麻烦了。"

"郎君是主人好友，是贵客，从前也是家中常客，何来叨扰之说？"

春天见两人言语颇是熟稔，又是旧相识，唇角带笑，默不作声地在一旁喝茶。

李渭觑见春天面容上虽带着笑意，眼里却波澜不起，颇有些心不在焉。见矮几上有碟炒白果，他捏了几颗在手里剥壳，一面和真姬说话，一面将白果仁推到春天面前。

春天看着剥好的白果，垂着眼，犹豫了片刻，摸了两颗，也不吃，捏在指尖搓揉，将发硬的白果仁捏软。

李渭的目光落在她指尖，春天抬眼瞥了瞥他，又将手中的白果放回了桌面。

李渭挑眉。

春天目光清澈地回应他。

真姬在一侧，见两人一个青春少艾，一个英朗沉稳，虽都是面容带笑，喝茶说话，眉眼往来却有丝奇异的兴味，也不由得唇角带笑，翩然起身："时辰不早，奴去厨间准备几道小菜，请郎君和女郎喝茶稍坐。"

李渭替春天斟茶："赵宁出身山东豪族，被家中打发来这边陲之地磨炼，是我军中旧友，起初在墨离军，后来去往伊吾军重，近两年在星星峡轮戍。临行前，我托他打探你陈叔叔的下落，此番来，一则问问陈中信的消息，二则劳他带入伊吾城、甘露川，皆非难事。"

春天听得此言，诚恳向他致谢："大爷一路帮我，我竟无以为报，深感惶恐。"

李渭见她神色凝重，内心一声低叹，举起一枚白果干，递在她面前："不爱吃吗？"

春天微笑："我吃白果后，唇角会生痒泛红，有些不适。"

李渭收回手："抱歉，我竟不知。"

"无事。"她摆摆手，将桌上的白果仁推给李渭，"借花献佛，请大爷用。"

李渭点头，也捏起一枚白果仁，在指尖揉捏一番，半晌送入唇中。

未过多久，真姬捧来一个食盒，正是两三道时蔬小菜、一碟羊肉，虽然食材简单普通，但在她的巧手下，点缀得色彩鲜亮，不啻山珍海味，勾人垂涎。

"此地物产不丰，奴手笨拙，饭菜粗劣，让郎君和女郎见笑了。"真姬将饭菜摆上案几，"我记得郎君最喜欢汤饼，奴做了羊肉汤饼。女郎从长安来，奴思忖长安无所不有，饭菜应也精致爱鲜，奴做了五色捻头，请两位勉强用些吧。"

"多谢。"李渭笑道，"劳烦真姬，竟然记得我的喜好。"

真姬微微一笑："奴记得以前郎君每次和主人吃酒，汤饼都要比旁物用得多些。"

春天倒是一愣，她从来都看不出李渭的喜好，只觉他凡事都是无可无不可。

饭菜已具，真姬只在一旁伺奉，不肯同桌，李渭和春天两人执意相邀，她才抱了个坐褥，在一旁坐定。

席间闲话，真姬知道两人从甘州城往伊吾去："听主人前日说起，伊吾城近来守卫森严，前些日有两个守城兵卒偷偷离岗吃酒，被军里捉住杖杀，待晚间主人归来，郎君和主人谋划后再行吧。"

春天抬眼看了眼李渭，李渭点点头："我等他回来。"

真姬又问李娘子好，李渭苦笑："她未熬过今春，已病重辞世……"

真姬连连道歉，又说节哀，她最擅察言观色，将此话带过，只拣些日常之事和两人说道。

从玉门之后，春天一路风餐露宿，难得饭菜精细，加之真姬殷勤招待，令人有如沐春风之感。

饭席撤后，李渭带马儿出门去吃草，真姬带春天去歇息。

她把春天引入卧房，铺床抱枕，春天见房间浮动一股馨香，处处洁净素雅，屏风后又有浴桶，眼睛一亮。真姬知她心想，提热水进来，殷勤地要替春天更衣沐浴。

春天颇有些不好意思，被真姬脱下外裳后，啼笑皆非地捂着胸口道："姐姐，我自己来即可。"

真姬见她双颊微红，知她羞涩，将素屏掩住，笑道："那奴守在外头，若女郎有事，唤奴一声就好。"

春天点点头，见真姬跨步出去，将门带上，吁了一口气。她将里外衣裳都褪尽，胸口还缠着一层厚厚的白布，日夜不除，平素还不觉得难受，此时一脱，少了束缚，只觉胸臆舒畅，再浸入热水中，宛若重生之感。

一路穿行沙碛荒野，幕天席地，她也未曾想到，她竟然就这样走过来了。

等春天换衣出来，真姬眼前一亮，见春天又换了一身骑马便装，衣色浅淡，却是有掩不住的清新动人："女郎貌美，应穿襦裙。"

"这样骑马方便些。"

她头发湿着，还未束起，真姬捧过布帛，替她擦拭长发："女郎发只及肩，是刚铰过发吗？"

春天点点头："行路梳洗不便，头发短些便于打理。"

真姬了然地眨眨眼，想起自己昔年跟随主人奔波的经历，无不赞同："跟着郎君们上路，确是辛苦些，他们潇洒惯了，只爱骑马，风餐露宿，也不知备车，这样也好有个休憩遮蔽之所。"

这一路哪里有能坐车的安逸之地，春天无奈笑道："骑马方便些。"

村中苦井水咸，一般人饮则腹痛，李渭刚从远处山泉中帮真姬汲水回来，进门一见，庭中余晖之下，真姬执梳，正替春天一缕缕地篦发。

两人正在说说笑笑，听见吱呀门响，俱是回头，见李渭提水归来，真姬温婉一笑，春天却把笑容收回，凝在了唇角。

真姬手巧，替春天梳了个半髻，将一把碎发都拢在耳后，更显得少女娇俏灵

动。梳完头，真姬左右端详，自言自语，又像是对李渭道："这样是不是显得太稚嫩？"

李渭的目光原本落在别处，挪回瞟了一眼，慢悠悠喝了口茶。

天色不早，已近日暮，真姬煮了羊汤，烧了炙肉，吃完晚饭堪堪天黑。

村中人少，清寂异常，连狗吠都几乎无，只有邻家有几个孩童，打闹声隔墙传来，平素里真姬只一人在家，冷冷清清，早早就歇了。今日添了来客，有人做伴，真姬心头亦是喜欢，特意在屋檐下掌了烛火，沏茶说话，又见月色尚可，抱出胡琴："夜里无事，我近来新学了胡琴，权当鼓乐，奏给郎君和女郎听听，解解闷可好？"

两人都坐在檐下："可。"

胡琴幽怨，琴声清绝，素来作边塞乐，可催人泪。真姬撩拨两下胡琴，指尖一转，弹起家乡小调，那曲调欢快又跳跃，仿若林鸟跃动，涧水哗啦，于哀怨底乐中自有一段生趣。

一曲奏毕，真姬幽幽住手。

李渭拍手称好，春天只觉那曲调不落窠臼，和往常听的都不同，问真姬："姐姐弹的是什么曲子？"

"这个是奴家乡的浣衣曲。"真姬笑道，"小时常随姆妈去水边洗衣，当地妇人们都会一边洗衣一边唱曲，如今离家多年，这曲子却一直念念不忘。"

"也不知如今家中是否旧模样。"她离开新罗已然十多年，儿时漂洋过海，被进贡给异国的达官贵人们，最后被辗转赠送，随着新主人来到这离家万里的边塞之地。

李渭和春天皆是沉默。

"奴怕是此生不能回去啦。"她感慨，拨了拨胡琴，"只能时时弹起家乡曲，莫忘莫忘。"

真姬欠了欠身，缓缓退下："不早了，郎君和女郎早些歇息吧。"

月色清亮，月下两人喝茶赏月，纹丝未动。

良久，春天起身："大爷早些歇息，我也睡去了。"

李渭点点头。

她缓步前行，忽然又回头道："我自己去伊吾，大爷回甘州城吧，长留还等着大爷回去呢。"

次日春天起得稍晚。

昨晚对李渭说出那句话后，她心头舒坦了很多，但躺在软和的被褥里，突然觉得有无可名状的情绪充盈心田。

说到底，两人不过也是萍水相逢，彼此并不算了解，更不应该牵扯太多。

真姬和李渭在窗下用早饭，见春天推门出来，真姬笑着起身迎她："女郎昨夜睡得可好？"

春天眼下犹有淡淡青痕，微笑点头："很好。"

三人用过早膳，真姬烧水沏茶，难得这样的穷乡僻壤还有这样的香茶，真姬笑："主人只喝江南的紫笋茶，这还是问路过伊吾道的茶商们高价买的。"

一壶茶喝毕，真姬看看滴漏："主人快回来了。"

不过半烛香的工夫，门外有清朗的男子唤道："真姬，真姬。"

真姬喜笑颜开去迎接："正说着呢，这就到了。"

门被一只优雅修长的手推开，桃花眼、风流眉、倜傥不羁的年轻男子抱着兜鍪进来，挥手拍拍自己的铁甲，抬眼寻真姬。

冷不防见到庭中有熟客，赵宁眼中大放光彩，惊喜交加："大哥，怎么是你？！"

李渭微笑："我去伊吾，特意来看看你。"

真姬踮脚给赵宁卸甲，他站着任真姬伺候，眉飞色舞地伸过一只手，用力捶着李渭的肩膀："去年大哥路过星星峡，咱们就匆匆说了一句话，我还寻思什么时候把这破差事丢开，回河西找你去，没想你就来了。"

赵宁是山东豪族，家族中人才辈出，屡出显要，他却是个眠花宿柳、走马观花的浪荡子弟，父亲嫌他败坏家风，把他扔到这鸟不拉屎的边塞来历练几年，妄想他洗心革面。而他浪荡惯了，在军中也是厮混，这几年从河西混到北庭，换了好几个地方，却依旧不改性子，依旧花天酒地，走到哪儿都要带着美婢伺候。

"没想这么快又见面了。"李渭笑，"不劳你动身，我自己来，你这回可没理由再逃回河西了。"

赵宁"哎"了一声："大哥说笑，怎么能算逃呢，我又不是逃兵。"

"你从边塞驻军换到烽戍，再这么疲怠下去，让令尊知道，何时才能放你回去。"

"回不去就回不去，我也不稀罕。"赵宁"哼"了一声，"这儿天高皇帝远，我巴不得在这儿待一辈子呢，落得个逍遥自在。"

"不说这些。"赵宁早已瞥见李渭身侧有人，是个眼神沉静的窈窕少女，"咦"了一声，他挑眉，满脸笑地谑问李渭，"这是谁家的小娘子？"

春天清清朗朗地向赵宁躬身行了个礼，说了自己的名字。

"这名字倒是有趣。"赵宁笑盈盈地瞅着李渭，"是大哥的？"

李渭打断他的绮思："是一位故人的女儿，春天从长安来，因有些事要去一趟伊吾，我和她同行。"

赵宁复又挑眉，见李渭目光坦荡，耸了耸肩膀，拉着李渭入座："大哥还是老样子。"

他连声唤真姬备酒备宴，真姬早有准备，抱出一坛子酒出来，又去准备膳食。

赵宁和李渭坐下对饮，春天坐在一侧喝茶。

"大哥从甘州城来？何时来的，也不提前知会我一声？家里一切都还好吗？"

李渭直截了当："去年冬你嫂子病重不起，今春病逝，没有去信知会你，一则她走前不欲给远道亲友添麻烦，二来你戍守关要，我不想你来回奔波。"

赵宁慢慢停住手中酒杯，他和李渭相识数年，知道李渭经年为李娘子奔波求医问药，也见过李娘子二三面，每次去她都在病中，但听到此消息，仍是诧异。

两个男人碰杯，赵宁摇摇头，安慰李渭："上次见嫂子还是三年前，心头一直挂念着再去看看，没承想如今已天人永隔……嫂子走时还安稳吗？"

李渭转动酒杯，动动嘴唇："她沉疴多年，得了解脱，只是不放心孩子。"

"生老病死，人之常情，大哥节哀顺变。"

李渭饮尽杯中酒，淡声道："习惯了。"

他的一生，无不在面对亲人的离去，起初是亲生父母，而后是养父母，最后是从小一起长大的妻子。

世事无力，鬼神不仁。

两个男人喝酒叙旧。说起星星峡烽戍，赵宁大吐苦水，星星峡比别驿更苦寒些，烽堡内只有苦水，两间脏兮兮的店子，连往来的商旅都不愿在此处驻留，他只得把真姬放在离星星峡最近的村子，隔几日回来住一日。

李渭说起一路遭遇，冷泉驿的遇匪和莫贺延碛的胡商，无不担忧："你扼守星星峡，日夜还是要谨慎些，日后若要战起，星星峡首当其冲。"

"纵然要战，那也是伊吾军先扛着，星星峡只有两百驻兵，战马不过五十匹，兵将老弱，连北宛的一支铁甲骑兵都抗不过。"

赵宁问："大哥这几年过得可好？有其他打算吗？"

李渭点点头："甚好。"

赵宁听见他如此说，有些话不知当讲不当讲，揣度片刻，而后问："好几年了，大哥还未放下吗？"

他嘟囔："我的命是大哥救起来的，当年的功也是大哥立的，陈英将军还在等大哥回墨离军去呢。"

"我既然出来，又岂有回去的道理。"

赵宁脱口而出："那事又不是大哥的错，何苦逼自己来？难道大哥以后都打算跟着商队来回奔走,受苦受累,却一世碌碌无为吗?"

李渭敛眉,不说话。

春天在一侧饮茶,听到赵宁话中有话,难免好奇,又见李渭无意识地摩挲着杯沿,静静地瞟了他一眼。

李渭回神,撞入春天漆黑沉静的眸光,见她双手捧着空空的茶盏,不知在想些什么。他的目光软下来,吁了口气,起身先替春天倒茶,再回赵宁:"我这几年跟着商队行走,积攒了一笔银子,有了其他打算,家中还有独子需要照料,过去的事,就不论了。"

赵宁挠挠脸颊。

两人静静喝酒。

半晌后,赵宁淡淡道:"我也只是替大哥不值。"

李渭问他:"你是家中长子,带着真姬在这荒寒边陲苦守六年,就为了气你父亲贪财续娶商女,又值得?"

赵宁叹气,拍桌:"罢,罢,不提了。今日和大哥一聚,必得好好喝一场,不醉不归。"

两人你斟我酌喝起酒来。

喝着喝着,两人的目光落在了春天身上。

她笔直踞坐,捧着茶杯啜吸,面容上看似仍有心事。李渭单刀直入,先问起陈中信之事,赵宁挑了挑眉:"大哥上月未收到我的信?我托我爹的关系在伊吾打探了一圈,此人五年前得罪了上峰,因腿疾从军中出来,往轮台县当了一名县吏,大概三年前,他辞官在西域各处游荡了一阵,近来听闻他投靠了车师贵族,当了交河城主的幕僚。"

赵宁进屋翻找了一番,递给李渭一封书信:"我还吩咐这个牵线人,问到了一个址所。"

赵宁送信之时,李渭已然追着春天出了玉门。李渭阅过书信,递给春天,春天接过一看,心头涌动,一颗悬着的心终于落下来。

春天捧着书信,指尖微颤,先躬身谢过李渭,再谢赵宁,眼眶微润:"太好了。"

赵宁询问似的瞥李渭,李渭三言两语简略说起与春天的渊源,赵宁听毕,认真扫视春天一番,目光灼灼:"小娘子,你要去收殓你爹的骨殖,是认真的?"

春天点头。

"有出息。"赵宁跷起拇指,"这两年戍守星星峡,遇到过不少历经艰难也要将同乡尸骨背回乡安葬的,也有千里迢迢披麻戴孝来奔丧的,孤身女子前来,

013

我还是头一次见。"

他转向李渭："大哥你不劝劝她？"

李渭苦笑摇头，春天亦是勉力一笑，抚平膝上衣袍："如今得知陈叔叔的下落，也不算得难事。"

她看了眼李渭，向赵宁道："找到陈叔叔后，陈叔叔可以帮忙指引我入甘露川，再依爹爹行迹前往战址……只是，我没有关牒，前路难行，不知公子可否帮忙将我带入伊吾城，我再往交河城。"

赵宁支颐："这倒是不难，月底伊吾城有浴佛节，届时可以将你带着。"

他看向李渭："大哥一起去？"

李渭未回话，却问："如今伊吾、北庭一带情况如何？"

"北宛人近来蠢蠢欲动，听说北宛王的次子贺咄带着亲兵，已经在折罗漫一带显迹。人心惶惶，闹得伊吾近来也有些不安稳，龙城主这阵子吓得惶恐，他当年出卖了谷利施，导致伊吾大破北宛大军，这才挣到伊吾城主的位子，若北宛一来，伊吾该死的第一人，非他莫属。

"另外甘露川最近在蓄战马，严训军兵，甘露川周围守得如同铁桶一般，连附近牧民都不许入，若外人要入甘露川，怕是有些难处。"

春天听完此言，蹙眉怔了半晌。

这一席酒一直从午后喝到入夜，赵宁喝得醉醺醺，被真姬扶去安歇。

春天挽起袖子，收拾满桌狼藉。

李渭也微有醉意，倚在榻上："一定要去伊吾，找你的陈叔叔？"

"嗯。"她点点头。

"去伊吾很麻烦。"李渭扶额，"我觉得不可去。"

春天停手，点点头："大爷出来很久，可以早些回甘州城，见到长留，替我问声好。"

李渭起身问她："不问问我为什么不去吗？"

她道："大爷也有自己要顾及的人和事。"

李渭"嗯"了一声，起身离开。

次日天未大亮，春天听见追雷的声音，隔窗一看，李渭牵着马往外走。

她匆匆起来，追着他出门："大爷是要走吗？"

他点点头，挑眉，目光深沉地望着她："送送我？"

她心头一沉，贝齿紧紧咬住唇，点点头："好。"

两人一路沉默，走到村头胡杨树下，晨风微微，荒野静谧，他止住她："回去吧。"

"大爷保重。"

李渭头也不回打马远去。

春天静静扶着树,望着他的背影,目送他远去。

他的背影坚毅又沉默,却从来不孤寂,那一双肩膀,可以担负日月星辉。

她慢慢蹲下来,在胡杨树根处坐了许久,才慢腾腾地往回走。

身后不远处,有人温柔道:"为什么哭呢?"

她回头,李渭站在低矮荒草间,静静地注视着她,远处是啃草的追雷。

她眼里还噙着晶莹的泪珠,未来得及把面上的悲伤藏起来,结结巴巴:"大、大爷?"

他拎起水囊:"我去附近山泉中打点水。"

春天急匆匆用手背抹去泪痕:"哦,那大爷什么时候回甘州?"

"我从未说过我要回甘州。"

他慢慢走近她,目光柔和,俊眉蹙起:"我是不是不经意间惹你伤心了?"他叹气,"那天,你醒来看不到我,是不是以为我不辞而别,抛下你走了?所以,那天早上,你哭过了?"

春天结舌:"没、没有。"

"我为我说过的话向你道歉,我不会抛下你。"他道,"行路的规矩,有始有终,既然把你带来,也一定要把你带回去。"

他和她并肩而立,温柔道:"春天,我带你去吧。"

"与其花费大量时间去伊吾,去交河城,去找陈中信,再谋划去甘露川,跟军中周旋去寻你爹爹的遗骸,不如我带你从此处穿过贪汗山,去往北宛国,趁着两方战事未起,还有一点安宁时间,沿着曳咥河去找你爹爹。"

春天踌躇,摇摇头:"长留还在家中等你。"

"我让赵宁送信回家,告诉家中我们平安。长留很喜欢春天姐姐,想必,也不愿见我一个人独回,也盼望我把你带回去。"

"我经常惹大爷生气,让大爷不高兴。"

"我从未生过你的气。"他点点头,漆黑的眸子看向她,那黑沉的眸光几乎让她战栗。

"来。"李渭向她伸出手。

她思索再三,将双手藏在身后,轻轻地摇摇头:"我不能再麻烦大爷,我是个累赘。"

"我愿意的。"

他伸手耐心等她。

春天悄悄蹙眉，挪开视线，目光游离在旷野，荒凉的天地，低矮的泥屋，单薄的村庄，还有身边伸向她的那只手。

她脸色波澜不惊，嘴角却不可抑制地微微翘起，像贪甜的孩子，千辛万苦之下终于得了一块糖。

只有小小一块糖，天真的小孩子就能上当受骗，跟着人远走高飞。

她偷偷觑他一眼，黑白分明的眼里还泛着刚哭泣过的红潮和泪光，而后她小心翼翼伸出一只手，放在他的掌心。

他顺势握住她的手腕。

"李渭。"

"嗯？"

她的尾指在他手心中挠一挠，泛起轻微的痒："别走开，我会害怕。"

我怕你和我阿爹、阿娘一般，走开之后，再也不会回来。

我不能把我最后一点东西都失去。

"好。"

"李渭。"

她抽抽鼻子，嘟囔："我不知道你喜欢吃汤饼。"

"我也不知道你吃白果会发痒。"

两人相视一笑。

她想，终有一天，我会知道你的所有。

他想，他的人生所遇不多，前路走一走又有何妨。

赵宁得知李渭和春天要翻过贪汗山往北宛去，想了想，亦是点头："贪汗山后是北宛铁赫部，铁赫人性情温和，与人为善，经铁赫部再至曳咥河，确实是一条便捷快道，比入甘露川要快得多。"

他一面吩咐真姬替两人准备行囊，一面跟春天调笑："女郎不跟我去伊吾，我心头倒有些空落落的。"

春天嫣然一笑，向他躬身施礼："我有个不情之请，还想麻烦赵公子，帮我送封书信给交河城的陈叔叔。"

她将手中书信折好，在指尖捏了捏，递到赵宁手中。

李渭亦在收拾，此去要翻越雪山，虽是夏日，山中亦是冰天雪地，要多备些毡裘、火绒一类。

赵宁也赶着回星星峡戍值，同两人一道走出家门："你们放心，书信我会吩咐人好好带出去，你们归来后，也给我报个平安。"

去向不同，两方在村外即分道扬镳，李渭上马，看着远处真姬孤零零的身影,挥手告别赵宁:"星星峡非长久之计,想走就带她走吧,她一人在此,终是不便。"

"知道了。"赵宁回首亦看了一眼,向李渭挥手告别。

李渭带着春天往西北行去,他在前,春天的枣红马追随追雷,慢悠悠晃在后头。

荒野暑气腾起,风倒是有些凉爽,春天披上风帽:"李渭,前头都是什么地方?"

"除了沙碛外……"李渭想了想,"绿洲、牧野、寒原、雪山。"

春天在心中掰着指头数了数,狡黠笑道:"这算是风、花、雪、月了吧。"

李渭想反驳她,仔细想想,说的也确实不错:"是风花雪月,也是牛鬼蛇神,再往后,一天四季,十里不同天,我们要更小心一些。"

她郑重点点头:"你走过这条道吗?"

他道:"未曾。"回头看她,目光带笑,"怕吗?"

她驱马,和他并驾齐驱:"不怕,莫贺延碛那么可怕的地方都走过了。"

前面嶙峋山石间逐渐裂出一道宽敞山罅,山风烈烈,被风吹拂的衣袍飞腾,她索性打马一溜烟顺风跑走,催他:"李渭,你快点呀!"

他跟在她身后,晃悠悠呷一口酒,挑眉:"你打算一直这么称呼我?是不是有点为幼不敬?"

"不可以吗?"她清脆的声音顺着山风吹来,理直气壮,"我及笄了,属长非幼。"

李渭摇摇头,莞尔一笑,黑眸晶亮。

拾贰 路迢递

两人穿过一道曲折山罅，前方突然豁然开朗，蓝天澄净，白云似练，绿草如茵，原来自己处于这片枯黑岩山的半山腰间，马蹄下是破碎的山石，下方是一片茂盛的芦苇荡，如河流般蜿蜒向前。

两人下马，因脚下乱石滚动，土坡松软，李渭先让春天留在原地，自己牵着追雷，择了一块缓坡往下行走，安稳落地，才对春天道："你先把马留下，小心下来，我在这儿接你。"

她点点头，抓着土壁一步步谨慎往下走，脚下土石滑动，见李渭在下方神色慎重，探手等她，最后索性三步并作两步，撑着石壁往下一跳，也不用李渭接着，笑嘻嘻跳在了地上。

李渭的手捞了个空，微微一笑，再上山腰去牵春天的马。

时值伏月，烈日灼烤，旷野没有遮挡，暑气炎炎。好在风从山间来，微带凉爽，与当日莫贺延碛的酷烈相比，不啻天上人间。面前这一片芦苇荡高过人肩，微风拂过绿浪滚滚，苇花摇曳，探寻一番，附近却不见水声，许是地下有地泉流动，才滋养了地面上这一条绿河。

李渭带春天穿行其中，视线被高高的芦苇遮挡，浑身落满芦苇清香，只得驱马低头闷行。

马蹄惊起栖息在苇丛中的鸟儿，黑色的鸟群扑棱棱地蹿飞而起，那鸟大如鸡，身躯又肥硕，浑身漆黑，扇着翅膀扑腾扑腾，却也不惧人，不远去，只顾在两人肩头盘旋，呜呜对着两人叫。

"这鸟为何不知躲避？"春天随手挥开一只在手边扑腾的黑鸟，"它们好肥，晚上我们要烤鸟吃吗？"

李渭道："这不是普通的鸟儿，这是油鸡，多生活在村落附近，此处不知为何集聚了一群，它们也不是不惧人，只是在找我们帮忙。"

"帮忙？怎么帮？帮它吃到五脏庙里祭菩萨吗？"春天笑。

李渭笑盈盈瞥她一眼，朝着鸟群招招手，拍拍肩膀，顿时有鸟儿争先恐后地落在他肩头两侧，李渭随手捏住一只，双指按住鸟儿身体，顺着根部往下一捋。

噗的一声，在李渭的手下，自那黑鸟尾部射出淡黄油液落在地上，还伴着淡淡腥臭，黑鸟被挤出了油液，扇扇轻盈的翅膀，呀的一声腾飞远去。

李渭身侧的黑鸟争先恐后地朝他肩头挤去。

春天瞥见那道被挤出体内的油水，闻到一股奇妙气味，愕然顿住抚摸黑鸟油滑羽翼的手，瞪圆双眼，抵住下唇，一副由欢喜转为嫌弃的模样。

"它们尾部有油，每日里都要排泄油气，也喜欢找人帮它们挤压油汁。"

"晚上想吃烤油鸡吗？"李渭斜眼问她，"油水应该很丰盛。"

"不用了，多谢……"

春天看着李渭捞起一枝芦苇嫩叶，将手指擦拭干净，也悄悄将刚触碰油鸡的手指在枣红马上反复擦拭："我吃胡饼就好了。"

她嫌弃地耸起肩膀，马鞭凌空一挥，将身侧黑鸟驱散，落荒而逃。

两人出了芦苇丛，见天色已暗，择一处胡杨树荫休息。春天抱柴生火，李渭去采野蕹，烧了热汤，吃的是真姬做的胡饼，巴掌大小，胡麻焦香，内里有咸馅，脆爽咸香，味道极好。

晒了一日烈日，春天早已生困，吃过东西，暗暗伸了伸懒腰，抱着毡毯神思昏聩，迷糊着见马儿簌簌吃着头顶的胡杨嫩枝，李渭掏出匕首，在胡杨树上收集凝固的胡杨黏泪。

她伸手，也在身后的树上掰下一块："这有什么用呀？"

"可以吃，也可以用来浣衣、治病。"李渭收集了一小捧洗衣裳用，见她困得泪花泛出，鼻尖微红，知道她一连几夜都未睡好，"快睡吧。"

火堆里投了胡杨枝，火光更盛，李渭捡起一根细枝，望着天上星斗辨别方向，在地上粗略勾勒着山水地貌，心头估算着一路行程和所花时间。

沿路若走得顺当，还不算难熬，至少要比无水酷热的沙碛好太多，吃的东西也更丰盛，不会把人熬得太瘦。

橘色火光那头蒙头而睡的少女进入浅眠，翻身呢喃了一声。

暑夜并不算冷，胡杨林挡住了夜间凉风，春天睡在火边，焐出了一身细汗。她将身上的毡毯踢了踢，露出半边蓝色衣袍，衣下是一条白纹洒花阔裤，衬得腿笔直。她怕闷，偷偷脱了鹿靴和罗袜，露出一只雪白粉嫩的小巧天足，踩在毡毯之上。

李渭低着头，蹙了蹙眉尖，手中细枝点点地，一手去掏身边酒囊，慢慢呷了两口。

微风拂过火苗，橘光更盛，春天嘟囔了两声，从睡梦中翻身坐起，将蒙头的毡毯一掀。

她习惯将全身紧裹在毡毯里睡觉，今夜犯懒，里头还穿着风帽未脱，小脸已在毡毯下闷得红彤彤、汗津津，如同云蒸霞蔚一般。春天胡乱扒下风帽，帽下发髻已然散乱，厚厚的青丝黏在额头鬓角，被她拨开，才觉得爽快了些。

春天掀开眼皮，站起身去找自己的水囊。她还光着脚丫，地上有砂石，踩上去粗粝硌脚，于是把足尖踮起，小步迈过去，捞起自己的水囊，咕噜咕噜喝下一大口。

又见李渭还未睡，她迷迷糊糊地问他："晚了，还不睡吗？"

李渭点点头，挥动细枝在地上勾画，敷衍她："马上睡了。"

她又踮脚跳回去，钻入毡毯中，裹得严严实实。

李渭将酒囊盖上，酒气香冽微甜，是赵宁家中藏的最后一壶酒，上好的葡萄酒，连呼吸间都是香腾之气。

天地静谧，朗月高空，星河流转，篝火噼啪，两人相继睡下，此夜清梦撩人，明日又是新的一天。

春天晨起时，李渭通常不在身侧，也不走远，只在附近忙碌。

她穿袜着靴，整理衣裳，再漱口净脸，洗手喝水，最后将毡毯收起，在树下舒展四肢。

经过莫贺延碛后，李渭就不再限制她用水，行路在荒野，确实很多不便，但经历过无水酷热的日子，现在这个时候，真的太好了。

什么时候起，她的快乐变得如此微小。

当同龄的少女还浸淫在衣裳首饰、闲逛听戏、家长里短的生活中时，她已走入另外一个天地。

又是什么时候起，她在这身心煎熬的遥远路途中，居然也有了自己的快乐呢？

李渭给两匹马饮过水，放任马儿四处觅草，抬眼见春天已起，正兴致勃勃地眺望漫天朝霞，一张脸被霞光染得明媚如花。

她总是痴迷于大开大合的景色，享受被浓墨重彩一击即中，浇透身心的震撼。

两人坐定用早饭，李渭将火烬中的鸟蛋拨给春天，她捏着那鸟蛋，生怕烫手，却发现只是微微温热，刚好入腹，心念微动，她看了眼李渭，见他神色平淡地嚼着胡饼。

春天将鸟蛋剥壳送入口中，含糊道："多谢。"

李渭诧异，挑眉问："谢我什么？"

春天嚼着嘴中食物，偏首想了想，抿唇微笑，眼神明亮。

吃过东西，暑气上升，前路眼见是一片荒凉砾漠，李渭带着春天沿着砾漠边缘行走。砾漠石色皆白，染得土色灰白，远望如霜覆地，偶见黄羊在其间掠过。行了半晌，春天见地上有几处蹄印，被风吹得模糊不清，但看得出是骆驼留下的印记，似是这几日才留下的，春天留神多看了几眼："是不是有商队也路过此处？"

李渭瞥了一眼："是野骆驼的蹄印。"

骆驼足迹消失在杂草之间，再往前行，见前方隆起一个小土丘，有蚊虫嗡嗡之音传来，鸟雀聚拢在土丘上啄食。

上前一看，原来这土丘是一匹成年单峰骆驼的残骸，毛发凌乱，身上有横竖多道深痕，喉间被利齿咬出一个大洞，满地暗血已然凝固，显然已死去多时。骆驼肚腹已被掏空，驼峰干瘪，只剩一副巨大的残渣空壳，留给虫鸟果腹。

显然是遇上了什么猛兽，不幸死于爪牙之下，成为果腹的猎物。

李渭下马看了看，见骆驼脏腹还未生蛆虫，肉色犹红，不过死去两三日，又见尸骨附近的爪印粪便，淡声道："是狼群围剿了它，内里都被吃空了。"

春天愕然："狼怎么会出现在沙碛里？骆驼体型那么大，怎么会死于狼爪之下？"

"这是附近草原里的狼群，骆驼遇狼，会跑到沙地深处，让狼群缺水无功而返。但若是遇上狡猾又厉害的狼群，狼会兵分几路，围攻追歼猎物，几天几夜，不眠不休。"李渭道，"应是这匹骆驼遇狼逃走，却反被狼群从沙地里赶了出来，几方夹攻，寡不敌众，最后葬身狼腹。"

春天倒吸了一口气。其实这一路行来，夜里时时能听见狼嚎，也曾远远见过沙碛里的土狼摇着尾巴一闪而过，但李渭从来不说这些，春天就觉得狼其实不那么可怕，甚至不如沙碛里的蜘蛛、蝎子可怕。

"走吧。"李渭驱马前行，"此地应是狼的领地，我们不宜久留。"

春天点点头，搓搓脸："狼也会吃人。如果我们遇上狼怎么办？"

李渭挑挑眉，想了想："最好是不要遇上，万一遇上……"他见春天一脸忧虑，"也没什么，狼怕火，将火生旺些就好。"

春天打马追问他："李渭，你遇到过狼吗？"

李渭点点头。

"什么时候？很可怕吗？"

李渭在马上悠然向前，三言两语挑了一段微末往事："前两年和商队去于阗遇过一次，夜里有喝醉的商人被狼叼走了。"

"啊……"春天抽气，"然后呢？"

李渭目视前方："旁人以为他去解手，天亮才发现人丢了，后来看到地上痕迹，才知道夜里有狼出没。"

"后来呢？"

"商队都觉得他已葬身狼腹，打算继续赶路。"

"啊？你们把他扔下不管了吗？"

"刚要动身时，有人发现道旁有两只小狼崽在玩耍，商人将狼崽捉住，半夜有母狼来救狼崽，商人们尾随母狼找到了狼窝。"

春天瞪大了眼睛："然后呢？"

李渭耸耸肩："那个被狼叼走的商人也在狼窝里。"

她问："活着吗？"

李渭指指前方，驱使追雷往前赶："前面有个水潭，我们在那儿歇歇。"

故事听到一半，吊人胃口，春天落在后头，急得几乎要在马上跺跺脚："李渭！"

"活着，活着。"他扭头，唇角露出一点微乎其微的笑意，"那人命大，母狼嫌他酒气太重，还没吃空他。"

只是少了一条腿而已。

她听完故事，快快地瞥了他一眼。

"水囊里还有水吗？"他笑问，春天在耳边晃晃半空水囊，摇摇头。

两人驱马向前，前方厚重黄土间，落下一池静谧的水潭，潭沿周围寸草不生，只有几蓬野草畏畏缩缩地生在远处，潭边结着一层白霜，是厚重的盐碱。潭水是浓郁的粉紫色，如梦如幻，波澜不动，天光白云落在水面之上，只添几分流光。这潭水，像镶嵌在这荒凉土漠中的紫色宝石。

春天早已将刚才那一点小心思抛之脑后，见此旖旎异景，轻轻"哇"了一声。

"当心些，这水咸重，触之生痒。"李渭止住她迈向潭水的脚步。

两人绕着潭畔行了半圈，李渭见一块潭水色泽稍浅，稍稍涉步其中，只见那泓潋滟紫水竟拢着一方车轴大小的清澈清泉，有如碧珠镶嵌紫玉。

李渭伸手沾了碧水触唇："这是咸池中的淡水泉眼。"春天在他身后，歪头往前一探，见那方淡水澄净透彻，犹可见从地底向上冒涌的水流："可以喝吗？"

李渭点头，春天牵着他的袖子一角，弯下腰肢，伸手沾湿手指，也送入嘴中，嘟唇一吮，咂咂舌："甜的。好奇妙的泉眼。"

两人取了半袋清水，又牵过马儿喝水，在此处稍坐片刻，举目美景，心旷神怡，歇息之后，重新上路。

再往前行，景色终于不再是无垠荒野，天边有轮廓模糊的山脉浮现，草色愈来愈浓，甚至有兔狐在草间一闪而过。

临近傍晚，夕阳之下，春天见到白鸟成群展翅东飞，眼神瞬间被点亮，指了指鸟儿，对李渭道："附近有湖。"

李渭笑盈盈地看着她，吐了两字："不错。"

春天欢呼一声，心头雀跃，飞一般打马前行。只见前方野树丛生，望之若林，飞雁成群，鼓噪争鸣，是一方芦苇荡漾、杂花艳放的大湖。

"甘露川也是这个样子的吗？"她在绿草蒙茸间驻足。

"甘露川比这儿大数倍，浩瀚无际，四周泉流蜿蜒汇入，北是巍峨雪山，山下林深如海，湖边绿野无际，鸟雁成群，牛羊遍地，宛若仙境，这里不过是甘露川之一二。"

"李渭，我也想去甘露川看看。"她的目光里睇着潋滟湖光，"我爹爹一直说，甘露川是个桃源境。"

"会有机会的。回程我们可以取道甘露川回伊吾，想必那时……应无人可拦你我。"

她吸吸鼻子："李渭，我能找到爹爹吗？"

当年的战场，如果没有人清扫，那些年轻冰冷的躯体，是葬身兽腹，还是付之虫蚁啃噬？是否还能寻到一块尸骨可供他们吊唁？

纵然能翻到尸骨嶙峋，哪一具又是她的父亲？

"他一直在那儿，等你去找他。"他和她并肩站着，落日熔金，霞光下的波光粼粼铺展而去，半池天光半池水，混沌分不明白。

"等到见面,爹爹若是能和我说说话就好了,哪怕狠狠凶我、骂我,我都很高兴。"

两人之间隔着一道狭窄霞光,她身量小,高不及他肩头,许是有些累了,微微歪头,将头颅轻轻挨蹭在他衣袖上,叹一口气:"我真的好想他。"

他站住不动,手臂绷紧,企图用他所有的力气来支撑她的依赖。

"走累了吗?"

"有点。"

一直至余晖散尽,夜幕四合,众鸟纷纷归巢,凉风从湖面吹来,她回归心神,恹恹地抱臂:"李渭,我饿了。"

"想吃什么?"

"胡饼吧。"

"给你捞条鱼吧。"

在吃这一项上,春天真心实意地感受到李渭的无所不能。

缚在树枝上的匕首刺入水中,春天尚且看不清鱼儿在何处,翻白的鱼肚就在水面一掠,一条肥硕的银鱼被拖上岸。

她在路途中除了做点小事,几乎毫无可用之处,此时托腮看他清洗鱼儿。他抬眼看她双手揣着,把自己蹲成小小一团,像等鱼吃的狸奴,又生了一双圆而亮的眼,灼灼地盯着他手中的鱼,几乎觉得下一刻她就要抬袖舔舔自己的爪,他心觉有趣,指挥她:"天黑了,去生火。"

"哦。"春天摸出火绒,老老实实去林间拾柴,挑了个树影婆娑的好地段燃起火堆。火中的枯枝尚有湿气,噼啪火星四溅,伴着袅袅青烟随风飘曳,往她面靥上扑去。

李渭很快带着鱼回来,嘴里还叼着匕首,见她蹲坐在浓郁的烟雾之中,不断往火中喂柴,双眼被熏得通红,涕泪盈盈,他挑眉笑问她:"不呛吗?"

她皱眉挥了挥眼前忽浓忽淡、忽东忽西的烟雾,"咳咳"喘了两声:"这风好怪,一直朝着我怀里吹,烟好似追着我跑,我去哪儿它跟哪儿。"

夜凉风冷,风穿过树杪的哗啦声连绵不断,熊熊火光舔舐着她的脸,她已然被烤出了一身热汗,胡乱抹了抹鬓角,落下几条脏兮兮的炭痕。

"当心,离火远一些。"他大步迈过来,将火堆拢拨一番,温声道,"你这火势起得不对。"

不过片刻,他挪腾柴火,手中的火势臣服于他,稳定又温驯,橘色火苗安静舔烧着柴火,她也并非十指不沾阳春水的娇娇女,也有一见即晓的聪慧机灵,却也不得不败下阵来,嘀咕两声,在一旁给李渭递柴。

李渭利落地将鱼架在火上炙烤,将匕首在火间烧热,去切水边采摘的野芹,听见春天的嘀咕,偏首问她:"你说什么?"

春天悻悻道:"我竟然连个火都生不好。"

"这有何难,不过熟能生巧罢了。"他安慰她,"一回生,二回熟。"

"李渭,你一直这么厉害吗?我觉得你无所不精,无所不擅。"

他居然笑得腼腆又离奇,像十七八岁赤忱天真的少年人:"是真心实意的夸奖吗?"

"当然。"她捧腮,看他将鱼在火中来回翻烤。

"这天下还有能难倒你的事情吗?"

"你年纪小,见过的太少了……这世上有千百件事情都能难倒我。"明媚火光跳跃在他脸庞上,衬得他眉目清晰如墨,轮廓深邃又温柔,"我所做的,不过是熟能生巧罢了,在外行走十五年,若是连火都生不好,那岂不是要饿死在路上?"

她问:"在外奔波那么多年,不觉得辛苦吗?"

他笑得温和,停住手中动作,反问她:"出来那么久,从长安一路走到现在,觉得辛苦吗?"

她想了想,诚恳点头:"其实是辛苦的,但是,我愿意的。"

他点点头:"我亦然。"

她偷偷瞄一眼他:"为什么从墨离军回来后,又要跟着商队走呢?"

"我要养家糊口,云姐生病,花费不少,还有长留,他想念书参加科举,要为他打算。"他将鱼肉切开,"我不善商贾经营之道,不能经商。做商队护卫,酬金尚且可以,而且,入过行伍的人,做这行很趁手。"

"为什么?"

"因为下手足够狠,杀过的人足够多。"他淡声道。

他看起来温良无害,是那种下手狠的人吗?

她不信。

春天动了动唇:"李渭,你杀过人吗?"

他停下手中动作,看着她,温和的眼神掩盖下有一闪而逝的桀骜,而后他把匕首递给她。

他的匕首旧而轻,应是多年的旧物,和她怀中爹爹的遗物是截然不同的触感,刀锋细薄如纸,却极韧,在火光照耀下闪着尖锐的冷光。

"这把匕首跟了我十年,是以前从西陀人手中收缴回来的兵器,来自西陀的一位将军。"他弹弹匕身,荡起一阵轻微的激鸣,"是我第一次上阵杀敌的

奖励。"

"它饮过很多敌人的血。"她伸手触触冰凉的匕首。

"那是很多年前了。"李渭凝视着匕首，轻叹，将匕首拭净，入鞘收袖。

她偷听过他和赵宁的对话，对他的过去，有深深的好奇心。

他这样的人，会有一个怎么样的过去？

她注视着他，满眼里写的是新奇和探究，他近来渐渐习惯她这样的目光，并不觉难堪或恼怒，也不躲，坦坦荡荡地将烤好的鱼递给她。

鱼肉白嫩，撒上粗盐，自有一番鲜美，春天吃着鱼，问他："墨离军是什么样子的？"

"墨离军在瓜州西北二十里一处山坳里，起初这里只是归迁的青夷族人居所，因为青夷族人的故地在青海墨离海旁，他们迁到瓜州后，追缅故乡，也把借居的这处叫作墨离川。后来为了对抗西陀，朝廷把这批青夷族人结成墨离军，再后来，朝廷惧怕墨离军被青夷族人独占，将附近几个小军镇的汉军都并入墨离军，和青夷族人分庭抗礼。

"墨离川很荒芜，和甘露川相比有天壤之别。瓜州城外都是寸草不生的荒野，墨离川附近只有一条溪流，军民用水全赖这条河。青夷族人不善农耕，在墨离川也设帐牧野，畜养的牛羊都吃不饱，一到冬日就断粮，后来汉人军使教青夷族人种田筑屋，日子才好过些。墨离川中青夷族家眷不少，青夷族妇女辫发，爱戴金花，一年多有节庆日，不管家中是否有男子，常宰牛羊，聚众宴饮，很是有趣。"

她听他娓娓道来，心生羡慕。

李渭见她捧腮听得如痴如醉，连自己脸上的黑灰都不知晓，指挥她："若是吃完，就去湖边洗把脸。"

"然后呢？墨离川有多少人住着？应该是个很大的村镇吧，有客栈食肆吗？"

"然后……有人脸上涂满了炭灰，还不自觉地把脏手往脸上抹。"他笑意盈盈。

春天灰头土脸地去水边洗漱，许久之后，拎着自己的鹿靴、罗袜，光着一双玉足，翻卷着袖子，从水边湿漉漉地回来。水边湿冷，腐土积重，李渭将火堆挪开几寸之地，将热烫的灰烬打散铺平，其上覆盖层层细枝，隔开地面湿气，铺上毡毯，催她早些歇息。

身下枝褥软厚，令人倍感舒适而昏昏欲睡的热度隔着毡毯传来，她低声唤他："李渭……"

"嗯。"他正呷一口酒，走来在她身边坐下。

她还想听听青夷族人的故事，却被这舒适的氛围闹得眼皮打架，李渭安慰她："你已经累了，快睡吧，若是还想听，我以后再慢慢给你讲。"

　　"好吧。"她揉揉眼，见他的一只手搁在身侧，袖子散在地面沾了灰，模模糊糊地伸出一只手指，勾住了他的袖角。李渭等她睡熟，小心翼翼地起身，见她手指缠着自己的袖角，哑然失笑，摇了摇头，轻轻将她的手挪开，塞入毡毯内。

　　他站起，见林间阒黑，月色被树林遮挡，只筛下几点细碎的月光落在地上，微乎其微的光亮，这一小捧熊熊燃烧的篝火，才是天地间唯一的光明所在。虽有虫鸟争鸣，却仿佛遥不可及，也越发衬得黑夜幽静，只有身边少女恬静的呼吸是真实的存在，茫茫天地间，唯余他们两人，相依相守。

　　春天这一觉睡得异常香甜。次日上午，两人在湖边慢慢收拾，昨夜的鱼尚未吃完，春天将它埋入地里，迎着惬意晨风，跟着李渭继续往北而去。

　　两人悠悠走过这片青青绿洲，花了整整一日工夫，越过一座满是破碎风岩的青灰山峦，气喘吁吁之际，他们站在山顶登高望野。

　　视线之中，眼下是一片浩瀚的胡杨林，枝干虬结，葳蕤青翠，宛如一片生机勃勃的茫茫林海。胡杨林之外，是野草蔓蔓的旷野，平坦广阔，徐徐铺就，淡妆浓抹，赏心悦目。

　　天地相接之处，是一叠叠连绵起伏，色泽由深递浅，最后淡若虚境的山峦，宛若水墨画，一笔笔描绘在画卷的最里端。在这一重又一重的山脉之上，是一抹淡淡的云烟，云烟之上，半空之中，是宛若凭空而生，巍峨又神圣的雪山。雪山顶峰，白雪皑皑，耀眼日光折射出万千璀璨明光，蓝天白云悠然点缀其上。

　　"哇。"她看到此景，不由得发出一声叹息。

　　这不是祁连的雪山。

　　这是比祁连山更高耸、更凌厉、更枯寒的雪山。

　　"是我爹爹说过的天山。"

　　"这是东天山，我们要从山中穿过去，天山之后，就是贪汗山，贪汗山后就是北宛国境。"

　　"太好了，终于快到了。"

　　她驻足良久，而后回头对他粲然一笑。

　　明光落在她脸庞上，露出风帽下一张小脸，黛眉明眸，红唇贝齿，兼具懵懂少女的风情，比淡妆浓抹的远山更撩人。

　　李渭带着春天穿行在千姿百态的胡杨林间，树影婆娑，枝叶繁茂，枝干虬结，粗大的枝干合抱不住，有些经年胡杨耸然如山，甚至有一木成林之感。林间

绒兽穿行，林鸟啁啾，是一处尤为特别的世外桃源。

他们曾在常乐山下路过一片死寂的胡杨死林，是和此处截然不同的风景。

两人在林间行了半日，见一条窄细的溪流漫淌在胡杨林间，潺潺往东而去。这河流顺地势漫流，载满胡杨倒影，如玉带一般蜿蜒曲折。春天去溪流中汲水，这样热的天，溪水冰凉侵体，扑面冷冽。

"这是天山融雪所化，春夏雪水漫流成河，滋养了这片胡杨林，秋冬冰雪封山，溪水也因此断流。"

两人沿着河流上游行去，足足走了一日，才出了胡杨林，眼前可见广袤无垠的青青草原。

这草原连绵不见尽头，草色鲜艳翠绿，绿浪滚滚，极目处是群山叠峦，雪峰绵延。

涉入其中，只见绿茵毯间隐匿着无数野花，小如米粒，大若铃铛，红红白白，嫩黄浅紫，在碧色间喧闹摇曳，入腹皆是花草芬芳，心旷神怡。

草色青青，又有雪水滋润，人都鲜活了几分。比起之前的沙碛荒野，不知多了几分惬意，马儿也偷懒，趁慢慢踱步之际啃两口嫩草。

天上有苍鹰、黄雀、翠鸟飞过，山野间有黄羊、野马、灰鹿嬉戏，马蹄间有白蝶和蜜蜂追逐芬芳，这样如诗如画的美景……之外，还有讨厌的蚊虫和苍蝇。

李渭看着春天捂得严严实实，只余下一双眼露在外头，不由得失笑。

她的脸颊、手背上被咬出红红的鼓包，连鼻尖也不放过，正恼怒之际，见李渭一副似笑非笑、袖手看戏的模样，她秀眉倒竖，杏眼瞪圆："为什么蚊子不咬你？"

"草原的蚊虫虽不太见人，却也会审时度势，专挑那等柔软娇嫩、馥郁可口的下手。"李渭漆黑的眸里满是光彩，含笑摸摸自己的鼻尖。

"过分。"她凶狠地挠挠自己的脸颊，心跳忽地漏了半拍，目光漏了心意，含羞带怯，偷偷挪向远处。

他见她星眸柔软，水汽朦胧，猛然察觉自己的话语轻佻，心头亦是一跳，想说些什么，寻思一圈，无话可回转，只得轻咳一声，掩饰过去。

两人在这片空旷的草原足足行了两日，每每入夜，衣裳皆被露水沾湿，眉睫、鬓发满是水雾。晨起春天从毡毯里钻出来，只觉自己也被夜露浸透，她没有菱花镜，不知自己此时眉目含春，脸颊水润，唇色粉嫩，是比春野更诱人的风景。

行至第三日，那如黛如烟的远山终于横亘在前方，草色绵延入山，掀起一重又一重的绿浪。

蓝天清浅，云翳拢聚，烈日在层层积云后躲匿，细致地镶嵌云彩边框，李渭端详天色："要下雨了。"

风带着几丝凉爽从山顶穿来，时而温柔，时而凌厉。

俄顷一团云翳被风撕破，太阳因此得以挣脱，将光线投入地面。

两人原本急急赶路，见一团明亮天光突然洒落在地，驻足半刻。

那明光有如实质，像蜘蛛的丝线，从天上牵引而下，根根清晰可见。光亮下的那方草木受了光照滋润，被照耀得鲜妍欲滴，纤弱花朵摇曳，美不胜收。

不过转瞬，太阳又被遮掩，厚重云层滚滚而来，密布天际，如团絮，云翳上层是金色霞光，下层沾着灰蓝。

四野瞬间昏暗，雨点毫无征兆地砸下来。

"下雨了。"春天无奈道，"什么时候下不好，偏偏在这个时候。"

"夏日雨水本多，我们去山中躲躲。"

这一场雨跟随风断断续续筛落在地，东一片西一片，零零落落，雨势却不算小，冰凉雨珠裹着风噼啪往下砸落，草原没有遮挡，马儿起势又急，最后紧赶慢赶策入山林。山中细雨绵绵，杉林披着雨雾，氤氲云雾笼罩在半山之间，两人互相对望，皆是浑身湿淋淋，模样狼狈。

好不容易在半山中看见一块裸露山壁，峭岩凹进去一个浅浅石洞，堪堪只够人避雨，两人走入其中，择地坐下休息。

春天满脸都是水珠，抬手抹了抹，露出一张冰冷冷的小脸，唇色发青，风帽已然湿透，被她摘下来，满头青丝半干不湿地耷拉着，外裳浸了雨，闷闷地贴在身上，略一拉扯，被冷风一吹，只觉身体冰冻，寒气侵骨。

李渭觉得身侧少女在暗暗发抖，就近先弄了几根湿柴，两人一番折腾，只燃起一个小火堆，他吩咐春天："你坐着歇歇，我去附近捡些柴火。"

春天点点头，挨近火堆晾晾手，揉着自己冰冷的脸："快点回来。"

李渭转眼又涉入蒙蒙细雨之间。春天趁着无人，先将身上湿衣换下，这才觉得暖和了些，扭头见外头雨势绵密，冷风清寒，虽是夏日，却有秋冬瑟瑟之感。

风钻了空子，裹挟着雨丝卷入凹洞，蓝青色火苗被风压倒，忽闪几下，险些被扑灭。春天在洞旁费力地折了一些小枝丫，背身挡着风，仔细将火苗守住。

李渭很快抱着一捧青松枝回来，春天见他鬓发、衣裳已然湿透，眉睫上俱挂着晶莹水珠，却无知无觉，丝毫不觉寒冷，他缓而有序地烘干松枝，将火势慢慢撩起烧旺。

春天再三瞥了瞥他，心头有如细蚁爬行，在他身后提醒："你衣裳湿了。"

李渭"嗯"了一声，半蹲在火旁，将手中松枝投入火中。他的衣袍已近湿透，泅出漉漉的水泽，紧紧敷在肌骨之上，凸显出遒健的背脊肩膀。

春天嗫嚅："要赶紧换下，不然要生病的。"

李渭应了一声"好"，将手中事情忙毕，起身一看，春天拘谨地坐在火旁，偏首看着他处，只对他露出一只小巧玉润的耳，泛出嫣红的色泽。

春天坐姿扭曲得太甚，听见一侧有窸窸窣窣的声响，起初是箭囊、匕首落地的声音，溅起几声脆音，而后是闷闷的轻响，应是衣裳落地的声音。

李渭的声音传来："春天。"

"嗯。"她含糊应他，只等他快快完毕，解脱她这诡异的姿势。

李渭停顿一下，复道："闭眼，我过去拿东西。"

她的心猛然一跳，羞得无法自抑，伸出双手严严密密地捂住双眼，把头低低地藏起来，那一只耳，已然红若珊瑚，艳如滴血。

似乎有男人低沉的闷笑传来，她耳边轰隆隆的，听不清楚。许久之后，仿佛听他说"好了"，再忍了忍，她才将手放下，慢慢睁开眼。

他换了一身利落的黑衣，衣裳有些微微泛白，半新不旧的料子，是以前在瞎子巷他常穿的那身，挽着袖子，眉眼温和，意态闲适。

她一颗毛躁见羞的心也突然安定下来，见他举起酒囊，呷了一口，抿抿唇色微深的唇，让酒在口腔内停留少顷，而后喉结鼓动，一口咽下。

酒的味道一定很好吧。

李渭见她伸手来讨自己的酒囊，眉峰挑起，眼神一跳，将酒囊递给她。

于是她也灌了一口酒，让那香辣的酒浸泡自己的唇舌，直到酒香侵入肺腑，方才咽入肚腹。

这时天还未黑，大约是半下午，两人忆起晌午都未吃东西，早已是饥肠辘辘，掏出胡饼干嚼。

春天见外头细雨已然停歇，避雨的鸟儿振翅飞过，空气中弥漫着湿润的气息，天上云翳虽未散去，却明亮了几分，问他："我们还要赶路吗？"

火堆旁还烘烤着淋湿的衣裳和毡毯，石洞窄小，根本不容两人卧地而眠，李渭想了想："刚下过雨，山路难行，还是等明日再走吧。"

春天点点头。

两人在外多日，除去她病中的那几日，无不是日出赶路，日落歇息，鲜少有这样消磨时间的时候。于是两人靠着石壁，守着篝火，一人看景，一人喝酒，闲聊二三，等着夜幕降临。

夜里春天枕着双膝入眠，恍然间见李渭将温热的毡毯盖在她身上，她模模糊糊叫了一声他的名字，被他轻轻推了推肩膀，而后身体滑落。她的面颊贴在他温暖的腿上，酸硬的肢体伸展开来，舒适地轻哼一声，闭眼睡去。

第二日是个明朗霁日，两人往山间行去。山中无路，却有溪流潺潺而下，沿着溪流往里行，针树高耸，杉林蔚然，地上是层层腐枝，马蹄踩在地上绵软潮湿，惊起无数虫行。

这时气温不比山脚之下，虽是夏日烈阳，在山间只觉清凉，阴凉之处更觉肌肤生寒，入夜如不生火，则瑟瑟寒冷，裹着毡毯犹且抵挡不住冷意。

春天跟着李渭在山中行了两日，已然披上了羊裘，等到终于走到溪流源头，也出了杉林，正是山腰处一片荒凉又冷清的苔原，在这苔原之上仰望近在咫尺的山峦，则是白雪皑皑的群峰，射照璀璨，灿然如银。

夜里两人找了一处避风之处休憩，李渭煮了热汤，是从草间寻的一种地衣，洗净土泥后是单薄又透净的碧绿色，如凝冻一般，煮入肉汤中爽滑清口，反倒带着丝丝韧劲。春天就着胡饼入口，瞬间瞪圆了双眼。

李渭看着她的神情，挑眉问："好吃还是不好吃？"

她将口中热汤咽入腹："我好像吃过这个，是丰乐楼的一位顶有名的老厨子，听说是从宫里出来的御厨。那个菜有个很美的名字，叫'碧落凝珠'，用糯衣把它包成珠状，和奶汤一起煨熟，就是这个口感和味道。"

她叹气："这一道菜，可值二十两银子呢，还有不少文人墨客尝过之后，纷纷替这道菜作诗唱吟。"

李渭道："丰乐楼，是长安城最奢华的那座酒楼吗？在御街上，饰金缀珠的那座高楼？"

春天点点头："我娘亲有空的时候，会带着我们几个姊妹去丰乐楼玩耍，那里的菜肴天下一绝，庭中还有耍杂唱戏，很是热闹，时下很多贵人都爱去丰乐楼吃酒宴客。"

李渭微微一笑："二十两，倒是个生财之道。这个东西叫羊苔，是山里的野母羊产奶时，羊奶滴落在地，菌子覆着羊奶生长而成，每逢春夏雨后，遍野都是，牧民们都嫌它低贱无味，俱不爱吃。此物捡起之后，在烈日下暴晒几日，晾干储存，要吃之时再拿清水泡发，色泽依旧青翠碧绿，口感鲜嫩。"

春天也觉得有趣，笑道："是吗？万万没想到，山野之物到了长安，摇身一变，登了大雅之堂。"

两人说笑，将热汤饮尽，收拾一番，趁夜歇息。

春天铺毡毯之际，见脚下有只长毛长腿、细瘦伶俜的八脚蜘蛛顺着靴子往身上爬，被吓了一跳，急忙跳起来，将蜘蛛抖落在地，又扔了块石头砸中，方松了口气。

"怎么了？"李渭问。

"有蜘蛛。"她语气咻咻，从火中抽了根木柴，将附近草地都巡睃一圈。

李渭不以为意："山里多山蛛、岩蛛、草蛛，多是无毒，别怕。"

春天点点头，一时睡意全无，复又在地上坐下，仰头看天上星辰。

苍穹高阔，银河如练，星云蕴紫，是广袤又深沉的夜。

不过多久，哈欠上浮，春天本欲倒头睡去，只觉衣摆微有动静，起初尚且不觉有异，以为是风动。后只觉有爬痕振动衣摆，轻微又高频的抖动沿着衣袍往上蔓延。

她定睛一看，见到眼前情景，一声尖叫，连连跳开，双手摆动，胡乱挥着衣袍。

李渭坐在篝火对面，见她受惊，跨过来一瞧，也不由得愕然吃惊。在她的衣袍和靴上，爬着几只长毛长脚、口中双钳、貌似蜘蛛的八叉虫，这几只长虫气势汹汹地挥着长脚，沿着衣袍就要往春天身上爬。

他大步上前，按着春天胡乱挥舞的双手："别动。"他弯身抖抖春天的衣角，将那八叉虫一只只驱赶下来，送入草间，待起身再看春天，见她已然花容失色，方寸大失，见到他温和的目光，嘴角一撇，双眼蒙泪，几欲要哭出来。

在她原先坐处，还聚拢了数十只长毛长脚的八叉虫，全身灰扑扑、暗沉沉，若不细看几要忽视，若不是春天警觉，这些长虫全要爬到春天身上啮她皮肉。

思及此，春天不由得毛骨悚然，抽抽鼻子，只觉委屈万分，远远避着那些八叉虫，死死攥着李渭的袖子，吓得哇一声放声大哭。

李渭安慰她："别怕，这是八叉虫，也叫八爷，别看它相貌凶残，但它不轻易伤人，只是喜欢到处爬行，它若是不小心咬人，自己便先死了。"

她实在是吓到了，伏在他手臂上哭得涕泪滂沱，边哭边恨恨跺脚："它们都爬过来了，要爬到我身上，呜呜呜……"

热泪涸湿他的衣袖，沾在他肌肤之上，热烫点点。这是他第一次见她哭得跟个孩子一般，心头柔软，语气也越发温和，哄她："你先前是不是打死过一只八叉虫？"

她泪眼蒙眬地点点头："我起初用石头砸过一只，它爬到我靴上，我以为它要咬我。"

"这些都是一窝的八叉虫，因为你打死了一只，剩余的这些都替同伴来找你报仇了。当地人敬八叉虫的这种特性，从不搭理它们，任由它们随意穿走。"

春天听毕，想想自己在此要被一群面目凶残的蜘蛛虫追杀，身上不由得泛起鸡皮疙瘩，悲从中来，越发放声大哭。

李渭见她哭声愈大,婆娑泪眼,身上没有帕子,只得把自己的袖子递给她拭泪,柔声劝慰:"别哭了,我有法子,我来赶它们走。"

那一群八叉虫被李渭驱赶,又汇集在一起,气势汹汹地要找春天报仇。她内心怕得要死,只得寸步不离地跟着李渭,见他从包袱里掏出那块她曾吃过的糖,用匕首分切成黄豆大小,撒在八叉虫面前。

八叉虫闻到浓郁甜味,一时欣喜,个个用嘴中双钳夹着糖豆,浩浩荡荡地朝自己穴里奔去。

这兄弟之仇,也就不了了之了。

李渭喂够了八叉虫,手中也只剩丁点大小的糖豆,顺手递给春天:"给,别哭了。"

她脸颊上还挂着泪珠,潮红的眼先瞟了瞟八叉虫:"它们不报仇了?"

"吃人嘴软。"李渭笑,将糖豆塞她手里,"这下没事了。"

她吸吸鼻子,将糖豆塞入嘴中,却越想越冤,越想越怕,探出袖子擦擦眼,又擦出几滴余泪来。只觉阒暗的四野危机四伏,她心有余悸,头皮发麻,不敢坐下,也不敢远离李渭。

"还能睡吗?"李渭问她。

她后怕地摇摇头。

李渭在火旁坐下,将毡毯垫在身旁,拍一拍:"那就来坐。"

春天乖巧地在他身边坐下,两人并排坐着,她紧挨着他,他高大,她娇小,远远看去,似是偎依的姿势。

李渭有一搭没一搭地和她说话,不久之后她小鸡啄米起来,蟒首一点一点,身体一歪,恰好歪在他身上。李渭微微一笑,黑眸闪亮,将双腿摆直,身体微弓,让她枕着他的腿,睡得舒适些。

再去看怀中的少女,湿睫紧闭,脸上还沾着泪痕,一缕细发黏在脸颊。他耐心等待,等她粉泪干透,朝面靥上轻轻一吹,那一缕发迎风蹁跹,又回归发间。

次日醒来,春天见自己靠着树枝睡着,想起昨夜惊魂一刻,从地上跳起来,催着李渭急急赶路。

这日天气不算太好,天上云层厚重,似有阴雨,李渭望了眼天色,见春天已然上马,断然不想在此处多留一刻,也翻身上马,带她往前行去。

不过行了半日,有山风席卷,微雨扑面,只下了片刻就停歇住了,红日露面,光照灿烂。

再往前行,路途曲折,坡陡如壁,越往其上,尤其寒冷,加之刚下过一点微雨,山路泥泞。直到登上一处平地,见山风呼啸,天寒地冻,满地碎石,随风奔走，俯瞰山下，云雾遮挡之间犹见他们走过的草色林景。

再掉转马头，原来他们已然登上峰顶，再往前就是重峦叠嶂，冰雪封地，再翻过东天山的一处山坳，其后就是贪汗山了。

两人慢慢往前行去，天色忽暗，一阵凛冽寒风刮过，毫无预兆间，似有雪沙刮来，迷住了双眼，而后是碎石般的冰雹，朝两人狂乱扑去。

山顶空旷，毫无躲避之处，好在这冰雹只下了一阵即停，李渭看看天色，蹙起剑眉，让春天把羊裘裹紧，急急带着她往前策去。

而后是风起之音，呼啸尖叫，微雨落地，转过一处山岩，微雨化作他物，有什么白茫茫的东西簌簌扑在面上，春天定睛一看，揉揉冻得发红的手，不知是高兴还是恐惧："李渭，下雪了。"

这是盛夏的雪。

起初是纷纷的雪粒，春天那时尚不觉得冷，只觉新奇。后来雪势越来越大，大若巴掌，落地铮然有音，寒风愈急，在面靥上翻扑如织。

两人身在风雪之中，宛若腾云驾雾，目迷口噤，地上泥泞难行，春天只觉身下的枣红马几近觳觫，自己也冷得麻木，几乎失去知觉。她想唤李渭，却被狂风大雪堵得说不出话来。

李渭也回头望了一眼，见枣红马蹄儿滞涩，几乎要扑倒在地，勒住追雷，向春天伸手了手。

春天被他略一牵拉，就跌入了他的怀中，而后稳稳地坐在他身前。李渭一抖羊裘，将春天裹住，领着春天的马，策着追雷往山下行去。

她在李渭怀中坐了许久，这时才觉得自己活过来，身体逐渐发热，呵气在十指上，尚可活动："李渭，雪好大，我们是不是要找个地方避一下？"

"嗯。"风雪中他的声音也含糊不清，抖着缰绳的手扶了扶她的身体，"坐稳了，前方路险。"

追雷猛然从石崖上越过，策行许久，终于寻到一处避雪山洞，这才停下歇息。

春天站在洞口，已是冻得脸颊发木，双手冰冷，呆呆看着外面的冰雪世界。

雪花大又脆，如冰晶落地，有噼啪的声音。

拾叁 两相依

六月炎夏，雪中的山洞格外潮寒。

虽是白日，天色却暗淡无光，山间的鹅毛大雪还不停歇，纷纷撒撒从天而降，被冷风一刮，卷落成冰晶。目光所至之处很快变成白茫茫一片，本是绿意盎然的炎炎夏景，此时却化作冰天雪地，滴水成冰毫无夏的一丝生机。

藏身的山洞很是潮湿，火势起得很小，湿柴燃烧缓慢，火苗一直是低簇的蓝青色，热度尚且不足以抵抗雪天带来的寒冷。两人内里衣裳并不厚重，如今全靠羊裘取暖，李渭将酒囊递给她："暖暖身子。"

春天抿了一大口酒，直到腹内起了熊熊酒意，热呛冲红了脸颊，这才觉得稍好了些。她拢拢羊裘，见山洞外寒风呼啸，大雪依旧纷纷扬扬，无不担忧："雪什么时候才能停？"

"夏天的雪不会下太久。"李渭喝着酒，看着外头的飘雪，"兴许明天就停了。"

可洞口的积雪已经累积了寸厚，这雪若是真的再下，她觉得自己会冻死在此。

两人挨坐得很近，春天看着李渭一口口喝酒，搓了搓手，拢在唇边呵气。

李渭往她身边靠了靠，再把酒囊伸出："还要吗？"

她点点头，酒囊往来，一人一小口，春天喝过几轮，品咂出一点不一样来："这是葡萄酒吗？"

李渭点点头："应是真姬自己酿的葡萄酒。"

"比沙碛里的那壶好喝。"

"那是玉门关的高粱酒，辛辣烧肚，葡萄酒软绵些，口感也好。"他见她从羊裘中露出的一张小脸，双颊嫣红，眼波荡漾，红唇微张，已是微醺，他将酒囊收起，又往火中投入几块柴，"饿不饿？我出去找点吃的？"

"吃饼子就好。"她抱膝而坐，往他身边挨近些，身体微微蹭在他腿旁，神态很是松懈，"外头很冷，你别出去。"

"好。"

他捏了块胡饼和她分食，两人吃过东西，天色才慢慢暗淡下去，她看看外头，眨眨眼，头颅在李渭手臂上蹭了蹭。

李渭见她眼皮耷拉着，默不作声，知道她酒量浅，这时多半是有些困了，温声道："睡一会儿？"

春天点点头，伸手去取毡毯，李渭将自己的羊裘抖开，将温暖的怀抱空出来："靠着我睡一会儿？"

她抿着唇，抬头轻轻瞥他一眼，脸上闪过一丝古怪之色。斟酌再三，贝齿咬了咬柔软唇壁，长睫抖抖，鬼使神差，她轻轻点了点头，窝进了他的怀中。

春天蠖首枕靠在李渭腿上，将身体蜷缩起来，李渭拢拢羊裘，将她裹住，又盖上毡毯，把她严严实实盖住。

眼前是漆黑一片，暖和的所在。李渭的身体，有成年男子的气息，熟悉的、使人安定的味道包容着她，春天打了个哈欠，放任自己沉沉睡去。

这一觉不知睡了多久，再醒来，春天有些蒙，不知自己身处何处，只觉全身暖融融的。她伸手一摸，起先是衣料，而后是衣料下温热又坚硬的触感，再然后，是节奏鼓动的起伏跳动。

羊裘很快分开一条缝，是李渭英朗的脸和漆黑带笑的眼："醒了？"

原来她的手撑在李渭胸膛上。

春天忙不迭收回，被李渭扶坐起来，环顾四周，这才知道自己身处何地，羊裘之外，是刻骨的寒冷，身边的篝火已然快要熄灭，只露出一缕橘色的微弱火苗。

她打了个寒战，从地上站起来，看看外头的天色，揉揉眼，问李渭："什么时候了？"

"夜深了，外头雪刚停。"李渭亦是起身，"火快熄了，我去找点树枝。"

雪的确停了，灰蓝的天冻得如同冰晶，星月皆不见，只有满地的雪，将这夜照得清凌凌的透彻。

"我同你一块儿去。"春天裹紧羊裘，跺跺脚，呵气吐出一片白雾。

"你在这里待着，水囊里的水已经结冰，烧点雪水。"李渭将箭囊背上，"我很快回来。"

"早点回来。"她追着他出去，见李渭消失在皑皑白雪之间。再看四周，新雪厚如毯，被冷风压得严实，两匹马儿身上都落了雪，追雷精神尚好，她的枣红马已是精神恹恹，匍匐在地。

春天哆嗦着替马儿拍去背上落雪，又忙去烧水，不多时，见李渭抱着柴火，一手还拎着几只黑乎乎的东西回来。

李渭拍拍身上落雪，将手中东西扬起给春天看，挑眉笑："运气真好，正遇到几只雪停出来觅食的土耗子。"

春天一看，李渭手中正是几只灰不溜秋的绒毛老鼠，小眼如豆，身躯肥胖，一副十分不好看的模样，嫌弃且犹豫地问："能吃吗？"

"这是吃草根和草籽长大的田鼠，和臭水沟里的老鼠不一样，味道很不错。"

门口有两匹马儿的马粪，已然冻得硬邦邦的，李渭也捡了回来，投入火中燃烧。篝火烧得旺盛了些，架在火上的土耗子剥了皮，被火苗一燎，哧哧的油星往下滴溅，浓郁的烤肉香气也逐渐往上冒腾。春天吸一口气，只觉腹中都是馋虫，而后再咬入嘴中，确实是肉质肥厚，油花喷香，味道极好。

篝火旺盛，饮过热汤，又有油水果腹，确实把寒意驱散了几分。之前又睡了一觉，这时尚且不困，春天就捡着湿柴，一根根放火上烘干。

寂静之间，洞外的追雷突然躁动起来，长嘶一声，其后带着枣红马也连连嘶鸣。

李渭停住手里的酒囊，快步迈出去。

夜色静悄悄的，雪地里空无一物，春天瞧见李渭向前走出几步，而后半蹲，凝视着雪地。她亦跟随而上，雪地上有三两行极浅的爪迹。

她瞧见李渭的面容分外平静，嘴角却抿了起来，只在冷泉驿看过他这样的神色，她惴惴不安："这是什么动物的足迹？"

"狼。"李渭将雪地上的足迹抹去，起身环顾四周。

春天心神一凛："几只？"

李渭想了想："可能是两三只，也可能是一群。"

他拍拍手："走吧，回去吧。"

春天忐忑："我们被狼盯上了？"

李渭将火势烧旺，示意春天："可能因为下雪，他们出来觅食正好遇上了，你睡一会儿，天亮我们就走。"

春天哪里能睡得着，挨着李渭坐："很可怕吗？"

李渭没有回话，将自己的箭袋翻出，出门之前，他只带了十颗箭头，如今只剩六颗。

春天心头一沉。

第二日天光初亮，李渭就带着春天上路。

冰雪封地，冷风呼啸，地上不是松软的雪，而是一层厚厚的冰霜，马蹄踏上有碴碴的声响。春天的马应是久居平原，惯走沙碛，极少行过山地，因行路急切，地面湿滑，屡屡扑地，前路举步维艰。

行路两侧，不时有窸窣穿行的声响，似有黑影在雪间窜过，认真去寻，却只能探见一片空。

李渭脸色并不太好，却也并未显露太多。

追雷却连连躁动，甩动马尾，不时嘶鸣起来，带着枣红马也躁乱不安。

"是狼在跟着我们吗？"春天不安。

李渭面色肃穆，点点头，抓紧缰绳："要快点下山，山里可能有狼群，它们在跟踪、集聚。"

两人一刻不停，李渭带着春天连轴赶路，沿路针柏树上俱挂着寒霜，冰霜满地，两人在马上以冰雪胡饼充饥，行了半日，春天指指身后，颤声道："李渭，狼在身后。"

李渭回头一瞥，只见三四只灰毛尖腮的畜生，隔得不远不近，追着两人。

他"嗯"了声，带着春天往前策走，手却松开缰绳，按在箭囊上，夹腿驱使坐骑："追雷，快。"

追雷加快速度，急急往前驰骋，群狼见两马策走，也垂着尾巴追踪两人飞奔，紧跟其后。

马儿纵驰出许远，冷不防间，李渭侧身回头，搭弓挽箭，在马上提气纵手，那羽箭飞射而出，朝着群狼蹿去。

箭矢准头恰好，当头一匹疾奔灰狼訇然倒下，被一支箭杆穿透眉心。

尾随两人的群狼见同伴倒地，连连低嗥，四散开来，倏然匿入林间。

"春天，跟紧我。"李渭收弓，再往前策去。

"嗯。"春天紧紧握着缰绳，双手已冻得青白，却闷不作声地驱马紧跟上李渭。

两人再往前行，连水都未喝过一口，临近傍晚，这时已脱离了雪线，只有阴地上略有些积雪，丛林茂盛，青松森然。

倦鸟归巢之时，林间响起一阵连绵长嗥之音，四周隐隐有狼嚎回应，两人能看见前方一块峭岩上蹲了一个黑影，那黑影看了两人一眼，摇着尾巴越下岩石，消失不见。

李渭勒住马，吁了一口气，再看两人犹在半山之中，知道自有一场恶战，避无可避。

又见天色渐黑，再这样走下去难逃被群狼围攻追剿的命运，他带着春天寻了一处地势险要的石崖，那石崖之下恰有一个凹坳可做容身之所。两人抓紧时间伐枝斫木，背守石崖，在面前燃起半圈篝火，将自己和马匹包拢在火圈之内。

及入夜，冷风呼啸的山林间嚎声四起，篝火面前，陆陆续续浮现出十几双绿莹莹的狼眼。

春天望着远处蹲守的黑幢幢的狼影子，只觉头皮发麻，惊恐万分，又见李渭伫立在篝火前，面色沉沉，火光跳跃在脸上也没缓和他的半分脸色。

她往李渭身边挪了挪，被他察觉，他的目光落在她脸庞上，微微露出一点笑容，安慰她："去吃点东西。"

她摇摇头，声音颤抖："我吃不下。"

李渭见她双手紧张地揉在身前，两只手已冻得发红，替她握在手心里焐暖，温声道："别怕，这里有火，它们不敢上前。"

两人并肩站着，春天默默地数一数，又数一数："有十三只。"

"嗯。"

他递给春天一包东西，嘱咐她："今晚势必有场恶战，你守着火堆，慢慢添柴，别让火熄灭，这一袋盐卤可以助长火势，撒一些在火上。"

他对这场恶战也全无把握，但无论如何，不能在这里让两人葬身狼腹。

春天收了东西，郑重地收在了袖子里。

半圈篝火静静地烧着，狼群默默地守候在火光之外。

它们在等，等火势转弱熄灭，等人熬不住。

春天眨眨眼，只觉眼前的黑影仿佛又多了一些。

夜已深。

李渭面色沉静，借了春天的马鞭，将两根鞭子缠在一起，绑成一根长鞭绕在臂间，衣袖束紧，将箭囊和腰刀缚在腰间。

木柴还剩一些，但不足够撑到天亮，火灭之时，就是众狼群起而攻之时。

夜风呼啸而过，冷风压倒篝火，将火苗吹得东倒西散。

狼群发出一阵阵低狺之音，有狼上前，绿光森然地盯着两人，李渭慢慢站起来。

人狼隔着篝火静静对峙。

风吹过的那一瞬间，一侧的追雷突然嘶鸣一声，扬起了蹄，旁侧闪过两道迅疾黑影，鼻息咻咻，枣红马受惊，连连嘶鸣，猛地往前一蹿，蹿出了篝火圈。

黑影朝着两人蹿扑而来。

原来是大军不动，侧旁觑见空当，先行偷袭。

春天不敢回头，也不敢动，目不转睛地盯着半圈篝火，唯恐哪处的火苗熄灭。

李渭冷哼了一声，窥准来势，挥手抽动长鞭，长鞭凌空一抽，那鞭声破在半空中，而后极闷地撞在狼躯之上，弯臂一挥，顺着风势，将狼甩脱出去。

有风声紧随其后地朝李渭扑来，李渭侧身瞥见近前一对绿光，抬腿、提气纵身，靴腿往前一踢，正踢中一只狼的脑门，那狼趔趄两下，被李渭的长鞭缠住颈，闷声砸在地上，长鞭一扭，狼喉间被逼出两声哀号，已然气绝。

群狼听见同伴的哀叫，双耳竖立，獠牙狰狰，面目狰狞，然而惧怕眼前明火，不敢上前。

枣红马出了篝火后，见眼前群狼獠牙霍霍，觳觫不已，不知奔向了何处。春天只见几只黑影追随马蹄声去，听得远远一声惨叫马嘶，几声狼嚎，此后便无声无息。

她眼眶发热，枣红马伴着她从肃州一路行至此地，已然有了感情，在此时此刻，她却一动不敢动，任由它葬身狼腹。

夜晚的风越吹越冷。

李渭和她并肩站着，捏了捏她冰冷的手，冷声道："别怕。"

"嗯。"

狼群在篝火前逡巡不前。

篝火越来越弱，火圈越收越小，其中一处的火苗几乎俯低将熄，春天忍着恐惧，上前将窟窿补上柴火，不过瞬时之间，一只耸尻伏躯的青狼忍耐不住，亮起獠牙，拔腿蹿起，向春天扑去。

她听见自己头顶似有连连飞羽破空之音，而后不知何处响起几声哀号，背后惊出了一身冷汗。

扭头见李渭挽弓持立，面容肃穆，朝她点了点头，示意她过来。

春天望望天际，此时天未破晓，依然暗沉沉的，她束手无措："没柴了。"

李渭盯着火圈外的群狼，脚步朝外，收紧手中长鞭。

春天站在他身后，紧皱秀眉，起身翻开自己的褡裢，把所有可燃之物，衣物、毡毯，连同褡裢皮，一同投进了火中。

"还有我的。"李渭亦道。

最后一件衣物是春天身上的羊裘。十多双绿眼盯着燃烧的篝火，冷风刮过，一簇火苗黯然熄灭，火圈有了新的缺口。

狼群早已迫不及待，传来咻咻的低吼，有几只已然踱步上前，对着李渭低吼龇牙，俯身冲了过来。

李渭凛然挥动长鞭，守住缺口，先攻狼群，鞭身裂出金石之音，一卷一翻，将狼甩翻在地，趁乱之间，几匹青狼挺身一跃，朝李渭脸面扑来。

"春天，盐卤！"李渭喝道。

那一包盐卤撒入火间，火势陡然增旺，腾地燃起熊熊火焰，群狼吓了一跳，止住扑势，俱往后逃，被李渭用长鞭扫抽在地上，撞倒一片。群狼有的倒地不起，呜呜伏地哀叫，被李渭对着头颅再补一鞭，颅骨破裂，流淌满地。

一时狼群已去了七八条，李渭见篝火火势越来越弱，再也守不住，跨出火堆，弃了长鞭，将腰刀和匕首抽出，背对春天道："把篝火都收起，护住自己，别出来。"

这是打算肉搏的架势。

众狼见李渭离火而出，猖猖低吼，一匹黑狼后尻耸起，前肢一伏，跃身而来，李渭迎面而上，手中腰刀寒光一闪，朝着狼颈奋力一刺，热血一溅。

六七头狼已经陆续围上李渭，见此情景，群起而攻，李渭左刀右匕，大喝一声，与群狼搏战起来。

春天挨着追雷，守着一点点火堆，也抽出了自己的匕首，紧紧握在手中，却不知如何去挥刀杀敌。见李渭陷身狼群，已是冷汗连连，满面焦色，又见李渭持刀专往群狼喉管、双眼刺去，虽然溅了满身鲜血，尚未处于下风。群狼渐少，只余下两三头尚在搏杀，她心头微松。

正这时，面前的篝火已燃烧殆尽，只余满地火星，天色初亮，身后的追雷突然躁动嘶鸣，春天回过神来，只觉黑影朝自己扑来。

原来有一灰狼潜伏在石壁之上，一双绿森森、阴沉沉的狼眼，獠牙尖锐，气势汹汹地扑向春天。

狼爪已扑上她的肩头，狼息咻咻，春天心惧神飞，咬牙挥着匕首去刺灰狼，迎面却是一张充满腥臭之气的血盆大口来咬她的匕首和手臂。

她双目瞪圆，禁不住惊呼，顺势在地上一滚。

李渭已将一狼踢死在地，正将腰刀送入一匹狼腹中，听见春天呼喊，心神一分，回头见灰狼已将春天扑倒，手中匕首破空劈去，这一瞬，身后黑狼已撕咬上他的肩膀，生生撕下一块血肉。

李渭被后狼扑倒在地，咬牙在地上猱升一滚，一人一狼在地上肉搏起来。他

提起空拳朝狼首砸去，那黑狼受痛，蹲坐在李渭身上，獠牙死咬在他的伤口上，逼得李渭扼掌。

灰狼未及咬紧春天，已被匕首刺中，霍然瘫在春天身上。春天从狼躯之下狼狈爬出，这一眼险些魂飞魄散，她目不忍睹，见李渭已然被狼扑倒在地，压在身下亢力撕咬，她一声凄喊，抓着自己的匕首，朝着黑狼扑去。

她拼尽全力，压在黑狼身上，将匕首捅向黑狼脖颈。

刀刺之处皮毛浓密，本不容易刺入，奈何春天使出了吃奶的力气，黑狼受痛，松开李渭扭头去咬春天。狼身下李渭探出一只手，握紧春天的拳头，匕首加深力道，递入肉中，往侧旁一刺，鲜血飙出，那黑狼大嗥一声，绿眼泛红，猛然将春天撞倒，翻滚在地，朝着地上两人咬去。

春天被掀翻在地，仍无惧意，她眼眶发红，目光发狂，手中摸到一块大石，不管不顾，举着奔走几步，朝黑狼砸去。

李渭翻身而起，不惧獠牙，握着狼颈中的匕首，使力往里递了几分，一手猛力砸向黑狼眼眶，黑狼狂扭狼躯，挣扎再三，瞬间断了气息。

他撑住身体，闭目歇息须臾，睁眼见春天仍然一下下举着石头砸着黑狼，喊她："春天。"

她这时尚未恢复理智，仍举着那块石头，咬牙切齿，一下下砸着狼躯，李渭提高音量："春天，停手！"

他指指黑狼，朝她示意："死了。"

春头停住手中动作，见黑狼已瘫倒在地，一把匕首扎在颈间。她茫然四顾，满地狼躯，满地鲜血，又见李渭半躺在地上，对她面露微笑，方才回过神来，放声恸哭，飞一般扑向李渭怀中，将李渭扑翻在地。

李渭咽下一口血，平躺在地，皱了皱眉头。

此刻她浑身冰冷，全身颤抖，手掌上全是血迹，伏在李渭胸口号啕大哭，连话也说不出来，鼻涕、眼泪都抹在他身上。

李渭知道她怕极了，摸摸她的黑发，犹且安慰她："没事了，没事了。"

这时天已微亮，天边有朝霞缕缕，云卷云舒，是个晴朗的好天气。

哭了许久，她缓过神来，凝噎抽泣，手脚发软地从李渭身上爬起来，见李渭身下一大片湿意，也不知是谁的血，漫漫在冰冷的地上，又见李渭身上的黑袍已洇出湿意，知道那是被血浸透，她顿时又泪落如珠："李渭，你还好吗？"

李渭从地上挣扎着起来："走吧。这里血气太重，别把其他的狼招来了。"

他收了匕首，脚步微有踉跄，把春天扶上马，带着她往山下策去。

两人共乘一骑，逆着冷风急急穿行在林间，春天觉得李渭呼吸急促，心跳如擂。行了半日，察觉李渭的身躯微微倚在她身上，心知有异，她摸到他冰冷的手，连忙喊他："李渭。"

"我没事。"良久李渭回她。

她扭头去看他，只见他神色不起波澜，唇色却发白，颌线下压，露出一种冷硬又紧绷的抑制感。

"李渭。"她惴惴不安，"你是不是受伤了？我们停一停好吗？"

"我还好。"他还能对她微微一笑，一手揽住她，提起缰绳，"再往前走走，等到了山下再歇。"

前夜山顶飘雪，山下应是下了场大雨，草间泥泞，水洼集聚，山下虽不至于天寒地冻，却也是寒意侵体，瑟瑟发冷。

两人昨日和群狼纠缠一日一夜，早已是筋疲力尽，李渭又执意赶路，一直走到天色暗淡，出了山林，方才下马停歇。

李渭先扶春天下马，自己从马上跃下之时，脚步虚浮，靴尖一滞，踉跄不能行，疾手强拉缰绳，靠着追雷闭目养神。

春天见他身体微晃，伸手去扶他，手心却在他背部摸到满手黏腻，借着天光，定睛一看，却是满手的鲜血。她满心惶恐，再看李渭，面额上已是大汗淋漓，剑眉皱紧，露出一丝痛苦。

他穿着黑衣，根本看不清伤在何处，在马上颠簸整日亦一声未吭，春天语气颤抖，急切地去拉他："李渭，让我看看你的后背。"

李渭皱着眉，吁出一口浊气，择了一处石头缓缓坐下："我没事，只是后肩有点伤口，包袱里有外伤药，你替我拿来，我去水边洗洗。"

他缓了缓，看着她哀哀焦急的眼神："伤口撒点药就好，天黑了，你去捡些柴，把火生起来。"

春天动了动唇，是一副泫然欲泣的模样，他柔声催她："快去，别走远了。"

他拿了药瓶，步履蹒跚地走向水边，避着春天，将上衣褪去，沾水清洗干涸的血壳，撒了药粉，撕下衣角，做了简单的包扎。

再回来，李渭面色更添几分苍白。他也是累了，跳跃的火光照在脸庞上，明明暗暗，只增疲倦和乏力，他松散地倚靠树干，捏着胡饼咬了几口，双眼一合，已然睡去。

春天悄悄挨近他，见他鬓发散乱，眉心蹙起，坚毅又深邃的脸庞像石雕一般。他有令女子倾心的英朗眉眼，有成熟男人内敛蕴藉的气质，是粗布褐衣下蒙灰的明珠，是荒野乱草中伫立的孤树。

她轻轻将他手间的胡饼摘下，见他手一滑，无力垂落在地，身体沿着树干往下滑落，整个人半歪在地上。这样一个警觉的人，此时仅仅是颤了颤眼皮，竟然这样疲惫和脆弱。

她心头酸涩，双膝跪在地上，把李渭的肩膀抬起，顶在自己柔软的腹部，弓起肩头，柔情万分地张开双臂，环抱他，将他尽量包裹起来。

"李渭。"她低声呢喃他的名字。

夜色沉甸甸，风不知从何处来，穿过林野，低声呼啸，橘色的火光充满孤独，在这陌生的荒山，一切都是孤零零的，孤零零的天地，孤零零的人儿，有什么东西被大力揉碎，撒在天幕，化成漫天星辰。

李渭从混沌中醒来时，已是次日的晌午。他这一觉睡得昏沉痛苦，在黑境中几乎无法自拔，睁眼良久，发觉自己剧痛入骨，指尖抬不起半分力气来。

"先喝点水再起来。"绵软带着鼻音的沙哑语调传入脑内，握着水囊的那只手，手指纤细柔软，每个指头上都有渗血的划伤。是了，他想起来了，是她奋力抱着大石头砸向黑狼，十指在地面和石块上用力所致的磨伤。

他从来没见过她有那样凶悍的时刻，是一只被激怒的小兽，绒毛乍竖如针，双眼怒瞪，贝齿尖尖，张牙舞爪地冲向敌人展开厮杀。

他在那一瞬间，心头柔软如水，只想把这只狂怒的小兽揉入怀抱，用尽一切办法去平息它的怒气。

如果它的敌人是自己的话，那就把自己柔软的腹部露给它，免得伤了它脆弱的爪牙。

李渭捉住那只手，嗓音嘶哑："手指破了。"

他起身，这才意识到他睡在她的双腿上，她双眼微红，先举着水囊送到他嘴边："你的唇干了，先喝口水。"

他微微一笑，勉强提力，接过水囊，喝尽水囊里的水，再去寻他的药："我给你抹点药。"

"一点点刮伤，不碍事的。"她将手指收回，看着他仍是苍白憔悴的脸，满是担忧地问他，"你还好吗？伤口痛不痛？"

李渭安慰她："好多了，小伤而已，我没事。"

她见他的脸色，心头仍是不安，他要起身，被她拦住。她烧汤煮了肉干，将胡饼泡软端给他："你受伤了，现在轮到我来照顾你。"

他勉强微笑："我运气不错，算是因祸得福，有人照顾。"

春天吸吸鼻子，满是后怕："若不是我，你现在应在甘州享更大的福气呢。"

"也未必，我还是喜欢现在这个际遇。"他从地上挣扎起来，衣内冒出了一身虚汗，静静注视着她吃东西，"时候不早了，吃饱之后我们走吧。"

"你可以吗？"她问，"我们在这儿多待几日不行吗？"

李渭已唤来追雷："山中天气阴晴不定，要早点走出去。"

若是再下一场雨，那境地更糟糕。

两人上马，缰绳扬动，追雷飞驰出去。李渭行路急切，驱使追雷穿行于山林之间，其间不曾下马，只在马上歇了几次，此外一直纵马飞奔。

春天搭着他的手臂，看着他嘴唇干裂，唇角紧抿，鬓角汗珠滚落，无不焦虑："李渭，你要不要停下来歇歇？"

"我没事，趁着现在天气尚好，多赶点路，早点翻过贪汗山。"他不知道自己能撑多久，要尽早将她送出去。

春天坐在他身前，疲累之外，也觉心绪难平，手中捻着他的衣料，只觉他衣裳黏重生潮，一颗汗珠沿着他的颌线滚在她面靥上，那汗珠冰冷沉重。

"李渭，你是不是不舒服？"她心头生疑，一手沿着他的手臂向上抚摸，按在他坚硬的胸膛之上，那儿心跳如擂，剧烈的跳动几欲扑体而出。

春天心头颤抖，扭身仰头，指尖抚摸上了他粗粝的脸颊。

李渭侧首躲了躲，唇间吐出三个字："我没事。"

春天不肯罢手，手指向上，不出所料摸到了满手虚汗，湿漉漉，冰冷冷。他的腮骨紧紧绷着，脸上肌肤生硬，她摸到他脸颊上紧咬的牙关，瞬时明白，他在用力控制自己的神情和情绪。

"李渭，李渭，你停下，让我看看你。"她焦灼万分，握着他牵引缰绳的手，"李渭，停下！"

李渭不慢反快，皱紧了双眉，一手将她揽住，紧紧搂进自己怀中，伏低身体，夹紧马腹，策马往前奔去。

"李渭。"她被压在他沉重的身体下，溢出一声哀音，"你怎么了？"

任春天在他怀中百般劝说，李渭一直不肯停下歇息。这一日都在马上颠簸，入夜了，连追雷都跑得浑身大汗，肌肉抽搐，几要扑倒在地，春天去喊追雷："追雷，停下！"

追雷扬蹄嘶叫一声，李渭终于停下。

他几乎是滚落在地，伏地吐出了一口苦水，而后无力地瘫倒在地。春天急急下马，起先是怕他劳累脱力，去抱水囊，递肉干，却见他双目紧合，满身冷汗，呼吸急促，已然昏睡过去。

不过片刻之间，李渭发起了高热。

他知道自己的身体状况，亦有太多受伤的经历，走到现在已经撑了太久。

春天将李渭抱在怀中，如何呼喊他都不醒，又觉察他身上烧起惧人高热，手足无措，不知如何是好。

她四望陌生荒野，只觉孤立无援，那种回天无力的痛苦再一次浮现出来，冲击得她心神俱裂。她紧紧咬牙，看着身边的男人，不过一瞬之间，从地上撑坐起来，手脚麻利地去干活。

春天坐在篝火面前，烧了热汤。她将李渭轻轻抱在怀中，他的嘴唇已然干裂出血，眉头紧皱，面色赤红。

他身上热度惊人，她沾湿了布巾，敷在他的额头，将他的唇一点点沾湿，使之柔软湿润。又折了地上的草管，将温热的肉汤一点点滴入他的唇中，抹去他的冷汗，替他揉揉紧皱的眉心。

她握着李渭的手，轻哄着他，给他换巾帕，添柴火，烧热汤。他高热惧人，她用凉水擦拭他的四肢；他呓语喊冷，她紧贴着他，把自己的怀抱打开，将他妥帖藏起；他蹙眉忍痛，她柔声安慰。

春天温柔地凝视着他，不由自主地哼出了小时候阿爹教她的童谣："月光光，照地堂，小儿郎，爬高墙，阿爹来，阿娘望，问儿郎，缘何爬高墙，隔墙有个小女娘……"

这是她独醒的夜，忙忙碌碌，疲惫不堪，熬到天光将亮，见李渭稍稍好了些，才松了口气。她在地上躺下，将脸庞挨在他脸颊旁，闭目休憩。

不过片刻她又惊醒过来，摸摸他的脸颊，看看他的神色，给他换布巾，喂他喝水喝汤。又提着自己的匕首去掏树上的鸟蛋，去草丛间采摘能吃的野果，去找李渭曾经喂给她吃的药草。

"快点好起来呀，李渭。"她气概万千，充满勇气地在四周游走，"快好起来。"

烈日暴晒，旅人疲惫。

前方是个偏僻荒凉的小村庄，灰扑扑地半埋在土沙之中。

十六七岁的少年，满身土尘，却遮不住俊秀英朗的容貌，骑在马上的身姿挺拔傲然，一双漆黑雪亮的星眼，瞥见农家院落里罕见的几点绿，还有一方水井，眼前兀地一亮。

少年活泼伶俐地翻身跳下马，衣袍在利落的动作下甩出个漂亮的弧度，他抬手敲敲篱笆门，顺道在门外扭扭脖颈，松松筋骨，靴尖轻点地面，打着节拍，嘴里哼着小调，耐心地等院子里的人出来。

成年男子在一旁注视着这幅画卷，他恍然记起，这是十多年前，还是少年的他，行路途中的一段浮光掠影。

少年时光的他，是和现在截然不同的神貌气度。

屋里有人出来，是个年迈的老妇人，拄着拐杖出来询问来人。少年嘻嘻一笑，恭敬弯腰施了个礼，声音清朗如泉流："嬷嬷，我从远道来，路过此地，见贵府上有口水井，能否讨口水喝？"

　　"好，好，当然好。"老妇人满脸皱纹，笑眯眯的，"小郎君稍等，我去拿个碗。"

　　"谢谢嬷嬷。"他站在院子里捧碗喝水，听见屋内一阵银铃般的嬉笑之声，还有隐约的笑语，从屋中窗缝里轻轻传来。

　　"好俊的模样……"

　　少年端着碗的手略略一顿。

　　"让小郎君见笑了。"老妇人脸上略显尴尬，"家里几个孙女儿，都被宠得不成样子，天天没个正行。"

　　老妇人扭头朝屋子喝道："丫头们，守点规矩。"

　　屋内嬉笑声顿住。

　　少年微微一笑，脸上略显出腼腆来，将碗中水饮尽，还给老妇人："谢谢嬷嬷。"

　　他辞别老妇，走出院子，翻身上马，眼风不经意间扫过屋子，土墙之后，有一抹极其娇嫩的鹅黄被炎风轻轻撩起，飘荡在半空之中，是少女轻盈的裙摆。

　　那抹鹅黄在少年的眼里忽闪而过，心头突然如涟漪荡动，然而握缰的手不过停留一瞬，打马远去。

　　是了，想起来了，这一幕，这一抹鹅黄之色。枯寂的荒野，无穷的黄沙，凋敝的村庄，独独撞见这样罕见的颜色，娇艳、轻盈、柔软，在这无边的灰暗中，显得那么温柔和别具一格。

　　只是当年没有后来，偶然路过的村庄，未曾谋面的陌生人，还有生活里接踵而至的事情，那轻盈飘荡的鹅黄裙摆被偶尔想起，直至最后消失在脑海里。

　　成年男子走入画卷，偕同那马上的少年，往漫漫路途远去。

　　"哎，你停住。"有清脆的声音在身后唤他，"李渭，你回来呀。"

　　"嗯？"他勒马，回头一望，依旧是那家人家，有人站在篱笆内朝他拼命挥手，召唤他回去。

　　"快过来。"

　　那是个十五六岁的少女，容貌将四周光景都衬得明艳，穿着一身鹅黄的襦裙，她笑盈盈望着他，一双猫儿眼清澈如泉。

　　他近前，只望一眼，瞬间怦然心动。

　　是了，就是她，原来是这样的一个人。

"李渭,你要去哪儿?"少女探出半个身子,手臂搁在篱笆上,双手支颐,眨着眼问他。

"我回家。"他跳下马来,手里握着马鞭,隔着篱笆和她说话。

"你家在哪儿呀?"

"在甘州城,安顺坊的瞎子巷。"

"家中都有谁呀?"她笑嘻嘻地问他。

"老爹,还有一个长姐。"他心头慌张,面色上却强装镇定。

"那你什么时候回来呀?"她问他。

"回来?回哪儿……"他疑惑。

"当然是这儿呀。"她嘟起唇,跺跺脚,不满意他的答复,"我一直这儿等你呢。"

转瞬那篱笆消失不见,少女却偎依进了他的怀中,搂着他的腰,蝾首在他怀中蹭蹭,娇滴滴地道:"李渭,你别走。"

他被怀中的少女拱得心神凌乱,面上熏得红烫,支支吾吾:"我、我……"

她踮起脚尖,双臂攀上他的肩膀,仰头注视着他,柔声道:"你走了,我怎么办呀?"

他的手臂不自觉搂住她的细腰,宛如一对热恋中的情人:"我很快就回来。"他抿抿唇,"回去跟老爹说一声,我再回来看你。"

"别走。"她的目光突然沉寂,面容带着哀戚,"李渭。"

但他似乎有不得不走的理由,望着她的眼神,只觉心头剧痛,难以割舍。

眨眨眼,少女哀戚的面容突然近在咫尺,俯视着他。

春天终于吁了一口气,蹲在李渭身边,绽放出疲惫的笑容:"李渭,你醒了。"

李渭眨眨眼,她往后退了一步,手贴在他额头上,仍是烫手,忧心忡忡:"你一直在发烧说胡话,我喊了你好久。"

他只觉身背剧痛绵绵,连身体都僵硬了,头颅昏沉,知道自己是伤后发起的高热,皱眉环顾四周,天空晴朗,日头高照,他们出了群山,身处一片空旷荒野。

春天扶他起来:"昨天你下马后就昏睡过去了,身上又烧着,一夜都未醒。"

她递给他水囊,他勉强喝了几口水,闭目休息半刻,睁眼见她小心翼翼地捧着鸟蛋和野果递到他面前,满怀期待地盼着他吃点东西。

他略略吃了几样,稍稍有了力气,去摸包袱里的药瓶,蹒跚着站起来,要走开去给自己换药。

她跟着他:"李渭,我可不可以来帮你?"

他摇头:"无事,我自己可以。"

"让我看看你的伤口。"

他不肯:"于礼不合。"

"你一直瞒着我。"她上前抓住他的手,目光坚定地仰视着他,"你怕我看见你的伤,伤得很重对不对?"

李渭无奈地看着她,两厢僵持,她也执拗,最后他叹口气,坐下,默默地解开了自己的上衣。

他有遒健的躯体,以及很多旧的伤疤,大大小小,有的久远暗淡,有的伤疤明显,后背上狼爪纵横,左肩上血肉模糊,撕开了一大片血淋淋的皮肉,露出了森森的白骨。

只一眼,她已经不忍看,眼泪噼啪落下来。

"哭什么?"他柔声道,"近来常看见你落泪。"

她颤抖着双手触碰他的背脊:"这么严重,怎么才能快点好起来?"

"熬过去就好了。"他将药瓶递给她,"都撒在伤口上。"

她抹抹眼泪,将药瓶里的药粉均匀地扑在他的后肩,察觉到他的身体在细微颤抖,脸色青白得可怕。

再去看他的后背,肌肤上都是凝固的血壳,黑衣上看不出血色,却能看出一块块洇干的痕迹。

"没事的。"李渭去拉衣裳,"都是皮外伤,还算好。"

春天挡住他的手:"脏了,都是血。"她抹抹眼泪,"不能拿这个包扎伤口。"

两人除了身上的衣裳,哪有其他可用的干净布帛,就连身上这套衣裳,也是扯掉了不少做其他用处的。

春天起身,找了个地方躲避,窸窣解开自己的衣裳。片刻之后,捧出了一块宽大柔软的雪白棉布,布料还带着余温,她不声不响,仔细将那伤口缠起来。

两个人的目光俱落在那雪白的棉布上,却都一语未发。

李渭的高热一直未退,他坚持要赶路,春天不愿,苦苦哀求他:"可不可以等你伤好了再走?"

"我们带的东西都要用尽了。"他看着她同样憔悴的脸,"这里没有避所,没有毡毯、衣物,连胡饼也要吃光了。山野间危机四伏,我受伤无法保护你,再不走,我们可能永远走不出去。"

她无法抉择,也无法反驳他,只能跟随:"你不能太累,不能走太多,我带着你,我来骑马。"

李渭点点头。

两人在马上,他的精力其实很不好,炙热的呼吸凌乱又毫无章法,不知不觉间,他会把身体压在春天背上。她知道他那时候已经烧得神志不清,看着他发红的眼眸和潮红的脸色,她只能手足无措,不知如何应对。

他也会耐心地教她很多事情:"野外露宿,避开风口、雾带、水畔,先看看四周地势,是否有兽迹土穴,是否有虫鸟寄住。河流池潭的生水不可饮用,无鸟虫食用的野果也不可采摘。"

他也会抓着她的手伸向星空度准方向:"贪汗山在天山西北端,山的走向和天山截然相反,南旱北水,我们已出天山,先定位南北,找准方向,山口有道可穿行,沿着山道往里走,就到了铁赫人的居所。"

她惴惴不安地看着他越来越黯淡的脸色和逐渐暗沉下去的眼神。

胡饼吃尽,她见旷野里有兽群隔得不远不近,漫步在草丛之间,抽出了自己的匕首。

李渭指导她:"那是草原野驴,性子憨傻,奔跑迅速,力大执拗,不能强硬捕捉。它们有很强的好奇心,遇见危险,先是撒蹄跑一阵,而后驻足回头观望,如此反复,跑跑停停。可以想办法诱捉它,先找点东西惹其注意力,它会再三回顾,你先视若无睹,等它们放松警惕后,再弄点它们喜欢的草叶,等它们上前觅食,最后趁其不备,再抽刀割其喉管。"

她点点头,看中一头尚且年幼的淡色小野驴,耐心陪着周旋了一个时辰,最后抽刀扎入了它的脖颈。

那小野驴猝不及防被刺中,犹且挣扎着从地上起来奔走,春天使出了全力压制,仍是被野驴踢了几下。喉间翻起一阵腥甜之气,小野驴在地上抽搐许久,那双纯净的大眼闪了闪,慢慢地合上。

春天愣愣地蹲在野驴旁,抬头看了看李渭,见他又合着眼昏沉过去,脸颊瘦削如刀,她将自己的匕首抽出来,发狠地切开野驴身体。

尚未冷却的血溅在她的脸庞和衣上,脏兮兮的,这时的她蓬头垢面,狼狈万分,目光却坚毅无比。

李渭的伤口已经无药可换,昏沉的时候也越来越多,每日走走停停,两三日来走的路程,比以往一日走的还少些,缓慢又让人无比心灼。

两人走入了另一片山野,半夜时候,篝火被一阵急雨浇停。

春天费力地把李渭拖到树荫之下,雨打林叶,哗哗作响,衣裳已然湿透,她把外裳脱下来,举过头顶,覆身遮在李渭上方,替他挡雨。

李渭被冰冷的雨珠溅湿,摸到她湿淋淋的身体挡在自己头顶之上,黑暗里看不清眼前,却能摸到她和湿衣融合一体的玲珑身躯。

他神志飘荡,瞬间被高热燃烧得更旺了些,连骨缝都冒着火,将她拖下来,拖到自己怀抱里。

"我身上湿了。"她挣扎起来，遮挡着他的伤口不被雨淋湿，"会把寒气过给你。"

"我身上烧着呢。"他闭眼呢喃，"正好把你烘暖。"

"李渭。"她软嘟嘟、湿润润的唇撩过他的脸庞，移到他耳边，"我们好倒霉，这一路的运气都不太好。"

"是吗？"他昏昏沉沉地睡过去，"我倒觉得，这是我最好的运气了。"

次日艳阳依旧高照，春天见李渭面如金纸，呼吸微弱，久久不醒。

她连声呼唤他。

李渭皱了皱眉，睁开布满红丝的眼，看了看她，复又闭上："春天。"

"嗯。"

"你带着追雷走吧。"

她一愣："你呢？"

"我累了，让我在这儿歇歇。"

"我陪你。"她咬着唇，"我陪你。"

"你先走，等我伤好了，我再去寻你。"

"不行。"

"听话，你先走，我在后面，慢慢跟着你。"

"不行。"她急切地朝他吼，"我和你在一起。"

他轻轻叹口气，摇摇头："傻丫头，我走不动了。"

"我背你走。"

"你背不动我，我现在是你的累赘了，只会拖累你。"

"不是的，你永远不会是我的累赘……"

"傻孩子，哪有什么永远……"他露出一抹微笑，"我可能撑不住了，太累了。"

"那我们停下来歇一歇，我们找个地方养伤，就跟我上次生病一样……我给你做吃的，给你找草药，等你慢慢好转。"

"如果好不了呢？"他问。

"怎么会好不了呢？"她双目通红，"你说过的，只是一点皮外伤，只是一点皮外伤而已。"

"这样的天气，人肉也会发臭腐烂呢。"他摸摸后背，苦笑，"我可能熬不过去了。"

"这里已经靠近贪汗山了，你自己翻过贪汗山，去找铁赫部，他们专为北宛国锻造兵器，每隔一段时间会有北宛军过来取兵器。你跟来取兵器的北宛军首说，你要找贺咄王爷，他是北宛王的次子，在北宛国地位显赫。遇见贺咄后，你提我的名字，我曾救过贺咄的性命，你爹爹的事情，就拜托他帮你吧。"

她蹲在地上，捂着耳朵不听。

他想起身，却一丝力气也提不起，闭眼凝神，最后道："你要听我的话，如果我死了……"

她恶狠狠地吼他："你不准死！你若敢死，我就吃你的肉、喝你的血、敲碎你的骨头，把你扔在这荒野里，让你成为孤零零的孤魂野鬼！"

"是吗？"他微笑，"这样也不错啊。"

她嗓音嘶哑，跪地趋步向他："李渭，你想想长留，他还在等你回家，他年纪还小，他不能没有你。"

他轻轻叹一声，摇摇头。

她怔怔地看着他，已然泪流满面。

李渭抬起手，想要拍拍她的黑发，又在半路停顿。

她抱着他缩回的手，把自己的脸颊埋在他的手掌中，哽咽道："李渭，你别抛下我。"

她的脸不过他巴掌大，他的手心承接了她的泪，竟然比他手心的温度还要滚烫，他用拇指摩挲她的脸颊，柔声道："别哭，别哭，你还要去找你爹爹呢。"

她身体颤抖："你活着，或者我们一起死。"

她下定决心，重复道："你活着，或者我们一起死。"

"我已经对不起爹爹，不能再对不起长留，对不起你。"

他沉思半晌，眯起眼，呓语道："要我活着吗……"

她从他手心抬起脸颊，颤颤巍巍地靠近他，贴近他，拥抱他，一字一句道："李渭，求你了，撑下去，要我做什么都可以，只要你活着。"

他也将自己的脸庞贴近她。

她靠得离他更近，颤抖着，流泪着，将自己的脸颊贴近他，挤挨他，仿佛这样才能走近他。

滚烫的额头挨着她的额角，高挺的鼻尖挤着她的鼻尖，也有同样柔软的嘴唇贴着她的唇，她捧着他的脸颊，生涩地厮磨，让自己的唇在他的唇上摩挲，仿佛这样话语才能传递到他心间："李渭，要活着。"

她察觉他冰冷干裂的唇在自己唇上蹭动，有轻飘飘的话语递来："好，活着……"

有什么东西绵绵刺入心间，比针柔软，带着微微的痛，但那痛是舒爽的、陶醉的、绵柔的，惹得她身体轻轻战栗。

李渭喝完酒囊里最后一滴酒，目光沉沉地望着远处，指导春天做了一个马上的护架，告诉春天："我们要走，要去铁赫部，让他们帮帮我，我需要很好的大夫和药……你来骑马，把我绑在马上，我会一直昏迷，但不用管我，隔几个时辰喂我喝点水，我还能撑一撑。"

她点点头，扶着他上马，然后日夜不停地纵马飞奔。

起初他尚有意识，能在她身后指点方向，也能和她说几句话。后来她再唤他，却没有任何回应，只能听见他沉重的呼吸声。再后来，她甚至觉得身后是一片死寂，只有偶尔的呓语提醒她，他还活着。

她驱使追雷路过森林、路过高坡、路过草地、路过繁花万千、路过溪流水潭，白天和黑夜，不曾停歇。

直到最后双腿和尾椎都磨出了血。

最后，当她终于翻过一片高岭，看见眼下无边绿浪滚滚，远处雪白的营帐如同白花绽放在绿野之间，一只只蠕动的白点是漫野觅食的山羊，还有牧羊人的笛声传来。

她眼眶一热，用尽全力奔驰下去，握住身后人冰冷的手，朝着牧人挥挥手："请帮帮我！"

晚归的牧人回到营地，听见部族男女老少嘴里都传着同一件事情——部族里来了两个汉人，从远道来，豆蔻少女，受伤男子，看着像是兄妹，或是夫妻情人。

那名少女满面泪痕，神色急切，抱着昏迷的男子，找到梅录，跪求梅录收留救治。梅录心慈，虽见两人是汉人，也未有偏见，看过男子伤势，当即唤来了巫医，把两人带进了毡帐。

这里是铁赫部十一支中的斛羽部，处于贪汗山脚下的广阔草原，部族人少，尚不足千人，族人以斛羽为姓，敬称部族首领为梅录。斛羽部以锻铁、放牧为生，虽偏安一隅，但凭着锻铁的手艺，生活尚且富足。每隔几个月，会有商人前来，运来盐茶、大黄这样的贵重物品，换些皮毛、鹿角、花毡毯出去，像今日这样的旅人，并不多见。

部族里生活简单，晚上族人们会在空地上燃起篝火，聚在一起闲聊吃酒，看着孩子们打打闹闹。今夜大家的目光都不约而同地落在一顶毡帐上，好奇又大胆的孩童绕着毡帐玩耍，偷偷窥视里头的情景。

大人们嘴里凑出完整的故事——两人从伊吾界穿过天山和贪汗山而来，在半途中遇了狼群，男子被狼咬伤，出血过多，拖延时间太长，昏迷中被少女带出来。

这条路径是来斟羽部的快径，走的人不多，只有经验丰富的商旅才会走此条道。

"遇上狼群还能活命，看来是个厉害人物。"人们纷纷道。

毡帐里几乎没有说话的声音，只有巫医的小孙儿，时不时进进出出，抱着热水、干巾、药箱、火盆等物钻进毡帐。

趁着门帐被撩起的瞬间，有人偷偷窥见，巫医握着一把烧红的小银刀，俯在那受伤男子肩头，全神贯注地剔着身上的肉，一个纤细的身影，跪在男子身旁，静静握着他的手。

"不痛吗？"有孩子瞪大眼睛，惊恐地问自己的父母，"巫医在割他的肉咧，他怎么都不哭？"

"就你话多。"严厉的父亲呵斥孩子，"去别处玩。"

空地的篝火慢慢熄灭，留了一地红耀火星，冷风从山上吹来，人群渐渐散去，回各自的毡帐歇息。月挂中天，巫医用完药，将伤口包扎，将满手污血洗净，向春天告辞。

巫医能听懂汉话，能说的却不太多，简单交代她："守着他，要喝药，醒了就好。"

春天双目通红地对着巫医鞠躬行礼，千恩万谢，他摆摆手，走出毡帐，春天旋即折回李渭身边。

刚才巫医剔除他肩头的腐肉，昏迷中的他出了满身豆大的汗珠，面如金纸，也只是皱眉，眼却一直闭着，一声不吭。她在一旁心如刀绞，几不忍睹，却也不敢哭，怕惊扰了巫医下手。

春天伏在胡床边看他一眼，见李渭气息微弱，犹且昏迷不醒，喊了他几声，见他毫无回应，心头灼急，又不敢胡思乱想，她揉揉自己的眼睛，打水替他擦拭身上的虚汗。

熬好的草药已温热，春天把李渭侧抱在怀中，捧着药碗，忆起昔日他喂她吃药的光景，用指尖撬开他紧咬的牙关，探入他的唇，摸到他柔软温热的舌尖，用小银勺将药汤一点点顺着唇角流入口中。

"李渭，咽下去。"她一点点舀着，全神贯注地喂他，怀中人毫无动作，她只得把药一滴滴送入他唇中，语无伦次地哄他，"咽下去……"

喂完药汤，她松了一口气，捋捋他的发，将他放回胡床，轻柔地盖上毡毯。

也不知现在是何时，外头竟然静悄悄的，毫无一丝声音。刚才高燃的脂灯被撤走，只余了一盏小灯陪伴在床头，模糊地照耀着两人。

声音一旦消逝，她也仿佛被抽去力气，极度惶恐不安，又狂躁暴动，现在全凭一股勇气吊着自己，跪撑在他身边，一手搭在他手臂上，一手枕着自己的蠑首，静静地注视他，心内默默祈求。

李渭，醒过来，醒过来，快点醒过来……

满室寂静，火炉里的橘色火苗，静静地舔着铁壶。

她也是累极了，几日不休不眠，却依旧不敢睡，怕李渭夜里有异。她强撑着让自己醒着，逼迫自己去看毡帐上的花纹，数胡床上木料的纹理，数自己的头发丝，最后握着李渭的一只手，细细数他手心的纹路。

他的手宽大，却不厚重，手指很长，指节分明，极硬，指腹和手心都有硬茧，手心的纹路不深不浅，也不算乱。春天不懂手相，只能端详其貌，兼在一旁胡编乱造："哇！看你这手相，应是福厚之人，遇事定然逢凶化吉，而且日后一定子孙满堂，富贵滔天，百年长寿，是不是很高兴？高兴你就点点头呀。"

她说着话，握着他的手，额头跌进了他手心里，打了个困倦的哈欠，逼出几点泪花，喃喃自语："李渭，快点醒过来吧。"

床上的人儿仍是毫无动静。

苦熬至天光微亮，门外有窸窣的声响，是勤劳的妇人们出来挤羊奶，羊群咩咩地叫唤。她略略提了提精神，这里的风都带着青草和畜群的气息，但她甚至都没有看过一眼，不知道自己身处一个什么样的地方，是一个什么样的部族。

"李渭，李渭。"她低声唤他，"天亮了，你饿不饿呀，我去给你煮碗热汤来。这里有很多羊，他们送来了一块羊肉，你不是爱吃羊肉汤饼吗？我也可以试着给你做一碗，但是羊肉汤饼我不能喂你，你要自己坐起来吃。"

"你这么厉害，肯定也会很快好起来的。你以前受过那么多伤都熬过来了，这次也一定可以的，我也想听听你身上伤疤的故事。"她撑着头颅看他，"你是为谁受的伤，以前又是谁来照顾你的呢？是李娘子吗……她那么温柔忧愁的人，是不是也很难过……"

门口有调皮又好奇的幼童掀开毡帘一角，探入个光溜溜的圆脑袋，看见个发乱衣脏的漂亮小姐姐，趴在胡床上握着床上叔叔的手。小姐姐听见声响扭头看他，眨眨眼，把眼里的泪花憋回去。

他懵懂地问她："姐姐，你哭什么？"

她听不懂北宛语，只能微微一笑，朝小孩儿勉强挤出个含泪的鬼脸。

小孩儿也不懂，皱皱鼻子皱皱眉，大着胆子钻进来，挺着胸膛看看李渭，看看春天，指着李渭道："这个叔叔怎么还不起来？"

春天微微一笑，将手指移到唇边，做了个嘘声的动作，又指指李渭，将手掌移到耳边，闭上眼，做恬睡状。

"巫医说叔叔受伤了，只有受伤了才能白天躺着睡觉。"小孩子在春天身边坐下，学着春天的模样，下巴枕着手背，"我也想受伤，躺着睡觉真舒服，但我要陪小羊玩，还要去割草。"

春天听着他说话，点点头，又摇摇头。

小孩儿说了几句，听见外头有脚步声，一溜烟蹿了出去。未多久巫医进来，仔细看了看李渭的脸色，点点头："尚好。"

"他什么时候才能醒？"春天捏着自己的手指，有些忐忑。

"再等等。"巫医送来药汤和敷伤口的草汁，递到她手中，"不能心急。"

她哀愁地点点头，扶起李渭喂药，给他换敷草药，喂水喂汤。闲暇之际，她撩起毡帐看一眼，远处贪汗山高耸，山间如草如茵，天空澄蓝如玉，白云飘荡如练。

眼前有披发异服、褐肤赤足的妇人来往忙碌，孩童的嬉戏声左右窜动。

这样恬淡的风景，看着却万分难受，她知道自己心急如焚，回头再看躺着的李渭，吁了一口气。

这日傍晚，巫医又来给李渭的肩头换了一次药，换了一种新的药粉，因药效太大，撒在李渭肩头后，惹得昏迷中的李渭全身肌肉抽搐。春天被吓了一跳，当即砸下泪来："他这是怎么了？"

"是汉人的药，撒昆敦啜给的伤药，很有用。"巫医摁住李渭的肩膀，"这种药，我们只给受伤的勇士用。"

他看着春天眼下浓重的青影："你也要睡觉，不然也会生病，不好。"

春天给李渭抹汗，担忧地问："真的有用吗？可是他一直不醒，怎么都不醒……"

她的焦虑无法宣泄。

巫医拍拍她的肩膀："会醒，好好等。"

春天皱着眉头，替李渭揉着痉挛的肌肉，至半夜终是熬不住，头猛然一垂，挨床而眠。

李渭醒来时恰是天光初亮，头昏体虚，口渴不已，睁眼茫然一看，头顶是常见的北宛毡帐，身下有床，身上有被。记忆涌起，他知道自己是被春天带到了斛羽部落，再扭头一瞧，少女趴在床上守着她，胡床低矮，她只得双膝跪地，上半身趴在床边，一手还握着他的手，枕着胳膊已然昏睡。

他费力挣扎着爬起，见她睡得辛苦，单手挟着她的腰肢，提力把她翻挪在胡床上。哪知他轻轻一提,她就随着力道滚入榻间,也不由得一愣,见她两颊消瘦,想起这些日他受伤,自顾无暇,她不知如何度日的,熬到如此形销骨立。

他在她身边缓口气,心头思绪起起伏伏,见她睡得昏沉,探出一指指尖,离着她的面庞些微距离,在虚空中一点点抚摸她的面容。

春天略一翻身,被自己的动作惊醒,猛然从胡床上坐起来。四顾毡帐,只她一人,天已大亮,天光从毡毯顶端的缝隙里钻入,撒下点点光斑,投射在她身上。

她呆愣了片刻,头脑一片空白,听见毡毯外有巫医说话的声音,眨眨眼,猛然起身冲出门外。

成年男子伫立在不远处,垂着双臂,因为虚弱,耷拉着肩膀,和巫医说着什么。她能看见他苍白瘦削的侧脸,弧线跌宕起伏,像是用画笔一气呵成的利落山水。

春天尖叫一声,又惊又喜,又酸又怕,喊了一声李渭的名字,像一只小鹿一样扑上前去。

两人停住交谈,年轻男人微微侧首看她,露出了一个清淡的微笑。

她径直冲到他怀里,埋头在他的胸膛中,原本想说些什么,但一碰到他的身体,闻到他的气息,哇地痛哭起来,哭得上气不接下气。

李渭被她轻轻一撞,险些站不住,稳住身形,抬手拍拍她的小脑瓜,温声道:"醒了?睡饱了吗?"

她哭得更大声。

李渭轻拍着春天的肩头安抚她,微笑着和巫医用北宛语交谈:"让您见笑,这几天真把她吓坏了。"

"吃了这么多苦头,看你醒来,憋不住了。"巫医年纪不算老,也是过来人,呵呵一笑,"她既然醒了,你就回去好好躺躺吧,病人还是要多休息。"

李渭点点头:"多谢。"

巫医略说了两句就转身走开了,留下两人独处。

他复低下头,看着攥着他衣裳哭得涕泪横流的春天,柔声道:"好了,莫哭了,把眼睛哭坏就不好了。"

他悄声在她耳边道:"哭声把部族里的小孩儿都招过来了,他们都看着你呢。"

她肩头一耸一耸,良久方收住情绪,犹且在抽噎,低头跺跺脚:"我怎么能睡着呢……你什么时候醒的?都不把我弄醒,还自己跑了出来。"

"刚刚醒,看见巫医跟他说了几句话,见你睡着就没闹醒你。"他柔声道,"春天,别哭。"

她泪眼婆娑地抬起头,抽抽鼻子,本想看看他醒来的脸色神情,哪知这一眼不小心变成了凝视,他微微一笑,亦报以同样的目光。

她能看到他漆黑眼瞳中自己狼狈的模样，他亦在她凝冻的眼里窥见自己的脆弱和疲惫。

夏日的凉风，高远的蓝天，洁白的毡帐，好奇的孩童，远道而来的旅人啊，异路相逢的年轻人啊，可亲可爱的人儿啊。

这睽违已久的一眼，是初遇，还是重逢，抑或是别的什么？

风悄悄地变换方向，蓝天又飘过几朵白云，静悄悄的时候，是不是有什么东西在悄然改变？

她撇撇嘴，想说些什么，心头一酸，哇的一声又哭出来。

四周都是探头探脑的年幼孩童，忽闪着眼睛盯着两人，纯真的眼里满是好奇。他轻轻叹一口气，环抱住她，手抚摸着她的黑发，把她的泪水藏在怀中。

就这样吧，他早已缴械投降，怎么样都可以，怎么样他都甘愿。

"羞、羞、羞羞脸……"孩子们捂着脸，嘻嘻地笑着。

"孩子们在说什么？"她哭之余，听见孩子们嘻嘻笑，忍不住问他。

"他们说想找姐姐一起玩。"他柔声道。

"我不能去，我要守着你。"她闷在他怀中道。

她可知道她说的是什么话？他温和地笑，牵着她进毡帐："好，守着我。"

她这才收拾了自己的情绪，抬手抹抹脸上的泪，被他牵着，也去扶他："你刚醒，要好好躺着休息。"

他在胡床上趴下，碰着伤口，暗暗皱了皱眉，松懈了一口气，又觉困顿，忍不住告诉她："我略微闭闭眼，你也歇歇。"

"好。"她点点头，在胡床前的草苫上跪坐守着他，他拍拍床，往里挪了挪："一起躺躺？"

春天怕挤着他，摇头："我不困，我守着你。"

李渭熬了半晌，复又闭上眼，春天见他睡着，蹑手蹑脚地去准备茶水粥汤，时不时看他两眼，见他睡得安稳，呼吸绵密，心头终于松了口气。

巫医知道李渭已醒，再次和梅录一同前来。梅录自第一日后不曾来过毡帐，但每日都会遣人来送饭食汤水。春天未仔细看过他的容貌，此时细观，知道是个脸色微褐、面容深邃、短髯褐眼的中年人，名叫斛羽裴罗，年岁约莫五十，身量中等，肩披绣毡，看着彬彬有礼又颇有尊威。

她心头实在感激，再三对他行礼致谢。

部族里说汉话的人不多，连巫医都只能说上几句，梅录却话语流利，示意春天不必挂怀，又转向李渭："你的伤情我都听巫医说了，要多多静养，远来是客，两位尊客请在敝居安心养伤，若是一应有缺，知会我一句即可，万毋客气。"

"多谢梅录收留救命之恩。"李渭亦起身施礼。

梅录吩咐了几句就出去了，剩着巫医在，看了看李渭伤势，点了点头："每日早晚敷药喝汤就好，慢慢养着就行了，你身骨底子好，没什么大碍。"又问他，"一共杀了几只狼？"

李渭赧颜一笑："也就几只，最后伤成这样，有些难堪。"

"山里的雪狼，可比草原的要凶猛狡诈些。"巫医道，"狼的咬力大，一咬能把整条胳膊都撕扯下来，你这运气很不错了。"

春天听见两人汉话、北宛语相错使用，全神贯注听着，连蒙带猜也能猜出个七八分，巫医见她在一旁聆听，将手中的药碗顺手给她："他醒来了，煎药敷药交给你了。"

春天点头，巫医吩咐了李渭几句，也笑着走出去了。

巫医把药碗端给她，是要她替他敷肩头重伤的。春天将手洗净，端着草药汁踌躇，李渭瞥了她一眼，慢慢把上身衣裳褪尽，堆在腰间，露出光裸的肌肤。

被衣裳遮盖的肌肤颜色比脸庞浅些，是浅浅的麦色，忽视其上的伤疤，宽阔笔挺的肩膀，紧实匀停的肌体，胸腹上是块垒分明的肌肉，往下收拢，汇集成窄窄劲腰，是减一分则瘦，增一分则硕的遒健体魄。

她老老实实、安安分分地给他的伤口处涂抹药汁，指头不小心在他身上勾画过，触感犹如绸布包裹的生铁。指腹下的身体兀然一僵，春天觉得李渭的眼神在自己身上停留了一瞬，不知为何突然脸上一红。

她强装镇定，将伤处仔细抹上草药，取来干净的布条替他包裹伤口。他已成站姿，她踮脚也堪堪只能够着他的肩头，闻到他身上的气息，带着暖意，钻入她的鼻尖。

他坐下来，笑看着她："我来吧。"

她已经将布帛缠好，在肩头打了个结，把手收回，听见他笑道："把你当婢女使唤，这可是我的罪过。"

"应该的，若不是我，你怎么会受伤。"她将汤药捧给他，"我当婢子也无法回报你的恩情。"

"我怎么舍……"他顿了顿，将汤药一口饮尽，话锋一转，"你救我一次，我救你一次，我们算是扯平，互不相欠。"

她扭头："我还是欠着你。"

她说着话，见他的目光落在她的双掌上，久久地，不辨神色，故把手往身后一缩："怎么了？"

"给我看看。"他嗓音温和。

她不肯，抿着唇往后退了一步。

"我看看你的手。"

她扭身要走："我要出去。"

李渭伸手捉她，被她敏捷地一步跳开，语气微微有些遮掩："没事的啦。"

李渭微微皱起眉心。

他起身，高大的身躯缓步靠近春天，执意要去寻她的手，嗓音低沉又喑哑，克制又温柔："怎么会伤成这样？"

那奇异的语调让春天心头一颤，难免有丝慌乱，将手缩到袖子里，支支吾吾："不小心被杂草割伤的。"

他居高临下地看着她，掀起眼帘，墨瞳闪烁，却抿唇不说话，双臂一环，自她身后攥出她的一双手，搁在手心里仔细端详。

在瞎子巷的家中，他偶然撞见她借着明耀的月光和雪色，在窗下默默地绣帕子，他记得她的一双手，纤细白嫩，柔软无骨，并不是这样的凄惨模样。手心手背都是细小的伤痕，伤口有新有旧，多半是被岩石、长草划伤，掌心因紧握缰绳磨出水泡，指腹之上，还有数道小小细细的伤口，他一见便知那是被匕首划伤的。

"我受伤的这些日子，你过得很艰难。"他伸手去沾碗里的草药，将青色的草汁抹在她的伤处，"又要拼命赶路，又要顾及我，你是怎么熬过来的？困累之际，是不是用匕首划伤自己的手，让自己一直痛醒着？"

她一点也不想听他说这些，眼神四处乱瞟，咬咬唇，摇摇头："不是，都是我自己不小心划伤的。"

李渭用晦暗不明的目光看着她，她低垂着螓首，十指温顺地蜷在他手心里，他微声道："别瞒我。"

那种即将面临失去的焦虑又回到她的心头："我只能往前走，我怕你醒不过来……我不能对不起你，对不起李娘子和长留……"

为什么要忍耐自己和她站在一处？为什么不能想法子封住她的唇？为什么要带着她出玉门关？为什么当初要救起她？为什么是她？

他暗叹一口气："你没有对不起任何人，我反倒要谢你。"

他将她的手指用布条缠起来，横横竖竖裹得像两只大粽子，她笨拙地叉着十指，提醒他："我的手指动不了，什么也不能做，没有办法帮你抹药。"

他点点头，把她推向胡床："这些日子你要好好养伤。"

她瞪眼看他："受伤的人是你。"

他倚着胡床，在地上的草苫子上坐下："你比我更需要休息。"

春天拗不过他，顺从地在胡床上躺下。胡床说大不大，说小不小，够她在上头滚上几滚,也够两人阔绰地躺着。她见李渭靠着胡床背对她,伸出手轻轻滑过他的背,犹豫半响:"要不要上来坐?"

李渭身体略一顿,无声摇头。

夜里她睡胡床,李渭在草苫子上和衣而卧,一个苦熬多日,一个受伤虚弱,早早就各自睡去。

半夜她从噩梦中惊醒,挪至床沿,见地上的李渭背对她侧身而睡,她静静盯着地上的黑影,见他肩头略有起伏,复又安心闭眼。

半响又睁开眼,想了想,裹着毡毯也睡到草苫上,隔着空荡荡的距离,和李渭并排睡着。

草苫子粗糙刺挠,但她睡过那么多日的荒地,竟也能习惯这种清苦的生活。

并不是习惯,只是善于忍耐。

半夜她翻了个身,吐出一声模糊的呢喃,抱着毡毯滚入了他的身侧,脸庞挨着他的袖子蹭了蹭。

他闻到了少女身上独有的馨香,黑夜里睁眼望着她,她的脸庞依旧埋在毡毯里,只见随黑发露出的半只白玉般的耳,在模糊晦暗的夜里,隐隐浮现在眼前。

他复闭上了眼。

万籁俱静,两人的距离越来越近,幽香温软的身体紧贴他的怀抱,他于朦胧间也松懈了,打开自己的怀抱,接纳她的偎依。

草苫子的碎屑刺得她微痒,她蹭了蹭,将身体妥帖地契合进他的怀抱。

李渭突然睁开眼,他看见她起伏的玲珑肩头,幽香浮动,少女清瘦柔韧的身体犹如青嫩柳条,摇曳婀娜,适合折枝插瓶观赏,也适合握手仔细把玩。

他无奈之至,稍稍挪开了自己的身体,仍觉有不可言说之苦,只得起身出毡帐去透气。

隔日春天醒来,发现自己在胡床上睡着,疑惑地皱了皱眉,见草苫子上身影空空,心头懊恼占了病人的位置。

再出去寻李渭,他就坐在毡帐外头的石头上,用匕首刮着颔沿新出的青须。她见他下巴落了一层淡淡的青色,侧脸如刀刻,骨节分明的手指搭在腮边,微微垂着眼,漫不经心又好像聚精会神。她心头微动,脸颊一红,探出的脚步又收了回去。

她从来没有见过他剃须,女子梳妆和男子剃面,同属私室中的事情,虽然两人相依同行,但很多事情彼此是有意回避的。

从什么时候开始,有了一点点改变,而后在毫无意识间天翻地覆。

自李渭苏醒之后,造访毡帐的族人越来越多,白日里大人们忙碌,调皮的孩子们就成了毡帐的常客。

自一两岁蹒跚学步的幼童，至八九岁的辫发小童，斛羽部虽然人不多，孩子却不算少。这拨孩子有十多位，每日里在毡帐附近探头探脑，偷偷望着两位衣着气度迥异的陌生人。

斛羽的孩子俱是放养长大，比汉人的孩子更多了几分野性和大胆，若是好奇，眼神就直勾勾地盯着你，甚至是上前来东摸摸、西碰碰，直接问两人："你们从哪儿来？"

"你们是谁？"

"你们的头发为什么那么古怪？为什么你们的衣裳和我们的不一样？"

李渭的北宛语还算流利，尚能从容应付这帮嗡嗡的小蜜蜂，春天被孩子们围绕着问东问西时，只能求助地看着他："孩子们在说什么？"

他自己被一堆调皮的男童缠得应接不暇，见她两手比画，神情迷茫地和一堆幼童鸡同鸭讲，也甚觉有趣。

"李渭，你能不能教我几句北宛语？我听不明白……"她隔着孩子向他大声道。

他被身边的孩子缠着，尚没有空回她，那垂髫稚子问李渭："漂亮姐姐叫什么名字？"

李渭答："她叫春天。"

他用汉话念她的名字。

"春天是什么意思？"孩子歪着头，也音腔奇怪地吐出了这两个字。

李渭看着她，想了想："就是贪汗山雪融冰消、暖阳熏风、草长花开、云雀欢歌的那种光景。"

孩子转了转眼珠，恍然大悟，"那是哈布日，姐姐叫哈布日。"

春天隐隐听见他们提及自己的名字，疑惑问："怎么了？"

"哈布日姐姐。"

一大一小俱笑了。

斛羽部的日子过得新奇而愉快，部族里的人无论男女老少，俱是赤忱而热情，或是少见来客的原因，也许是塞北少见这样娇柔清丽的豆蔻少女。即便是语言不通，众人也喜欢和春天闲聊几句，春天听不懂大家说话，每每只能眨眼，无声地求助李渭，听得久了，也偶尔能鹦鹉学舌地回应两句。

每日送来的饭菜都是荤肉，要用匕首切开食用。送饭的是个白发古稀、满面慈祥的老妇人，头几日见春天手指上缠着布巾活动不便，就唤来了自己家的孙女，每日照顾春天吃饭穿衣。

小丫头的名字叫斛羽阑多，年龄和仙仙差不多大，有一把乌黑的好头发，肤色微黑，细眼巧唇，神貌颇似春天，每日起早就来毡帐，很是殷勤地帮春天倒茶倒水，梳头喂饭。

春天哑然失笑又觉于心不安，她每日里无所事事，唯一能做的不过是帮着李渭涂涂药、沏沏茶而已，自己哪有什么事情需要他人照顾。然而两人说话鸡同鸭讲，春天这头连连摆手让阑多回去，那头阑多抱来一枝红艳艳的野果讨她开心。

她企图让李渭游说阑多回去，李渭坐在草苫子上削树枝做箭矢，听毕，教给她一句话："萨日多奇尔。"

"什么意思？"

"就是婉劝人回去的意思。"

待春天跟阑多手脚并用地比画，念叨好几次这句话后，小丫头忽闪着眼，紧紧地搂住了春天的腰，来毡帐来得更勤快了。

春天时不时被热情又乖巧的阑多紧紧抱着，圆溜溜的眼睛着看向李渭，用眼神无声地询问他：为什么这句话一点也不管用？

李渭无奈地耸耸肩膀，墨眸子却带着笑意，唇角微微上翘。

"这句话到底是什么意思？"她缠着李渭问了许多次，一定要弄个明白。这两日每每只要她和部族的人说起这句话，人人脸上都挂着愉快又了然的微笑。

李渭摸摸鼻尖，笑道："其实是'你真好'的意思。"

她蹲在他身前，噘嘴轻嗔："你怎么可以骗我。"

"在草原上，有人的地方，只要学会了这句话，便永远不会有拒绝。"他微笑，"学了这一句，可抵千万句。"

她认真想了想，也觉这句话如金科玉律，听者喜悦舒心，又想起这几日的情景，也不由得微笑，良久牵着他的袖子，轻轻晃一晃，觍颜轻声对他道："李渭，萨日多奇尔。"

他心旌荡漾，忍不住摸了摸她的发顶，像揉猫儿似的揉一揉："知道了。"

斛羽部附近有贪汗山雪水融化的溪泉，阑多带着春天去溪边洗头涤身。白日的溪流是妇女儿童的嬉玩之所，孩子们也喜欢抱着刚出生的小羊羔在水中嬉戏，春天没有换洗的衣物，有身量相当的年轻妇人送来斛羽部的衣裙给春天换上。

斛羽部的女子赤足、辫发，穿短袍长裙，虽是草原上的民族，但女子们也爱艳色，衣裙、首饰颜色纷杂绮丽又动人，有一种洒脱又大胆的异域风情。

在斛羽部住过七八日之后，巫医看了看李渭的伤口，新的皮肉在慢慢生长，伤口渐渐愈合，已有好转趋势。于是减了入口的汤药，在敷伤口的草药里添了几味药，让李渭每日换敷，就此暂停了每日的探访。

李渭见巫医的草药里有几味药很是熟悉，好几味都是医馆里常用的创伤药，对症的手法更像是汉人医者常用的，问巫医："这是汉人使的药？"

"这是撒昆敦啜教的，撒昆敦啜是汉人女子，还是你们中原有名的医家中人，专给你们皇帝治病的。"

"是哪个撒昆？"

"是贺咄撒昆，他娶的珂罗国敦啜病亡后，新娶了个汉人女子，新敦啜的医术了得，常到草原给病人治病，也会制药膏分派给各部族的巫医。"

李渭见春天在一侧听得懵懂，解释道："撒昆是亲王的意思，敦啜则是亲王的妻子，撒昆敦啜就是亲王王妃，巫医说这位王妃是个汉人医者，还出自御医之家。"

春天"嗯"了一声："北宛亲王怎么会娶汉人为妻？"

李渭道："这不算稀奇，北宛人或掠或抢，驱使了不少汉人至草原奴役，也有不少占汉女为妻的情况。另外北宛也有以高官厚位笼络汉人投奔北地的，边关就有不少北宛人和汉人杂居通婚。"

春天对此抱有疑问，觉得巫医所言虚假："这倒是新奇，长安的御医多出自辜、张两家，世家凭医术显赫，怎么会流落到北宛去？"

巫医又去拆春天缠手的布巾，歇了几日，她手上的伤口几乎痊愈，已不用再涂药包扎。

这时李渭在一旁用北宛话问巫医："您有没有使肌肤细嫩的药膏可用？"

巫医觑了眼春天的手，呵呵笑道："冬日里防冻裂的羊油倒可以用用。"

待巫医走后，巫医的小孙儿送来一小罐羊油给春天。春天看着那罐雪白的羊油，又看看李渭，问他："这是给我的吗？"

她嘴唇恰恰有点干硬，手指沾了些羊油，轻启唇瓣，将羊油细细抹在唇上，又微微抿了抿，见李渭注视着她，问："你要吗？"

李渭摇了摇头，起身道："我出去走走。"

李渭养伤期间，闲在毡帐无事，也帮族人们修缮毡帐，做些简单的活计。两人渐和斛羽人熟稔起来，在斛羽部的日子虽然单调，但不知为何，时光极易消磨，不知不觉半月已然过去。

除去大风下雨之日，夜里营地都要燃篝火，族人们围在火旁席地而坐，妇女儿童嬉笑，男人举碗喝酒，白发苍苍的老者们也被扶坐在火边，吃着炖得绵软的烂酥羊肉，打着节拍唱起语调绵长的牧歌。

春天今天白日里被阗多拆下发髻，寻来几络彩色的串珠，给她编起斛羽女子的发辫。她伸手摸一摸，满头青丝在脑后梳成细辫，一颗颗彩珠点缀其中，甩头之间听见满头珠石碰撞的清脆响声，很是有趣。

她在篝火边，被身边嬉笑欢乐的妇女孩童拉着起身起舞，光着双足，穿着斛羽的衣裙，腰间绑的宽厚丝带严严实实地裹住腰身，调皮的孩子们拉着她的手转圈，裙摆随着舞蹈的动作高高飞扬，只觉她身轻如蝶，展翅欲飞。围坐人群见她貌美昳丽，纷纷响起掌声和哨声："是我们斛羽部的美人。"

　　春天听不太懂旁人说的话，却能觉察出话里的夸奖和欣赏之意，羞红了脸，青青绿草挠着白嫩足心，泛起一丝痒，她在欢歌乐舞的人群中寻人，却见李渭在和他人说话，侧着脸，并没有注意到她。

　　胡琴咿咿呀呀，奏起悠扬又古朴的调子，妇女孩子们牵着手，围着篝火跳起了欢快的舞。春天被夹在其中，很快按捺下心头的失落，笑盈盈地牵起身边人的手，随着悠扬的琴声摇摆裙裾。

　　李渭的目光落在贪汗山脚下，远处的熊熊火光，是斛羽部的锻房。

　　贪汗山深处有生铁石，锻房在山脚下一处岩洞里，斛羽族里的男子每日都要去山中挖生铁石，送到锻房烧炼打铁。

　　斛羽部锻房产出的多是供给北宛军使用的兵箭、盔甲之类，也有一些日常所用器皿，锻造兵器数目每月皆有定数，平和时期的锻房活不算重，族人们还有空闲放牧养羊，一旦逢战事，族内男女老弱皆要上山挖生铁石，锻房内叮当响声日夜不歇。

　　即便通宵达旦地辛苦劳作，每月锻造的兵器被北宛取走时，也只能得到少量的报酬。战事吃紧、物资紧张时，锻造的兵器便要白白被征用，北宛军还要拉走族里的牛羊。

　　李渭观察了数日，从深夜里在毡帐眺望，仍可望见锻房的熊熊火光，有时彻夜不熄。

　　北宛已经开始南下折罗漫山，甚至悄悄出现在河西、伊吾一带，北宛国势力在一点点地汇集和蚕食边塞。虽然表面两方仍是相安无事，但暗地里的丝丝风吹草动都大有深意，五年的平和时光过去了，又要开始新一轮的厮杀博弈，但会从哪个缺口开始呢？

　　篝火边的歌舞久久不歇，锻房内的火光渐渐暗淡下去，而后一群男人举着火把往毡帐而来，李渭知道这群人是斛羽部的能工壮勇，也是锻房内的锻工。

　　族人们瞥见锻房火歇，欢呼一声，很快有妇人端来美酒羊肉。等来人走近，李渭见这一拨锻工足有六七十人之多，领头人就是梅录斛羽裴罗，这群锻工俱是身材高大结实、肌肉古铜的青壮年男子，脸色略有一丝疲惫之意。

　　斛羽人对锻工很是恭敬，纷纷献上酒水和食物，锻工们劳累一整日，也不多说话，先捧着酒肉大口嚼用起来。

酒足饭饱之后，篝火里被泼了油脂，火光大盛，明耀的火星随风飘扬，像长安城落幕的烟火。春天明明刚觑见过李渭的身影，人影一晃，又不知去了何处。

众人围着篝火欢闹一阵后，夜已深，半轮明月高悬，人群陆陆续续散去，她不见李渭，寻了一圈仍不见身影，毡帐里也是空无一人。

春天无处可寻，百无聊赖地在毡帐内独坐，甩甩头，听见满头珠玉声响。片刻之后，听见外头李渭和梅录的说话之声，话语低沉听不清晰，两人的交谈在帐外持续了一会儿，稍后听见梅录远去，李渭撩开帐帘进来。

她抿了抿唇，跳下胡床给李渭煮茶，李渭也围着茶炉坐下，温声道："今天夜里好像格外热闹。"

她点了点头，弯腰给他斟茶："大家都玩得很开心。"

"嗯。"他似乎有点心事。

春天跪坐在草苫子上，颇不习惯地拉拉裙摆，李渭慢悠悠地啜着茶，垂眼道："刚听梅录说，过几日有斛羽部的辞火节，辞别一年中最热的火月。这日族中男女老少盛装出席，男子入山猎物，妇人们宰杀牛羊，全族人绕着篝火吃流水宴，很是热闹。"

"不知是什么样的热闹。"春天也给自己倒了茶水，捧着茶碗道，"应该很有趣吧。"

"辞火节后，昼短夜长，气温渐冷，我们过完节后，挑个时间走吧。"李渭道。

春天摩挲着茶碗："好。"

她喝了口热茶，又问他："你的伤可以吗？"

李渭颔首："已经好了很多，并不碍事，一路上慢慢养吧。"

两人略略说过几句话，喝完茶后，李渭出毡帐去洗漱。

春天许久不戴首饰，只觉满头缀着彩珠玉石的发辫很是沉重，毡帐里又没有铜镜，她只得歪着头，摸着辫子一绺绺去拆头发。

拆了几束，身后有人静悄悄站着。

他俯下身来，耐心地帮她一起拆着她的发辫，将一串串的彩石从发间抽出，最后满头半长不短的青丝拢在她肩头，乌黑的一把，衬得她肩背单薄，他低声道："很好看。"

"嗯？"她疑惑，不明白他的意思。

他的话语在唇间再三婉转，最后道："衣裳和头发都很漂亮。"

她的手指挠挠衣裙，语气含含糊糊像抿着蜜糖："承蒙夸奖……"

辞火节那日天气晴朗，天空蔚蓝无垠，李渭肩膀的伤势恢复得不错，这日天不亮就随着部族的男子们一同入贪汗山打猎。

春天在此地已停留二十余日，学会了不少常用的北宛字词，也能结结巴巴地和族里人交流几句，一大早就跟着阑多去水边洗濯。

溪水清凉，绿草蒙茸，水边集聚了部落里多半的妇孺。入水洗濯的妇人三三两两聚在一起撩水，草原民族性情更奔放些，春天小脸微红，藏入水中匆匆擦洗完，上岸去着衣。

妇人们洗完，纷纷换上鲜亮衣裳，又在附近采了一种绛红色的花，用石块将花叶俱捣碎，捣出花汁，将花汁和脂膏搅在一起，将那脂膏染得紫红，最后抹在脸颊和唇上。这妆容点染在妇人们的脸庞上，衬得唇瓣和双靥红艳如霞，有种质朴又冶艳的风情。

再回到营地，众人们燃起熊熊篝火，火上架了一口黑锅，几个妇人举着铁铲，在锅里翻炒一种橙黄的小粟米。

篝火旺盛，粟米的焦香气很快扑鼻而来。

临近晌午，男人们背着弓箭，带着猎物打马归来，个个面上显露得意之色，马背后和身后都挎着黄羊、野兔、鹡鸠、野驴之类野味。

留守在营帐的众人见勇士归来，大声欢呼迎接，打来的猎物很快被剥皮、清洗、抹上盐，架在火堆上炙烤。

族人围着篝火盘腿而坐，男人们喝酒屠羊，妇人们洗涮劳作，孩童们嬉闹尖叫，春天和李渭是旁客，此时也一并聚在人群之中。自早起大家就未吃过东西，直待到春天饥肠辘辘，梅寻才身着盛装出席，站在篝火前大声地和族人说话，而后抱着一只铁罐向众人分食粟米。

那粟米已被炒得焦黄带黑，他用银勺分给族人，族人亦捧起双手相接，春天也得了一小捧，搁在手心里。

而后他又向族人分食猎物，那大概是一只獐子肉，烤得半焦不熟，每人俱分了一小片。春天手中那块还血淋淋的，她见众人神色自若地将生肉卷着粟米吞食，又觉惊讶，又觉腥膻，吃也不是，不吃也不是。围视一圈，她正要张口吞下手中的食物，旁侧偷偷探过来一只手，将她手上的生肉取走。

李渭知道她不爱生食，朝她眨眨眼，将她手中的生肉一口吞了。

吃过这口食物，人群纷纷松散起来，男人们喧闹着喝酒吃肉，春天混在人群中，也吃了个顶饱，见李渭朝她招手，递过来一块俱是肥油的羊肉。

她不爱荤油，见李渭手中油乎乎的肥肉，摸着圆滚滚的肚子，皱了皱秀眉，别过脸："我吃饱了。"

他将羊肉递到她嘴边："这是羊尾的臀油，虽看着油腻，却入口即化，清淡滑嫩，口感像醴酪，是羊身上最好的一块。"

她摇头："不了。"

李渭坚持要将这块大肥油送到她肚子里，递到她嘴边："试试。"

那块绵软又淡黄的肥油几要贴着她的脸，春天鼓起勇气，红唇一张，将那一大块肥肉吸入嘴中，他被她柔软的唇触到拇指，轻轻一吮，只觉心荡神驰，脸上却纹丝不动。

这羊臀肉都是油软膏，确是入口即融，还带着微甜，李渭一连给了春天三四块，见她连连摇头，最后才罢手。

辞火节后，李渭去了趟锻房。

锻房的入口热浪掀天，水汽缭绕，叮叮当当的敲击声嘈杂急切。山洞阔而深，热气扑腾，李渭初初一眼扫去，有四五十人之多，俱是光膀短裤的模样，浑身汗湿，挥着巨锤捶打铁器。

斛羽裴罗见有人来，起先把李渭拦在了锻房之外："族内私地，请贵友止步。"

"请梅录借一步说话。"

两人在锻房外说话，斛羽裴罗知道李渭想打探锻房的情况，怕惹出什么枝节，有心拒绝，李渭沉吟片刻，只问："敢问梅录，如今每月所锻造的兵器，数目与六七年前可否比肩？"

斛羽裴罗含含糊糊，良久方道："有过之而无不及。"

这是北宛人在为将来的大战提前做准备了。

李渭离开军营数年，战与不战，其实与他关系尚且不大。但若西域各道又被战火冲断，商旅无路可走，赖商路生存的河西各郡被骚扰抢掠，民不聊生，他也脱不得身。

几日后，有一支二三十人的北宛军过来取兵器。

起首的兵将略一清点了数目，合上手中小册子，命人将兵甲都搬上车辆。

春天站在不远处，望着那队北宛军，又见李渭用炭笔写了几个字，上前递给那名兵将，那名兵将略看了李渭几眼，神情似是平淡，点了点头走开。

她问李渭："我们是要跟着他们去找贺咄王爷吗？"

他想了想："不用，我只带句话给他，曳咥河的源头就在这附近山中，我们两人沿着源头往下游走即可。"

两人走的那日，家家户户俱抱出马酪酒给两人送别，春天掐指算一算，在此地已然住了一个月。

斛羽部有如世外桃源，这一个月时光飞逝，她走的时候也特别恋恋不舍。

春天被热情的族人灌下不少马酪酒，双靥微红，眼儿清亮，在送别声中同李渭踏上了旅程。

塞北的天已微有凉意,冷风起后,酒气顺着热气往脸上冒涌。

她和李渭共乘一骑,走出这片宁静的草原后,李渭再回头去看斛羽部,已然隐藏在无边绿意中,再看身前的春天,见少女双眼氤氲,满脸热气,正是一副酒酣身软的模样。

她模糊听见李渭唤了她一声,醉眼迷离,娇憨地朝李渭伸出了双臂。

李渭松了缰绳,把她裹入毡毯,安放在自己身前。

在斛羽部养了一个多月,她的脸颊有了一点肉,但仍是瘦弱,小小的一团,冒着浅浅的酒气,藏在自己怀里。

呵着热气的脸蛋贴在他胸膛上,李渭紧了紧毡毯,在风里无声地走着。

"李渭。"

她从毡毯里仰起头,尖尖的、小小的下颌抵在他的心口,长长的睫上沾了一点白絮,他想轻轻吹去,又怕惊扰了她。

"李渭。"她在毡毯里搂住他的腰,脸颊在他胸膛,猫儿似的蹭。

简直是心惊肉跳,李渭深深地凝视她,轻声问:"要喝水吗?"

她咯咯地笑:"李渭。"

李渭柔声回道:"嗯。"

"李渭。"

"嗯。"

"李渭。"

"我在。"

"我困。"她眨眨眼,"好晕……"

"睡吧。"

马儿慢了下来,他想着,就算鬼神在上,此时也许被风沙迷了眼,看不见他这点贪念。

她睡得很熟,这儿暖烘烘的,舒适又安静,她于是什么也忘记了,忘记了她为何而来,忘记了她要往何处去,忘记了自己的名字,只想在这儿,安稳地睡一觉。

他掀开她的兜帽,微微低下头,窥视着她的清丽容颜,头发微乱,眉眼婉转,肌肤光洁,唇瓣如花。

初雪一般的吻,温柔地落在她发间,落在她光洁的额头,最后轻轻地落在她唇上。

拾肆 兄弟情

曳咥河的源头是隐匿在绿野间的一道淙淙细流,细浪如雪,蜿蜒逶迤。

两岸或草色鲜活、群英缤纷,或群林葳蕤、水木清华,或苇海荡漾、芦花似云,沿着河流下行,可偶遇成群牛羊,也能见兽群飞奔,亦有野舍毡帐,沿途景色比之人间仙境,不遑多让。

走得越近,春天的脸色并未多添几分喜悦,反而越发忐忑、忧愁,甚至恐惧。

她踌躇又胆怯,反复又执拗地问李渭,满心满腹都是紧张和惶恐:"快到了吗?"

"我们走了多久了?"

"这条路是对的吗?"

"还有几日呢?"

"大概半月。"李渭见她始终无法安定,"要快点赶路吗?"

她点点头,旋即又摇摇头:"不用了,我们慢些走也好。"

他甚至都无法安抚她的情绪:"春天,别紧张,镇定些。"

春天的手抓在衣袍上,又放开,又抓紧,将自己的衣裳揉得皱巴巴的:"如果找不到爹爹怎么办？好些年过去了，谁会知道是哪片土地？如果那地方什么都没有……如果河水涨水，野火吞噬……什么都没有了呢？如果我们走错了路？如果当年的战场根本就不在那儿？"

她的手冰凉又颤抖。

那些亡魂，究竟埋骨在哪一片青青草地之下？

不等李渭回答，她想了又想，给自己鼓把劲儿："应该还在的吧，肯定不会弄错的，如果我们去了，纵使尸骨不见，也有抛洒过热血的黄土可以缅怀。"

她怔怔坐下，毫无意识地拔着地上的绿草。半晌，李渭看见她捂着脸，肩头起伏，不由得叹一口气，轻拍她瘦弱的背。

她扭扭肩膀，甩开他的安慰。

别扭又倔强的小女儿。

李渭柔声安抚她："肯定能找到的。当年小春都尉出甘露川西行八百里，入绿驼山谷，驱行至曳咥河，遇沙萨多增部，兵溃于河东，边境战事吃紧，各关隘频频和北宛交锋，没有人前去打扫战场，那附近也没有人烟，偶尔有牧民路过。我们此去，应当还能捡到当时的兵甲箭矢。"

如果尸骨没有被野兽拖食，任凭风吹雨打、大雪掩埋的话，应该能寻到很多具森然白骨。

她默默抽泣了一会儿，擦擦泪水坐直身躯，问他："律典有云：'士卒从军死者，收阵亡遗骸，归其县家，官中给绢送钱，抚养遗孤，免徭役。'为什么军里不肯去收殓骨殖？将领们岂能视律法于不顾？"

"律典是律典，实际做起来如何容易。战事频起，每每一战伤亡甚多，遗骸往往不计其数。清扫战场时，军里会先将有品秩的将士遗骸收葬，扶棺送回。至于普通兵卒，如果军中有好友同乡，可以收骨灰托人带回乡安葬。余下籍籍无名之人，为防瘟疫，则就地或埋或烧。若是阵亡在敌方阵营，仁慈些的将领会遣使去敌营收遗骸，但大多数都是随他而去。

"至于朝廷的抚恤和赏赐，一层层盘剥下来，实际能到亡者家中的，寥寥无几，尚不够孤儿寡母度日。甚至有些将领怕部下死伤过多影响军功，往往瞒报伤亡人数，在文牒上作假。"

君不见，青海头，古来白骨无人收。新鬼烦冤旧鬼哭，天阴雨湿声啾啾。

"如果不打仗多好啊。"她自言自语，"就不会有这么多的家破人亡，没有骨肉分离，百姓安居乐业，异邦互通有无，这样多好啊。"

"不打仗，阿爹就不会死。"她轻声道，"一切都会不一样。"

她永远在悔恨，如果那年的花朝节她不贪嘴，如果娘亲没有遇见韦少宗，如果爹爹没有战死，一切都会不一样。

除了怨恨自己之外，她也怨恨合谋害死爹爹的韦少宗和叶良，怨恨将爹爹围杀的北宛人，但最该恨的，应该是这仿佛永无停歇的战事。

"只要有国家在，战事就永远不会停歇。"李渭道，"内讧、外患，上位者为了权力和财富，居下者为了温饱和活命，都要拿拳头和热血去博取。就算近年风调雨顺，国泰民安，朝廷也一直在打仗，每年大大小小数百场的战事，又何曾停歇过。"

"朝廷每年都在征兵，军营那么艰苦，伤亡那么多，为什么大家还要从军呢？"

"对平民庶门而言，想要功名利禄，大抵文武两道。要么寒窗苦读，走科举仕途之路；要么从戎杀敌，以热血谋前途。"李渭从容道，"供养一个学子，要费举家财力心力。从军可以免赋，还管温饱，只要有胆量、不怕死就行。"

她问他："李渭，你也是为了家人，才入墨离军的吗？"

火光照耀在他面庞上，添了几许柔和："算是吧。我十七八岁的时候，也有几分莽撞，那时候喜欢倚马仗剑，喜欢斗鸡走狗，也喜欢结交好友。那时候已经厌倦了商队的生活，原想去各处闯荡一番，后来回家成婚——云姐比我大了三岁，早到了婚嫁的年龄，老爹只有这一个女儿，想托付给我照顾，她身体弱，我离不了河西，因缘巧合之下去了墨离军，想着谋一谋功名富贵，也总比当贩夫走卒要好。"

"可是最后你还是从墨离军出来了……"

"是啊。"他叹气，仰头望天际，夜幕沉沉，星月无眠，"上阵杀敌太多了，也会觉得疲惫，功名利禄，不过是一场空，全为他人作嫁衣罢了。"

李渭见她思绪万千，将篝火撩旺，停住闲聊："早点歇息吧，明早还要赶路。"

两人在旷野里独行了两日，突然望见一支二三十人、长刀披甲的北宛军，逆着河流朝两人行来。

春天远远望见这群人，想起当日在冷泉驿的遭遇，心内慌张，李渭却是神色淡定，勒住马，静等人上前来。

那领头的男子年岁约莫三十出头，典型的北宛人相貌，鹰钩鼻、圆脸细眼，身材魁梧，神色肃穆，拱手向李渭行汉礼，说一口异常流利的汉话："故人相见，李郎君还记得在下吗？"

李渭点头，亦在马上回礼："好久不见，跌罗。"

名唤跌罗的男子下马来："撒昆知道郎君入北宛境，特意差使我来请郎君入王帐一叙。"

李渭只道："我们有事在身，不在此地多作耽搁，有缘的话，以后再叙旧吧。"

"王帐离此地不远，撒昆说了，不耽误郎君要办的事情，撒昆已令人备下美酒佳肴，静候郎君。"

"如若我不去呢？"李渭直视跌罗。

跌罗笑道："撒昆也说了，若是跌罗来请的话，郎君一定会去。郎君看在昔日情分上，还是跟在下去一趟吧。"

他大剌剌地亮出身后的从属，俱是青壮亲兵，虎视眈眈地看着两人。

李渭看看春天，春天亦看看他，李渭向她解释："贺咄亲王请我们去王帐喝酒，不去我们也走不了。"

李渭在斛羽部说起过贺咄亲王，不过说的是年少时遇过一个落难的北宛人，李渭救过此人一命，结为好友，那时尚不知贺咄的身份，后来才发现他是北宛王的次子，再后来李渭入了墨离军，贺咄回了北宛。

春天悄声问李渭："会有危险吗？"

李渭摇头："他虽是北宛人，却通汉人礼仪，学识广博，人不算坏，我在斛羽部也给他去信，求他在曳咥河沿途对我们放宽一二。"

春天点点头。

两人跟着跌罗往王帐行去。日暮天稀，只见眼前广袤平坦的草原一望无际，数千雪白毡帐，万点橘色火光，西山一轮暗淡落日，东起半抹清朗明月，定睛一看，原来是扎营在草间的一支数目庞大的北宛军。

李渭和春天远望这阵营，心中俱是一惊。走进一看，见军中营帐分布整洁规律，兵士往来走动，兵甲锃亮，行动整齐划一，气势雄浑，是一支精锐又骁勇的北宛军队。

军营入口，一支铁甲军士肃然而立，起首立了个年轻男子，年岁和李渭差不多大，身着明耀金甲，相貌英朗，高鼻深目，浅褐色的瞳仁，眼神锐利若鹰隼，不声不响地打量李渭。

跌罗打头，毕恭毕敬地下马行膝礼："撒昆，人已经到了。"

贺咄微一颔首，看见昔日旧友神色平淡，见他波澜不起，眼神纹丝不动，身前却坐了个娇俏少女，看上去呵护得紧。

两人对面相见，贺咄不动，李渭也不动。

两人目光对峙半响，良久李渭翻身下马，悠悠地将马鞭塞入腰间。

贺咄虽然不动，那站姿却是颐指气使惯了，语气轻狂又傲慢："四五年不见，难得来我这儿一趟，也不进来坐坐。"

"我在斛羽部给你带过信，有事情要来一趟，不会停留太久，坐不坐都不打紧。"

"你不肯来，是还生我气？"贺咄道。

李渭不理他，去扶春天下马。

贺咄瞥见春天被李渭半掩在身后，也不给他引荐一番，眼波闪了闪，语气终于沾了笑意："终于有女人了？不错啊，石头开窍了！"

李渭微恼，低喝："贺咄，闭嘴。"

贺咄听得此言，果真闭上嘴，扬起下巴，对着春天道："我叫贺咄，北宛亲王，他的老朋友。"

春天早在一旁看见两个男人的暗中交锋，见李渭对贺咄神色颇冷淡，又因他是北宛人，关系尴尬，迟疑地点了点头。

"远来是客，进来坐吧，喝杯热茶。"贺咄带着两人往里走。

他带着两人进了一顶金帐，撩起毡帘，李渭只见满目的金碧辉煌，金瓶、金瓮、金木柱，金帐后搁着一张金床。

李渭蹙眉，只觉满眼冒着金星，不肯进去："贺咄，你这儿是不是太过了。"

"我的王帐就是这规格。"贺咄悠悠然入内，"虽看着有些俗气，好歹夜里我也不歇在此处，姑且可忍忍。"

包金的木桌上早已摆满了酒肉佳肴，贺咄请两人入座，对身边人道："去把敦啜唤过来。"

等人的空闲，贺咄问李渭："这些年你做什么去了？"

"走商。"

"又走商。"贺咄冷笑一声，"何必呢，我和你已经撇得干干净净。"

李渭淡然道："和你无关。"

毡帘掀起，进来个身量苗条、气质冷清的年轻女子，年岁二十几，那女子云髻、广袖、紫襦裙，细眉、白肤、樱桃唇，身上飘散着淡淡的药气，是个不折不扣的汉家女。

"雪儿。"贺咄起身去迎她，女子却径直绕过他，瞥见帐内坐着的李渭和春天，脚步一滞，声音清婉，低叹："想不到有朝一日，还能见故土之人。"

她朝李渭与春天两人敛衽："我叫辜雪。亦是汉人，不知两位友人从何处来？"

贺咄伴在她身边，见她对自己冷淡，也不以为恼，面上仍是端着一股傲色，扶着辜雪入席。

李渭和春天相视一眼，皆是施礼介绍自己。辜雪听闻春天来自长安，眼睛一亮，"咦"了声，问春天："今年碧波桥的桃花开得好吗？"

长安碧波桥下遍植桃树，每逢春时，桥下花海如云，行人驻足，久而久之，此处也成了长安一处踏春之景。

　　御医辜家就在碧波桥下。医德泽民，辜家在碧波桥旁开了一家医馆，叫回春堂。因此碧波桥，也叫活命桥。

　　碧波桥这一片桃林，是辜雪儿时和父母所栽，不管身在何处，她最挂念的就是这片桃林。

　　春天略一愣："辜姐姐，我离开长安许久，已有两年未见过碧波桥的桃花了……"

　　辜雪亦是怔住，黯然道："原来你也是离家之人。"

　　两人想起昔年的光景，俱是目光迷蒙，面色带忧。

　　两个男人对视一眼，目光交锋，兴味不明，贺咄放低身量，劝慰辜雪："你若实在喜欢那片林子，明年开春，我让人在这儿也种一片桃林如何？品相跟碧波桥的一样。"

　　辜雪冷声回他："那是江南的桃种，即便种在这儿，也活不成，开不出花来。"

　　四人坐定，桌上摆满珍馐，气氛却不算太热闹，贺咄神色冷傲，李渭对他视而不见，辜雪冷清，春天温和。

　　说起来北宛的目的，李渭略顿了顿，将春天之事在席间略说一番，对着贺咄道："当年两军交战，小春都尉是追着沙萨多部至曳咥河，最后全军死于沙萨多刀下。"

　　贺咄皱眉，浅瞳微眯："沙萨多部是我大哥的亲部，五年前大战，全部都被你们伊吾军歼杀，一个不留。我大哥痛失亲部，损失惨重，自己逃回了牙海，一命还一命，还不够吗？"

　　他话语刚落，席间气氛顿时冷下来。

　　满席四人，三个汉人的目光都颇为冷然地注视着贺咄，他一个北宛亲王，外头有数万的北宛精锐，但在这三双眼睛的注视下也颇觉燥热。

　　贺咄吐了口浊气，逼出一席话："沙场酷烈，刀剑无眼，几年前的那场大战，我北宛损伤数万大军，元气大伤，无数母亲失去儿子，妻子失去丈夫，孩子失去父亲。岁冬又逢大寒，牛羊马匹成群冻死，不知饿死多少人，北宛人付出的代价，远比你们汉人更惨重。"

　　李渭剑眉竖起，冷然对他道："所以呢？所以你又率着几万大军，从折罗漫山南下，驻扎在此地，日夜操练，只等着有朝一日窥准时机，再侵我们汉人的土地？"

"我们北宛人也要活命！"贺咄神色冷傲，"凭什么你们汉人就拥有鱼米之乡、锦绣之地，你们过安生日子的时候，有没有想过我们北宛的子民，只能偏安在这荒野里？寒风暴雪，随时都能要了我们的性命，为了活命，我们茹毛饮血，只能抱着牛羊取暖。凭什么，都是天生天养的人，我们北宛人要这样活？"

"这就是你的理由？"李渭的声音失去了温和和耐心，"就因为这个，你们就可以侵占我邦之境？肆意杀人、掠夺？"李渭起身拍桌，竖眉喝道，"上次大战，你们在晋北、河西、西域各国掠夺了三万汉人、一万战俘，你曾答应过我，不会无端杀戮，最后这些人下场如何？你拿这些冠冕堂皇的理由当作虐杀百姓的遮羞布，当年在战场相见，我就该一刀杀了你。"

"你焉知我没有试图去救过他们？"贺咄双目血红，狠力拍了拍桌子，桌上的碗碟叮当作响，"几年前我刚从中原游历回来，手上什么都没有，没有权、没有兵，我父王和大哥要一意孤行，我奈何不了他们。但如今，我大哥势微，我有了亲部，你又焉知我成功后，不会施仁政、礼贤良、安抚百姓？我也可以成为这大漠里群雄仰视、万民爱戴的北宛王。"

话音刚落，那张包金纹彩的桌子在两人手下晃了晃，吱呀一声，轰然倒塌，桌上的金杯、金盏俱哗啦摔在地上，满满的汤汁酒水溅在几人衣上。

气氛在那一瞬间凝固，春天和辜雪默不作声坐在一旁，李渭和贺咄相继颓坐在各自的圈椅上。

春天去看李渭，只见他满面冷肃，墨瞳凝冻，默然不语，是她从没见过的肃杀模样。

贺咄半晌呼出一口气，对着春天道："杀你父亲之人确实是我北宛子民，但也早已死于你们汉军刀下。沙场无情，我对你父亲的死致以遗憾，但不会愧疚。你父亲的遗骸，我帮你寻出来，送回去安葬。"

他站起来，不看李渭，神色桀骜，目光清冷，大步朝外走去。

辜雪握了握春天的手："请节哀，逝者已逝，生者还需保重。我敬佩妹妹的勇气，也希望你早日找到令尊的遗骸，还归故里。"

她微微叹气："贺咄他性情固执，人却不算坏……在北宛人里，他算难得心善的，他刚说的这些话……我和他一起生活了四年，也始终无法扭转他的半分心思。"

她转向李渭："虽然和郎君缘悭一面，但听贺咄提及过许多次郎君的名字，他很爱说那些往事……说你们少年相遇，你救过他的性命，两人还一起游历了不少地方，虽然不见面，但他一直记挂着你。"

"不早了，我让人进来领两位贵客早些歇息，有什么恩怨，明儿再了吧。"

她翩翩然出去，帐外寒风透过罗裙，侵骨冰寒，回到自己的毡帐，见贺咄躺在自己的床上，一双长腿垂落在床沿，闭目养神，不知在想些什么。

这间毡帐外看普通，入内却大有不同，拔步床，青罗帐，金猊香炉百宝架，螺钿屏风，山水绣褟，妆台上搁着奁匣，书案上搁着笔墨，一侧桌上还搁着不少飘着药气的瓶瓶罐罐，正是和她长安城内的香闺一模一样的布置。

辜雪舀来热水，沾湿帕子替贺咄拭脸，温热的罗帕覆在他的面靥上，而后有柔软的手在轻轻擦拭。

"跌罗带他们两人歇息去了。"她道，"你见到李渭，很不一样。"

他"嗯"了声，伸手一扯，将带着药香的柔弱女子扯在身上，听见她一声轻呼，扔开脸上热帕，敏捷地翻身覆在她身上，伸手去扯她的襦裙。

辜雪去推他的胸膛。

贺咄怒气还未消散，炯炯目光盯着她："看见他们两人，你是不是又想偷偷跑回长安？"

她盯着他："我回去做什么，你一次次把我掳来这里，我清白早失，还有什么颜面回去。"

贺咄将遒健身体贴在她的娇躯上，正色道："那你给我生个孩子。给我生个孩子，我才心安。"

辜雪别开脸庞，不说话。

粗糙冷硬的手指抽开襦裙的系带，她只觉身上一凉，身体又旋即热起来，咬牙道："贺咄，你总是拿旁的东西来桎梏我，这又何必呢？"

他冷哼，加重手上的力道："你压根不想留在这儿，若是真心实意地愿肯，如何同床四年，还未见你有孕？"

"你最擅长千金科，这几年，使出的那些避孕法子我防不胜防，你不想有孩子，也不甘心跟着我。"

"生个孩子出来做什么？生个儿子，以后还要教他战场杀人，生个女儿，难道要按你们北宛的习俗，将她溺毙？"

"现在没有人敢溺毙女婴。"他鼻音咻咻，"我下过禁令，这种陋习会慢慢消失。"

辜雪摇摇头："我不愿意，我不愿意我的孩子活在这样的地方……"

"那你留下来，改变我们。"他挺身，"留下来，给我的子民治病，免于他们受病痛的折磨，教化我们的妇女，教她们照顾家庭，抚养后代，教养我们的孩童，让他们知礼节、懂孝悌，脱离野蛮。"

"贺咄，我不是神人，也不是圣人，我只是个普通人。"她屏住身体的战栗，"我们是敌人。"

"你是我的妻子，我的敦嗳，以后也是北宛的阏氏。"

"如果你死了，我就是你兄弟的女人。"

"祸害遗千年，我怎么会死？当然要好好活着，让你一辈子也离不了我。"

罗帐急促荡动，抵死的缠绵涌动在柔软的床榻之间，交颈的姿势，濡湿的肌肤，滚烫的情潮一波又一波。

跌罗见金帐里满地狼藉，李渭脸色半是颓废、半是冷硬，跌罗知道贺咄和李渭两人有龃龉，摇摇头，命人进来收拾，将李渭和春天送入了毡帐。

春天眨眨眼，看着李渭仍一声不吭地坐在圈椅里，面色寒冻，双眸颓废，塞了杯热茶在他手中。

直到那杯茶由热转冷，李渭才吁出一口气，眨眨眼，将满腹情绪收敛起来，神色渐渐温和了些。

他瞥见身前半蹲着的小小身影，一双圆圆的眼不落睫地盯着他，不由得摸了摸她的发顶，温声启唇："刚才吓到了？"

她点点头，小声道："我从来没见过你那样生气……你还好吗？"

他用力揉了揉她的发顶，将她的发束揉松散，见她青丝蓬乱，像一只蓬松的小狸奴，这才郁色稍退，眼里带着一丝暖意："我没事。"

满头青丝披泻而下，春天被他的大掌揉搓得心头发热发软，将双臂枕在他腿间，将头颅贴在手臂上，温顺地伏在他膝头。他用指节慢慢梳理着她的发，青丝厚重，抚摸着像冰冷柔顺的绸。

毡帐里静悄悄的，偶尔有烛火的噼啪声，春天缓声问他："你们以前是很好的朋友吗？"

他"嗯"了一声。

"可以给我讲讲你们的故事吗？"

"是好奇了吗？"他低声问，指尖撩起她的一束发，轻轻揉搓。

"我想知道那时候的李渭是什么模样。"她目光盯着他，"应该和现在完全不一样吧？"

他叹了口气："其实河西也有不少北宛人，他们由于各种原因流寓于河西，但日子都很不好过。所有人都厌恶北宛人，因为北宛军实在太残暴好战，恶名在外。十六岁那年，我受人之托，独自去敦煌送一样东西，路过从化乡，看见一群胡人在杖打一个北宛人，那人年岁和我差不多大，就是贺咄，他被打得满脸是血，还啐了旁人一口血痰，神情很是倨傲。

"入夜之后，胡人们把贺咄吊在土墙上，在他身上泼了猪血。从化乡的沙碛里有一种黑蚁，这种黑蚁嗜血，会闻着血气去觅食，只要黑蚁爬到贺咄身上，一夜就能啃穿他的皮肉。我夜里偷偷把贺咄救走了，他被我救起，还是一副盛气凌人的气势，我们两人一面互嘲，一面往敦煌去，后来我把他带到了敦煌一处寺庙，自己回了甘州。

"后来我们又在甘州城遇见，他成日满街游荡，身上也没什么钱，吃饭做活常被人轰打出来。他就跟在我身后晃荡，我就带着他，一起替商队跑跑腿，各处走走。那一两年间，他也不是一直在，偶尔出现一阵子，又消匿不见。之后我见到跌罗和他在一起，他说跌罗是他的族兄，自己寄住在族兄家中，我成婚的时候，他还来我家喝过喜酒，给我送来自己打猎的一只野猪。

"后来我入了墨离军，他也消失不见，等到几年后再见面时，他穿着战甲，我才知道他是北宛贵族，身份不只显赫，还是北宛王的儿子，昔日的兄弟，一朝成了要命的敌人。"

李渭停住话语，去嗅自己的指尖，是她的发丝残留的气息，是草木清新又微涩的香气。这一路，她用芦苇汁液混着胡杨泪洗头，整个人犹如一株柔弱又坚韧的芦苇。

"再见他的时候，你一定很难过吧。"她抬头看他，"记忆还是崭新，故人却面目全非。"

他默默咀嚼着她的这句话，微微叹气："谁也不承想，造化弄人。"

晨露未晞，兵营里嘹亮的号角将春天唤醒，她出营帐一看，空旷的草地间列兵千万，高头大马，骑步射弩，铁甲闪耀，刀刃雪亮。

李渭早就起了，在一旁默默地看着贺咄操练亲部。

两人心中俱是一个想法，这一支铁甲悍兵，如果长驱直下，会是什么样的情景。

辜雪去请李渭和春天用早膳，见两人凝望北宛军操练，也默默站在一侧："多希望这一支军队，永远不要出发征途。"

贺咄跑马跑得热气腾腾，将甲衣都脱了，只穿着一身北宛常服，见李渭站在不远处，"吁"地勒住马，朝李渭喊道："李渭，来试试我的良驹。"

李渭冷冷瞟他一眼，唤过追雷，追着贺咄而去。

辜雪对春天道："他们恩怨未了，早晚要打一架。"

早膳吃的是熟悉的长安风味，地黄粥、蓑衣肉丸、杏饼、柿干，外加一碗醴酪，辜雪亲自下厨做的。

"妹妹和我一同自长安来，离家许久，可能也怀念这长安早市摊的早饭。"她净手挽袖，"都是我自己摸索着做的，妹妹姑且一尝。"

她的毡帐其实侍女不少，却都是北宛侍女，不懂这些。辜雪见春天盯着一旁的女侍，微笑道："以前有两个家中的侍女和我一道来的，但她们住不惯毡帐，我索性送她们回乡去了，只剩我一人。"

"姐姐出自御医世家，如何会来到这儿？"

辜雪慢悠悠地搅着碗中的地黄粥，冰雪一般的容貌挟着几缕忧愁："我以前是回春堂的坐堂大夫，主要看妇人病症。回春堂忙的时候，也在叔伯身边搭把手，看些伤寒痛症。有一年里遇见一个病人，胳膊脱臼，一只手肿得奇高，我帮着堂叔给他敷药针灸，后来这人就时不时常来，有病没病，都要来回春堂坐坐。

"认识得久了，他专往我身边站，吓得来看病的夫人女郎都不敢上前来。我没有法子，问他想干什么，他只说想和我出去踏春共游。我当时不耐烦这样的登徒子，无奈应下，却爽了他的约，他也不恼，回回这样邀我，我总归还是动了心意，跟他相熟了些，自然两情相悦。

"后来知道他是北宛人，我便主动断了这个情分，不再见他。再后来他回了北宛，我嫁了人，原以为就这么结束了。成婚那日在花轿里，不知怎的睡了过去，再醒来，就在这千里之外的北宛国了。

"闹也闹过，气也气过，逃也逃过，还是摆脱不了他，一来二去，就在这儿待了好几年。"

盛粥的碗是越窑白瓷，晶莹温润如玉，出自江南；桌上的香炉是镏金莲花纹银熏炉，非中原的能工巧匠不能造；吃的粥米是碧粳米，颗颗细长带绿，香气扑鼻，来自河东。这些东西在长安尚不算稀罕物，在此间一起遇上，这心思不言而喻。

帐外兵卒的呐喊声突然掀天而起，金鼓阵阵，马的蹄声、嘶鸣声、长鞭的啸声，士兵的鼓掌声、吆喝声，此起彼伏。

两匹高头骏马，一灰一红，相竞驰骋在绿野之间。马蹄嗒嗒，风声猎猎，时而齐头并进，时而奋起直追，两人在马上纵飞，衣袍飞扬在半空之中，宛若腾云驾雾一般。几轮追逐下来，直跑得两匹骏马鼻音咻咻，马腿微屈。

贺咄的那匹马是汗血马，此时马身上出了一身大汗，在日头下闪耀着点点血色光芒。

这一番纵马过了瘾头，贺咄吁声勒住马头，跳下马来，看着李渭额面上的汗珠，猛然抽出长刀，扔在地上给李渭，自己取了身边兵士的冷刃，对李渭冷笑道："这一架早该打了。"

李渭挑眉，毫无惧色，拂衣下马，捡起地上长刀，双眸如曜石："打就打，当年战场的赢输还未定，这次倒可以分分上下。"

风猎猎，日融融，绿野草伏，群人观战，两个男人长身而立，执刀背手，面对相视，一个神色桀骜轻狂，一个神色冷凝肃穆。

蓝天中响起一声鹰隼长唳。

两人几乎同刻挥刀，贺咄脚跟微蹴，从地面一跃而起，抢起双臂，挥动沉沉寒刀，甩尽全力，朝着李渭面门直直劈去。

李渭猱升微撤，身形后退，腰腿兀然一沉，横刀先取贺咄腰腹。

刀风肃杀，能听见锋刃劈破虚空之音。辜雪和春天这时也出了营帐，见黑压压的北宛兵围着操练场，校场肃穆，人人俱盯着正中两人。

两个高大英武的年轻男子，面额濡湿，肌肉紧绷，衣袍随着身姿甩动飞扬，腿风和刀光横扫竖劈，热气腾腾，全神贯注地挥刀搏杀，你进我退，猱升收臂，挥起一片凌乱又耀目的刀光剑影。

春天蹙眉，紧张地盯着李渭，辜雪也和她并肩站着，目光落在贺咄身上。

片刻之后，两刃齐齐横劈向对方，众人眼前闪过一线绚烂刀光，俱吞声抽气，定睛再看眼前之景，两人的刀都互相架在彼此脖子上。

是敌？是友？

贺咄瞥眼脖颈间的沉刀，刀锋锐利，吹毛断发，汗湿的肌肤犹且能感受到这森森寒气，他浓眉一挑，把自己架在李渭项上的刀往地上一扔，下颔一收，眼神狂傲。

李渭轻哼一声，也把刀抛在地上，目光睥睨。

两人蓦地对上眼。

未等围观人群揣度两人的下一步动作，两人爆出一声短喝，俱矫身一滚，扑在一处，互相架着胳膊在地上肉搏起来。

李渭奋力将贺咄从肩膀上甩落在地，一拳狠狠捶着贺咄肩头，咬牙道："你这个浑蛋。"

贺咄摔倒在地，气势犹且不输，单手抢拳，砸向李渭肚腹："你又好到哪里去。"

两人扯着彼此手臂，在地上一滚一扬，拳脚来往，一下一下，用力砸在对方身上，不管狼狈，不管看众，只想解气。铁拳沉腿，互为桎梏，最后打不过瘾，拳头都往彼此脸上招呼。

"你怎么能活到现在？"

"你不死，我又焉能比你早死？"

"当初就不该让你活。"

"我又如何会放过你。"

坚硬的拳头如雨点般落下来，许久之后，彼此挥洒尽所有的力气，两人齐齐放手，半瘫在地，俱是眼鼻酸痛，口干舌燥，汗出如浆。

贺咄毫无顾忌地坐在草地上，抽出腰间酒囊，大灌一口，递给李渭。

李渭接过酒囊，痛饮一番，又扔给贺咄。

"李渭，这些年，你性子沉稳了很多。"

"你也变了样子。"

"这些年过得还好吗？"

"还凑合，你呢？"

"也凑合。"贺咄问，"还当我是兄弟吗？"

"我还是那句话，沙场上，我们永远是敌人。"李渭起身往外走。

"你已经从墨离军退出来了。"贺咄追着他，"要不要来北宛？我可以给你世上的一切。"

"我是汉人。"李渭头也不回。

贺咄摸摸唇角的血迹，在他身后微笑道："你还是一如既往地执拗。"

"你也是一如既往地狼子野心。"

"李渭，对不起。"贺咄低声道，"十分抱歉，当年在墨离军，我设计陷害你，断了你的大好前途。"

李渭回过头，双手抱臂，冷然道："战场无情谊，你对我使什么计谋我都可，但我当年说的话，希望你记得。"

"百姓无辜，止杀戮。"贺咄道，"我记得的，我也向你保证，我做得到，我会做得很好。"

贺咄和李渭的面上俱都挂彩，辜雪取了药膏给两人涂药，这一架之后，两人的神色虽然依旧如常，但春天感觉两人的关系略有微妙变化，饭桌上的气氛稍稍好了些。

吃的是水晶驼峰、蜜炙羊肉、煎鹿血肠、响油牛酥、金桃甜酿。辜雪和春天慢慢说着话，贺咄帮辜雪取牛酥，李渭替春天切鹿肠，两个男人的手在半空中相遇，眼神互相一睨。

贺咄用北宛语问："你那病恹恹的长姐呢，还活着？"

李渭眼风如刀，语气微怒："贺咄，那是我家人！"半晌无奈，垂肩慢慢道，"年初病亡了。"

贺咄了然地耸耸肩膀，一副毫不介意的神色，点头："孩子好吗？"

"好，在家里念书。"

辜雪听见两人突然换成北宛话，不着痕迹地瞟了春天一眼，春天吃着东西，耳里也灌进两人的话语，只是半懂不懂的，不算明白，也未放在心上。

贺咄嗤笑："李渭，你就是妇人之仁，心肠太软，你成亲那破事，你那个模样，我可记得。"

李渭无奈皱眉："贺咄，你闭嘴。"

贺咄慢悠悠地放下手中切肉的银刀，将手拭净，眼风扫过垂眼喝汤的春天，问李渭："那这个呢？什么时候娶？"

"不是你想的那样。"李渭语气微急，兼又无奈，眼神避开，将手中银刀搁下。

贺咄用浅瞳盯着李渭，嘴角浮起一丝兴味，讥讽他："忍得住？不着急？"

辜雪拍拍贺咄的手，柔声呵斥他："贺咄，你胡说些什么？"

"不是你想的那样。"李渭重复，见春天已然抬起一双黑白分明的眼，欲言又止地看着席间几人，急于结束这个话题，"这些事，以后再说吧。"

"成亲的时候，记得告诉我，我给你送贺礼。"

"你们在说什么？"春天抬头，"是不是和我有关系？"

李渭温声道："没什么，聊路上的一些事情，汤还要喝吗？"

春天半信半疑，摇摇头。

辜雪和贺咄相视一眼，眼里皆涌出几丝笑意。

李渭不欲在贺咄军营久待，次日晨起便要再带着春天上路，贺咄皱眉，冷颜问他："不能多住几日？"

"不用了。"李渭收拾行囊。

贺咄静默半晌，良久道："还有很多话想跟你说道说道，敦煌、甘州、墨离军，你、我……"

"你如今掌了权柄，身边有人，也有志向，也算顺遂。"李渭道，"但我们之间胡汉有别，异路殊途，如今并没有什么能说的。"

贺咄也黯然地点了点头，看他收拾行囊："说的也是。"

那边，辜雪正替春天诊脉，将手枕收起，点点头："难为你这一路跋涉，身体瘦弱，身子骨倒还算好。去年的重伤养得也还好，就是气虚体寒，畏寒怕冷，但你年岁小，还是不能太过辛劳，待事情了后，务必要好好调养。"

春天点点头，扭扭手腕："我自小无病无痛，还算壮实呢。"

辜雪微笑颔首，替她把衣袖整好，想了想，又去摸她的手脉，问她："癸水呢，还算好吗？是不是会痛？"

春天结舌，抿着唇道："从长安出来后，受过一次风寒，就没有了……"

"没有了？"辜雪皱眉，"这一年多，一次也没有？"

"在甘州养伤的时候，有次吃了一捧龙眼果，夜里肚子很疼，流了一点点血。"春天捏起一节指头，"一点点。"

龙眼果是暖宫之物，辜雪见她年纪小，依稀还不懂男女之事，又想起昨夜李渭和贺咄两人的对话，柔声道："为了以后打算，还是要保重身体，不能太奔波了。我给你开个方子，等你安稳下来后，务必要照着方子好好吃药，最好先养个两三年。"

"很严重吗？"春天嗫嚅，"没有癸水，倒还方便些……"

"你是女孩儿，以后总是要长大的。"辜雪俯身写药方，"这个对女孩儿非常重要，你一定要记住，不然以后有大苦头吃。"

春天惴惴收了方子。

李渭和春天再走时，贺咄送了马匹羊裘、美酒干粮。

贺咄依旧颐指气使地站在军营前，朝着两人道："给你们送份礼吧。"

跌罗带着一队人马，身后拖着高车，从后头缓缓绕出来，其间还跟着一个牧民。

贺咄指着牧民道："这是当年在附近放牧的牧民，当年小春都尉的人马亡后，他搜刮了尸首身上的细软刀具，那些战死的尸身，他挖坑埋了，如今再去，应该还能寻回不少尸骨，收回尸骨后，让跌罗护送你们回甘露川安葬吧。"

春天闻言潸然泪下。

李渭和辜雪俱上前去安慰她。

贺咄双手叉腰，仰望蓝天。

春天止住泪水，朝着贺咄施礼："谢谢。"

"如若我北宛子民也能知礼仪孝道，又怎么会被世人视为洪水猛兽。"他叹气。

出发在即，行囊布置准备妥当，贺咄问李渭："如若以后再见面？"

"希望永远不见。"李渭道，"贺咄，有很多方法可以实现你的壮志。"

"我还是比较希望在战场上看见你。"他朝李渭挥手，"再回墨离军去吧。"

李渭摇摇头。

两人上马，缓缓朝外走去。

"春天妹妹。"辜雪唤住春天，提裙疾步上前。

"辜姐姐。"

她把手上金钏子的一粒铃铛解下来，塞到春天手中："这是我从长安带来的旧物，假如妹妹有朝一日回长安，路过碧波桥，麻烦替我把这铃铛扔在水里，算是我魂归故土。"

"姐姐不再回去看看吗?"

辜雪眉尖若蹙:"我这辈子大概只能留在他身边,替他生儿育女,怕是永回不去了。"

"辜姐姐。"

"妹妹保重。"

贺咄和辜雪并肩站立,目送两人远远离开,连绵的青青绿草,色泽浓如泼墨,处处是盎然生机,但可能明天突如其来的寒风,就能让这一片绿野染上衰色。

贺咄问:"你跟春天说什么?"

"让她替我去看看碧波桥的桃树,来年春,桃花会不会开得好。"

"最好的桃花已经开过,在我遇见你的那天。"

"我知道。"

拾伍 寻白骨

李渭带着春天沿着曳咥河往前行，身后跟着一支北宛士兵。

人分好坏，连北宛人都一样，贺咄算不算坏人，在北宛人和汉人的史书上，会如何书写他的事迹？

"李渭，你从墨离军离开，是不是和贺咄有关？"她问他。

"事情的确因他而起，但其实与他无关。

"在小春都尉亡后的第二年，河西和伊吾两支大军合并在伊吾道对抗北宛军，那时候我和贺咄在沙场相遇，他在他兄长的麾下领兵，我是墨离军轻柳营的营长。

"我奉命领着一支精锐去烧北宛粮草，半路遭到了北宛人设的陷阱，折煞了不少兵士。后来折回营中，我的营帐留有贺咄的信物，当时我的上峰是青夷族人，指责我和北宛人勾结，陈英将军为我力证，实际的细作很快就被抓到，原是军中一名颇有威望的青夷族人。

"当时墨离军由青夷族人和汉人共掌，军中兵权明争暗斗，虽然表面相安无事，其实背地里暗流涌动。贺咄也是借我来挑拨青夷族人和汉人的矛盾，我的上峰为保住军中青夷族人的声誉，咬定我是违背军令擅自行动，最后陈英将军为了平衡军中势力，我被受罚降职，那名细作被悄悄驱出墨离军。

"后来战事平息，北宛逃溃，我离开了墨离军。战事已了，我心生倦意，边塞累累尸骨，其实多半是为争权者烈火烹油，鲜花着锦罢了。有很多战死的兵将，比如你的父亲小春都尉，枉死之后，身上还负着骂名，死后连恤银都拿不到，当年跟着我却死去的那些同袍，也是如此。"

冷风萧萧，春天紧了紧衣裳，牺牲性命又一无所得的皆是普通人，想要跨越门第和身份取得功成名就，要经历多少痛苦与磨砺？

她看了看李渭，神色平淡，风拂过面庞，眉眼舒展，这样的一个男人，了解越多，她就越来越不认识他。

从被遗弃的孤儿、顽皮的孩童、开朗的少年、勃发的青年，到沉稳的男人间，他经历过多少故事？

如果她从一开始就认识他，就能描摹他全部的模样，知道他每一个伤疤的经历，了解他每一个表情的含义，明白他每一句话的过去。

那她对他呢，是敬仰吗？是依赖吗？是爱慕吗？藏不住的是什么？目光追逐的又是什么？梦里又为什么流连？

这是被允许的吗？能被接受吗？

有没有人来告诉她，教教她，引导她？

曳咥河畔的河岸越来越宽，水面越来越阔，一行人连轴不停地走了近十日，路过无数惊心动魄的风景，这些景色在春天眼里却仿佛失去了色彩。

从长安来的路尤其漫长，最后脚步停在一处静水流深的河道上。

是这里吗？

"应该是这里，当年我家就在这附近的山里游牧。有一日我骑马走到水边，春来雪融，我看见地上有什么闪着亮光，原来是一把埋在雪里的长刀。我本想把那长刀拔出来，结果拔出了一只发黑的手，那雪下俱是冻得硬邦邦的尸体。我本想走，又看见这些刀器，还算是有用的，我一个个捡，最后走的时候，回头一想，天要热了，万一这些尸体腐臭，尸泥弄脏了河水，那我家的牛羊可都是要染病的，于是回头找了个铁锹，挖坑把人都埋了。"

李渭把牧民的话转述给春天，春天含泪点点头，牧民用马步丈量地面，在一处碧莹莹的茂盛草地停下，用脚尖点点地面："应该在这里。"

跌罗挥来部下："挖出来。"

铁锹掀起绿草，底下是黑灰腐草，然后是黑烂泥地，再往下，是混浊的水。

春天一声不吭地站在洞边。

"你当年挖的尸坑有多深？"李渭问牧人。

"不深，很浅。"牧民挥动双手比画厚度，"大概这么深，这里的泥地黏锹，我费了半天才挖开来，最后尸体上只覆盖了一层薄土。"

"总共埋了多少人？"

"二三十人吧。"

两百人的精甲骑兵，最后在这河边，只余下二三十人。剩余的人，全都默默无闻地散落在荒地里，被野兽啃食，被雨雪吞没。

李渭对跌罗道："尸首埋得很浅，把这片地皮都掀起来吧。"

跌罗点点头，用长刀在地面切割出数十块方地，指挥众人道："每人挖一块，先不必太深，看见尸骨就可。"

很快就有士兵挥手："在这里。"

春天的身体像风中落叶般颤了颤，李渭扶住她，温声道："你在旁边坐着，等我们找到了你再看一眼。"

她摇摇头，目光凄苦，颤抖着唇："我要亲自去看看。"

铁锹先挖到的，是一个锈迹斑驳的铁兜鍪，而后是黑泥中的一截白骨。

士兵一点点地刮，铲去土层，丈许的方形尸坑完整地呈现在眼前。

这场面其实可怖又可悲，那是一池混沌的污泥，尸体是一具具垒叠安放的，血肉都已腐烂融入泥土，无数虫蚁、蚯蚓在其中翻腾，能捞起的，只有被锈钝的铁甲包裹着的森然白骨，以及内里所剩无几的衣角。

他们在此处，已经安睡了好些年，也许早已习惯了此处，不知会不会愠怒外人的打搅。

李渭去看春天，只见她面色肃然，并没有眼泪，又似乎麻木，又好像迷茫。

北宛士兵将尸骨一具一具拖起，并放在一旁。

春天一具一具地去仔细翻认。

她记得爹爹很高大，似乎能顶天立地，肩膀宽广，可供她酣睡，双腿修长，她永远追不上他的步伐。

但这些亡者的骨架，皆是如此。

都是谁家的爹爹呢？

李渭见春天良久顿住，而后跪在了一具白骨面前，用匕首割开了那身铁甲的皂布。

里头的衣帛已经腐烂成黑乎乎的泥浆，春天在那片泥浆中仔细摸索，然后神色一颤，在那污泥中掏出了一个黑乎乎的小物什。春天用衣角拭净，放在手心，竟是个已然变得漆黑的纹银香囊。

所有的一切都已改变，但这只香囊的模样依旧如故。

这是昔年她母亲找工匠,用一支银头簪改制的香囊,最后系在了父亲的腰带上。

母亲盈盈对父亲道别:"香囊里塞了高僧给的香灰,愿阿郎此去平安无虞,身体康健。"

春天凝视着那具尸骨,俯身拥抱,小声道:

"阿爹,我来晚了。

"对不起。

"跟妞妞回家吧。"

这个尸坑,勉强拼凑出了二十三具骸骨,并不是每具都健全,有些明显的骨节已经不见,不知是活着时候的创伤,还是死后被野兽啃食的。

每一具都用水冲洗干净,用草苫裹住、捆扎,安放在高车上。

李渭见春天面容平静,眉目安宁,提水清理泥浆污物,而后将尸骨一根根装匣,最后将那枚香囊放入匣内,将骨匣抱起,放在自己的马上。

原以为这一幕重逢场景,她会失声痛哭,肝肠寸断,或是逃避崩溃,失意追悔。

她那清洌的眉眼里,依稀能窥见她先父的风骨。

怎么会有这样的孩子,天真到极致,也勇敢到极致。

"李渭,我们走吧。"春天在水边将双手、衣袍洗净,而后朝他招手。

"嗯,回甘露川吧。"

春天点点头,抚摸着手中的骨匣:"回甘露川,去爹爹生活的地方看看。"

两人骑在马上,带着一队北宛军,载着满车尸骨,缓缓朝甘露川的方向走去。

夜里众人燃起篝火,兵士散开喝酒、洗浴,洗去一身晦气。跌罗和李渭同坐,举着酒囊道:"你们汉人,的确有不少可取之处。"

李渭也呷一口酒,缓声道:"是。"

夜里李渭听到抽泣声,女孩儿终究是忍不住。

他将她从毡毯里抱出来,搂入怀中,抚摸她的黑发。

汹涌滚烫的泪湿透了他的胸膛,黏在他的心头上,他也觉得心痛万分。

只能将她紧紧拥住。

"李渭。"她将头颅埋在他的怀抱里,紧紧抓住他的身体,像为了存活,扎根在树干里的藤萝,也像乞求他温热的身体能温暖冰冷的她,"我是个孤儿了。"

"还有我呢。"他忍不住要亲吻她的发顶,"我在。"

星垂平野阔，月涌大江流，漫天铿亮的星子，是谁的灵魂在温柔地俯瞰世人。

往甘露川的路程似乎极短，每日春天不过恍惚一眼，白日黑夜便轮番转变。

这日已经能远远看到甘露川的烽戍。

跌罗喝令半数兵士禁步等候，只带着驾车的兵士随着李渭往前走，直到停到烽戍前。

戍堡上有烽子持箭，喝令道："城下何人？"

跌罗向李渭与春天两人行礼："我们的身份不便进甘露川，就在此地别过两位。"

李渭颔首，春天下马："感激将军的援手。"

跌罗策马回头，扬手道："两位，后会有期。"

城上的守卒下戍堡来查看，见两人外貌年岁，又见高车上的骨殖，听见李渭道："我们是汉人，此程去北宛境，带回了五年前战死在曳咥河伊吾军士的遗骸，送入甘露川安葬。"

守卒脸色大变，似乎是喜色，忙唤声开戍堡："告诉将军，他们回来了。"

来人很快就到，起首有两人，一是甘露川伊吾军的守将，二是靖王的亲信王涪。

王涪已在甘露川等候春天与李渭两人多时。

"两位这一路，可谓千辛万苦，很是不易。"伊吾军守将早已令人将高车驶入戍堡，指引李渭两人入内，"当年那支精甲为国捐躯，战死异土，如今骸骨归来，在天之灵也可稍做安慰。某和王涪兄几番想出甘露川往曳咥河去，但如今边境草木皆兵，兹事体大，实在不敢乱动，只得在此焦急等候两位回来。"

守将又转向春天抱着的骨匣："这是小春都尉的遗骸？"

他颇为遗憾："犹记得小春都尉当年在甘露川时，英勇亲切，又爱戴部下，很得军心，可惜被北宛军戕害，英年早逝，令人扼腕。"

言罢，守将唤来兵士，不知何处驾来一辆白幡灵车，兵士们将高车上的骨骸俱裹上白麻布，放入灵车内，又去请春天手中的骨匣："某是甘露川守将，却未替死去的同袍收殓尸骨，这灵车，便由我驾入甘露川内吧。"

这一番礼仪周到令人倍感意外，春天显然对两位的态度感到疑惑，迟疑道："两位大人知道我们……"

王涪见她略迷茫的神色，躬身道："在下甘州王涪，受靖王之命来寻女郎，起初在甘州城拜访瞎子巷，只是不巧，女郎已往玉门行去，我又一路追到玉门、冷泉驿，在莫贺延碛被沙暴所挡，落后女郎一步，只得沿着十驿，往伊吾而去，最后得知女郎去往北宛境,便赶到了甘露川等候。"

他又向李渭作揖:"想必阁下便是李渭李君,这一路,有赖阁下照料女郎,如今安全归来,某也能安心复命了。"

李渭亦拱手回礼:"区区小事,不值一提。"

春天听见"靖王"两字,心头乱颤,抖着唇问:"是靖王?"

王涪点头:"靖王一直挂念女郎安危,再三责令某,务必将女郎带回去。"他苦笑,"若女郎在路上有什么三长两短,某实在难回去交差。"

"是我姑母……靖王府的薛夫人,她……她也知道了?知道我在这儿?"春天蹙眉,"姑母如今可还好?"

"薛夫人是女郎至亲,亦挂心女郎,时时问起。"王涪道,"听王府中人道,夫人为女郎之事,时常以泪洗面,茶饭不思。"

春天眨眨眼,将满眶泪花憋回,向王涪致谢:"我走时都未曾告诉姑母,给姑母和靖王、大人您添了大麻烦,春天深感惶恐,请大人恕罪。"

"不敢不敢,女郎唤我王涪就好,我只是一介白衣,女郎折煞在下了。"王涪辞礼,带着两人入甘露川,"两位请随我们来。"

李渭领首,带着春天并肩前行,近到春天身前,见她眼里满是忧色,春天低声向他道:"李渭……是我姑母,她……"

李渭"嗯"了一声,柔声道:"你姑母一直念着你呢。"

她一时手足无措,又紧张又害怕,李渭轻拍她瘦弱的肩膀:"没事,总要回来的,她也总该知道你在哪儿,你为何而离家。"

春天吁了一口气,轻轻攥住了他的一只手,李渭回握住她:"走吧,去看看你一直想来的地方。"

甘露川是一片被雪山群峰围拱的广袤绿野,有浩瀚的湖,有蜿蜒大河,有潺潺溪流,有葳蕤群林。也有战马奔腾的牧场,禾苗葱郁的农田,人车络绎进出的戍堡,军甲雪亮的操练军队,驱使牛羊的牧羊人。

是世外桃源,也是人间仙境,是父亲信上所说:"甘露川绿野无尽,碧天如玉,沃土甘泉,牛羊肥美,甚惬意。"

是夜歇在戍堡内,戍堡靠近兵营,是甘露川大小守将居所,也有驿站、邸店、仓廪、库房,进出往来的都是军中兵士。

灵车驶入戍堡中,沿路兵士皆是习以为常,对这阵势不以为奇,沿路有人问:"是哪支营队的骨骸?"

"好些年前,追击北宛沙萨多部,战死在曳哐河的小春都尉的部属。"

大多数都是近年新招募的新兵,不知往年之事,对着灵车施礼而去,极少有认识小春都尉的老将,"哎哟"了一声:"原来是小春都尉。"

见灵车后跟着名青春少女,观其容貌:"这是小春都尉的家眷?"

"是小春都尉的女儿。"

春天敛衽,听见那老将道:"眉眼间依稀能见小春都尉的模样,昔日一起喝酒吃肉,小春都尉最爱提及妻女,这下可好,终得一见,果然不一般。"

那老将和她略说几句话:"昔年你父亲在这甘露川,性子好,人缘好,旬假有空,我们一起入山猎狐猎兔,吃了肉,你父亲还能将那些皮毛做成硝皮,说要攒起来给家里人做件裘衣。闺女,你爹爹在这里,可一心惦记着家里呢。"

春天闻言落泪。

她走过爹爹走过的路,坐过爹爹曾经喝酒的酒馆,见过甘露川深紫如冻的夜色,也涉足于清晨第一缕阳光下,满地青草挂着沉甸甸的露珠,几步就把衣袍打湿,最后她抱着爹爹的骨匣,将其余二十二具不知姓名的骨骸,都埋入甘露川的坟茔场。

这里已经埋有成百上千具尸骨,或许,有一天他们的家人也会来,将深埋在此地的骨骸迁回家乡。

有人小声说话:"如若小春都尉当年没有贪功,听从军令行事,没准现在还活得好好的。"

春天满含泪花,低声对李渭道:"我要还爹爹清白。"

李渭抚摸她的黑发:"会的。"

离开甘露川的那日,她的神色极其平静,回头眺望这群山中的一方净土,挥了挥手,喊道:"甘露川,后会有期!"

李渭看着她,在瞎子巷时,她的面容平静又安宁,眼里却蕴含忧郁,走到如今,她的神色未变,眼里的光彩却截然不同,坚毅而镇定。

人总会慢慢成长,她离家出走时,尚是个无知无畏的孩子,此番再回去,已经是个心性坚定的少年人。

李渭可以窥见她未来的人生,应当是无比地光彩夺目,绚烂动人。

会和他有关吗?

他轻轻地蹙起眉,暗暗吐出一口气。

王涪早已将这好消息绑上信鸽,送去靖王府。又准备了两辆马车,一辆供春天坐卧,一辆安放小春都尉的骨匣。

"我们先回伊吾城,要再准备些行囊,而后再沿着十烽入玉门关。"王涪扶她上马车。

春天顿住脚步,看看王涪:"入玉门关后,我们是回甘州去吗?"她这时有些紧张，双眸一闪，看看李渭，"回甘州去……去看看长留。"

王涪点点头，靖王只说带人入玉门关，未让他将人送回长安，入玉门后先回甘州城再做打算："好，我们回甘州。"

春天又对着李渭道："李渭，还有陈叔叔，陈叔叔在交河城。"

李渭和王涪互视一眼，李渭道："请王兄差人送个消息去交河城，小春都尉还有个故友在那儿，能否邀去伊吾城一聚？"

王涪略一寻思："交河城和伊吾城不过三四日行程，正好能赶得上，我这就找人去办。"

甘露川至伊吾城尚有几日距离，沿途多为青青草原，也偶见荒野沙碛。沿途可见山野间牧人放牧，也有数个敝破村落，多沿着驿路而设，驿路行人三三两两，不若往年繁华。

"这阵时日，西域各处有不少贼寇匪人作乱，搅了不少安宁日子，商旅们都是匆匆路过，不多在荒野停留。"王涪同李渭道，"你们当初若是入伊吾城再到甘露川，估摸能遇上不少风浪，幸好都避过了。"

"如今西域各地城池摩擦不断，不知以后是否还有安宁之日。"李渭叹道，想到贺咄的那支大军，"各城戒严，商路也难走了些吧。"

"要战便战，我泱泱大国，难道还怕那群北宛兵吗？"王涪道，"战火是没有停歇的，厉兵秣马几年，也该活动活动了。"

拾陆 旖旎夜

几日之后，三人即到了伊吾城下。

这时就能瞧出不同来，伊吾城方圆数十里的烽驿、驿馆，各处皆有铁甲驻守，伊吾城内更是兵卒成群，刀刃森然，戒备森严。春天和李渭两人都没有关牒过所，王涪不着痕迹地从袖里亮出块靖王府腰牌，守城的兵将一瞥，恭谨地大开城门，将三人送入了伊吾城内。

伊吾城的郡城并不算大，城池尚不及甘州城一半，城主是龙家人，原也是归顺北宛的胡人。几年前叛出北宛回归朝廷，虽然每年进贡称臣，亦封了国主，伊吾民众皆呼其龙国主或龙城主。

城内胡汉杂居，汉人占了一半，但胡风甚重，房舍式样皆殊，粉墙碧瓦，百帐彩幡，路上多是骑骆驼、青骡的商旅，满耳胡音唱和，当垆的多是美貌胡姬，恰逢这几日又是佛诞节，各坊沿街都设了寮帐，满街俱是乐舞百戏，掷丸驯兽、杂技傀儡等，目不暇接。

王涪领着两人往驿馆行去："这几日恰逢佛诞，伊吾城内有游街舞乐之戏，甚是热闹，咱们去驿馆歇息几日，再重整行装回去。"

春天撩开帘子，半看着窗外热闹，半在车内出神，听见路人喧哗汹涌地往前奔去:"快快快,快去!菩萨老爷出街撒钱了!"

往前一瞧,只见迎面正来了一顶浓香盈鼻的奢华轿辇,身后跟着如云仆从,那轿辇上半倚着个大腹便便的长髯男子,深目微眯,半是惬意、半是陶醉地嗅着个象牙佛像鼻烟壶。

路上行人甚多,这轿辇阔而高,足足塞堵了半条道路,仆从左右护轿开路,也不呵斥行人,只朝着道路两侧,叮叮当当挥洒下不少铜钱,路过行人听见那清脆的撒钱之音,俱是自觉地趋步在路边哄抢铜板。

王涪和李渭见这阵势,俱是含笑摇头,往旁侧避了避。

这是伊吾城内有名的大富商安万金,家中豪宅成顷,奴仆上千,极为阔奢。他以香料发家,几乎垄断了西域之路半数的香料,民间流通的半数西域贡香,皆自他家出。

安万金看着路人脸上的喜悦之色,心内颇为舒畅,他出手阔绰,人也大度,最爱旁人围着他热闹,眼光一扫,庞大的身躯陡然从辇上坐起,朝着王涪挥手,脸上浮出愉色:"王贤弟,王贤弟。"又见王涪身旁的男子,笑道,"哎哟,李渭!"

安万金从轿辇上颤巍巍地下来,朝着李渭和王涪寒暄,拍一拍大腿:"两位也是熟人?"

王涪和李渭互视一眼,会心一笑,原来三人俱是相识。

"我和王兄几日前刚结识。"李渭笑道。

王涪也觉有趣:"虽然同在甘州城,之前却无缘结交,没料想原来都和安兄相熟。"

"王贤弟,乃我的衣食父母,我这小本营生,全赖贤弟牵桥搭线。"安万金左右揖手,"李渭,多次带着我在西陀收象藏香,出生入死。"

"你们两位都是我的大恩人哪。"

两人连连回手辞拒,安万金搓搓手,见两人身后还跟着两辆马车,其中一辆车帘间隐隐约约露出个纤细身影,知道是个女子,笑问两人:"两位稀客这是要往哪儿去?"

又听王涪道一行人要去驿馆住宿,安万金"嘿"了一声,胖手一挥,示意仆从们上前,自己左右拉着李渭、王涪两人:"你们是我的贵客,既然来了我的地盘,哪有住驿馆的道理?走走走,去我宅子里。"

"不必麻烦安兄。"李渭一听要去安万金家,倍感头痛。

王涪亦是汗颜:"安兄,下次,下次吧。下次再和安兄好好聚聚。"

"两位贵客这是看不起我那府邸?"安万金哼气,"还是嫌我历来招待不周?"

"非也，非也。"

那一群仆从已经牵马的牵马、驾车的驾车，两人知道此番推拒不过，无奈地摇头苦笑，随着安万金往家行去。

春天听见外头说话，知道李渭和王涪遇上了熟人，半途折去了这位富商家中。她瞥见摇晃的帘缝里透出一片鲜艳的彩墙碧瓦，雕梁画栋，入了一扇描金绘彩、高大厚重的檀木大门，知道这是入了府内，见沿路花木扶疏，不少奇花异草，甚至有麋鹿、孔雀漫步其间。

待马车停稳，即有美貌胡婢来扶春天下车，抬头四望，只见琼楼玉宇，皆是金碧辉煌，亭台楼阁，处处巧夺天工，处处又挟着些异域胡风，使人耳目一新。

眼前一池活水，养着些肥硕锦鲤，正唼喋水面掉落的花瓣，花木掩映下，是一叠连绵相通的小阁楼，旁侧一块山石上镶着"迎香楼"三字。

即刻拥上来一群翠衣小奴，个个俱是容貌清秀，言语伶俐又乖巧，围着三位来客。

安万金满意地点点头，眯眼笑道："先送几位贵客回屋，拾掇拾掇，歇歇脚、养养神，我让下人们去准备酒菜，难得的好日子遇上难得的贵客，今天可要一起小酌几杯。"

王涪和李渭俱是推拒："我两人皆有事在身，安兄也不必费心招呼，待下次闲了再一起好好聚聚。"

安万金点点头，眯眼说明白，被如云的美貌婢女搀扶着远去。

三人被簇拥着进了阁子，王涪指挥人安置行囊。李渭见春天目送安万金远去："他是伊吾城的香料商人。我们就在这儿住两日，你也好好歇歇，等等陈叔叔的消息吧。若是能见上一面自然好，若是无缘一见，让他知道这桩心事已了，也算安心。"

春天抱着骨匣点点头，他见她自甘露川之行后一直安静又乖顺，一副无喜无悲的模样，微微弯下身看她："既然心愿已经达成，你应当开心些才是，怎么反倒闷闷不乐？"

"我心里是高兴的。"春天道，"只是心里头挂念。"

"挂念谁呢？"

"我也不知道。"春天蹙眉。

王涪正在一旁交代身边人去驿馆送信回甘州，一扭头，见李渭和春天站在一处，男子俯身柔声说话，少女仰面回应，全然一副亲近模样，又想起这几日见两人之间相处情景，心里暗自掂量了一番。

春天被一众婢女拥着入了迎香楼，王涪上前去和李渭说话，也跟随着婢女们走入楼中："待会儿安万金来请，这可如何躲得过？"

李渭想起这事，为难地捏捏额头。

王涪一副笑脸："他这儿近来的酒，可越发好喝了。"

李渭回想起旧事，抽了口气，他酒量向来不错，每每却栽在此处，安万金从不劝酒，但身旁那些倒酒的婢女却不好招惹。近两年来他每每过伊吾，都是避着安万金而走。

那迎香楼内充盈芬芳之气，春天被婢女们引入其中，不知转过几叠屏风，只觉处处陈设奇妙精巧，别出心裁，七拐八拐，婢女们拉开一扇白绢花棂小门，进了内室。满地铺了雪白厚绵的氍毹，眼前一架极其耀目的孔雀屏扇映入眼帘，春天的鹿靴踏在半空，又旋即收回，站在门前逡巡。

机灵的婢女连忙捧来一双银丝缀珠软底绣鞋，端来玉凳，替春天换上绣鞋。春天这才入内，见室内锦绣桌帏，妆花椅甸，香软床榻，极尽奢华。

喝过香茶，吃过点心，春天问婢女要了香烛，将父亲骨殖供在侧室，燃香点烛，磕头拜祭，在屋内坐了片刻。

婢女们闻得春天身上染了烛火檀香，牵着春天转过一道花鸟锦屏风，走过一条光影斑驳的木廊，迎面扑来水汽氤氲，暖意浓浓。春天定睛一看，原来面前是一方长而阔、雾气缭绕、汤色奶白的温泉。

"请女郎洗疲乏。"

春天盯着那方温泉池心生感慨，这等豪奢铺张，可比肩长安的王公贵族。可想西域各国，不知有多少财富流通其中，盛世安宁的气氛一旦被打破，不知是个什么样的光景。

身姿婀娜的婢女陆续抱来香膏玉脂，玉瓶花露，并衣裳棉巾，服侍春天沐浴。

"我自己来。"春天见了这方奶白池水，心头微微松懈，浸入温水，缓缓地吐出口气，问一旁跪膝垂首的婢女，"这迎香楼曲廊相通，是来宾们住的地方吗？"

"回女郎，这迎香楼是家中尊客留宿之地，共有四幢小楼，廿间客房，常有客人留宿。"

春天暗自咋舌，在泉中多泡了半晌，直到脸靥通红，才被婢女们扶起，穿上衣裳。

衣裳是婢女送来的新衣，翠衫罗裙，披帛臂钏，极其鲜妍，正配这满屋的珠玑锦绣，行步之间，可见裙裾隐约有蝶鸟翻飞。婢女们又替春天梳髻簪花，点染胭脂，春天自离长安以来，几乎未曾在衣裳妆容上打点过自己。在铜镜前一瞧，只觉镜中人既陌生又熟悉，熟悉的是这花团锦簇的装扮，以往每每随舅母出去都要被修饰一番，陌生的是镜中的那张脸，依稀记得自己不是这个模样。

身旁婢女纷纷赞扬好看，春天又被簇拥着回到卧房，只见椅子上倚着名项戴璎珞、身着紫金裙的少女，百无聊赖地玩着香案上的玉貔貅，见到春天来，眼神一亮，扬手拍了拍掌，嫣然笑道："爹爹从哪儿请的贵客，你长得真好看。"

少女从椅上跳下来，活活泼泼地朝着春天走来："我叫绿珠。"

春天见她生得花容月貌，又一团和气，十分可爱，心生好感，微笑道："我是春天。"

原来是安万金膝下的小女儿，竟然和春天同年所生，生日在冬天，比春天还略小了半载。

绿珠捉起春天的手："爹爹回来说请了几名客人来家里玩耍，还说有个跟我一般大的女郎，生得比我还美，我不服气，特来瞧一瞧。"

她亲昵又娇俏："这下见了春天姐姐，我可服气了。"

春天是好相处的性子，绿珠又活泼爱闹，两人年岁一般，颇有话可说。绿珠说起家中生活，伊吾城内的玩闹之处，又问春天来去，春天隐去详情，大略说了说和李渭一路上的行径见闻，惹得绿珠赞叹："姐姐好厉害，李渭对姐姐真好。"又想了想，侧首道，"李渭对爹爹也很好。"

"你也认识李渭吗？"春天问。

婢女们送来一副银制的叶子牌，绿珠和春天偕同众婢女，坐在小机子上铺牌局，绿珠随口道："嗯，有一年他常随着我爹爹出门去，以前也常来我家，后来倒不太见。"玩过几轮博戏，春天听见窗外隐约飘来丝竹之乐，趋步到楼阁前，见园子里陆续挂起五彩花灯，绿珠也凑到阁子前，看着底下来往的仆从："宴席要开始了。"

很快就有小仆请春天和绿珠一并去前楼，绿珠拉着春天的手："前楼是爹爹专门待客用的，走，我们也去吃东西。"

前楼比迎香楼更为豪奢，满目金碧耀眼夺目，椒室内摆了食案酒具，俱是些珍馐佳酿。李渭和王涪、安万金不知从何处来，见绿珠领着春天在一侧看仆从端杯递盏，李渭朝着绿珠笑："你们两人坐在何处？"

因是女眷，楼上特意设了雅室，请家里的乐伎专给两位女郎杂耍取乐。绿珠头一扭，噘嘴不理李渭，拉着春天上楼："走，我们去楼上玩。"

两名少女席地而坐，吃着东西看伎人演傀儡戏，听见楼下管弦笙箫喧闹，在回廊一瞧，楼下舞伎穿着艳丽，扭着妙曼轻盈的腰肢跳着胡旋舞。金叵罗里盛着玉酿葡萄酒，几名衣着艳丽的婢女花枝招展地围绕在宾主身边，殷勤劝酒。

"每次都是这套把戏,好无聊。"绿珠嘟嘴,"爹爹老喜欢看这些舞伎跳舞。"

"胡旋舞很受欢迎。"春天道,"长安城的男女老少都喜欢看,回雪飘摇,千旋万转不知疲倦。"

"可是,这未免也穿得太少了吧。"绿珠指着舞伎身上那遮盖不住肌肤的绡纱,"但男人好像都很喜欢。"

春天沉默半晌,神情也略有点不高兴:"不管他们。"

两人躲在楼上看了会儿舞伎跳舞,又回去吃了些东西,点了两出杂耍戏。绿珠把吃食扔下,拉春天起来:"这几日佛诞,夜里各处也是张灯结彩,热闹非凡,外头的杂耍还会吐火,耍狮子、放炮仗,趁着这会儿他们在外高兴,我们也出去高兴高兴。"

两人偷偷溜下楼,春天拎着裙子,随着绿珠悄悄蹑步过珍珠帘,略一抬眼,见李渭倚在食案后,半支长腿,一手撑额,一手捏着银箸敲打着食案上的玉碟,随着舞伎的动作敲打着节拍,眉眼间俱是舒畅之意。身旁一位极尽媚态的婢女举着水晶杯,笑意盈盈地将酒杯递至他唇边。

她顿住脚步,绿珠见她停住不动,一探头,也见李渭那模样,半恼半叹:"这些个婢女真不要脸,看见喜欢的宾客就贴在人家身上,若是遇上不那么中意的,坐得跟个木头似的。"

春天蹙起眉尖,轻哼一声,拉着绿珠悄悄出去,绿珠朝着春天挤挤眼:"李渭还是很好的,我二姐未出嫁前,还偷偷喜欢他。"

"是吗?"两人往楼外走去,春天问,"那他喜欢你二姐吗?"

"他要是喜欢就好啦,那我爹就不愁啦。"绿珠遗憾道,"他很早就成亲了,和家中娘子感情很好,我二姐没有法子,最后嫁到金棘城去啦。"

春天放缓脚步,咬着柔软唇壁:"对,他很早就成亲了。"

两人溜出门去玩耍了半日,看了沿路的杂耍百戏,驯兽斗鸡。月上中天,绿珠见春天思绪似乎有些飘离,又看天色不早,拉拉春天的袖子:"我们回去吧。"

回到迎香楼,楼里仍是静悄悄的,春天问婢女:"前楼的那两位客人回来了吗?"

"回女郎,前楼灯火未歇,尊客们还未回来。"婢女回道。

春天的脚尖蹭着地上柔软的氍毹,暗自骂了声:"浑蛋。"

屋内墙壁都涂了香料,香炉就搁在榻边,屋子里暖烘烘、香馥馥的,春天索性挥退了婢女们,在罗汉床歇下,却又翻来覆去睡不着,索性扯了罗袜,赤着一双天足去了温泉。

099

再从水池中出来，正穿衣的空当，听见外头传来窸窸窣窣、乒乒乓乓的声响，春天去寻声音来源，迂回曲折间推开一扇山屏，原来是一个小胡奴搀扶着李渭回来了，正把李渭送入榻上。

原来两人的卧房有相通的回廊，只用一扇闪屏隔开。

她见李渭浑身酒气，却面色镇定，抚着额头蹙眉，睁开一双墨瞳，瞳仁雪亮，目光却含糊没有方向，见她来，只黑沉沉地盯着她看。

春天心头微恼，轻哼一声，转身回了自己的卧房。

她在罗汉床上出神半晌，又爬起来，出去寻李渭。

屋内酒气冲天，李渭支腿倚在坐榻上，双颊泛出一丝红，探手去捞案几上的茶壶。

他勾了几次，堪堪擒了茶壶，再眯眼去拿茶杯，那白玉茶杯屡次从手间错过，他索性弃杯，将茶壶嘴往面靥上一倒，嘴里沾了湿意，解了渴。他将茶壶往案几上一搁，那茶壶搁得失去了准头，叮叮咚咚滚落在地上，李渭两耳不闻，只倚身在榻上闭目休息。

春天见满地狼藉，蹙眉，又摇摇头，将茶壶拾起，倒入茶水，仍搁在案几上。

她见李渭闭着眼假寐，一手支在矮榻上撑着头颅，单腿支起，只觉姿势散漫，带着几分慵懒之意。

倒是第一次见他这副模样。

她用指尖触触他的衫袖："李渭，你睡着了吗？"

"别在榻上，回床上睡去吧。"

男人闭眼，没有回应。

春天见他毫无反应，吁了口气，想走，又挪不开步伐，这几日有王涪在，他便经常不在自己身边。

目光从他的眉眼，流连到鼻、唇，再到他的手、腿。

春天捏捏自己的手心，只觉心跳如擂，口干舌燥。

刚才在酒席上，他含笑看着舞伎，拿银箸敲打碗碟的那个画面，还有那名倚在他胸前的劝酒婢女，在她脑海里一遍遍地浮现。

原来他也有这样风姿散漫的时候，但，他们两人，从来没有这样过……

她也不知自己从何而来的失落感。

鬼使神差，春天俯下身体，心头如小鹿乱撞，颤抖的指尖轻轻触上他的脸颊，小声嘟囔："李渭。"

"李渭。"

是无声的呢喃。

酒醉的男人突然睁开了眼，不落睫地盯着她，双眸清亮如星子，内里却好似有火焰在炙烧。

李渭只当自己在梦中，腾云驾雾、身体飘荡之际，眼前突然出现一张娇艳的面靥，湿润润的红唇，黑白分明的眼，青绸般的青丝泻在肩头。

他全身燥热难当，热气和酒气毒蛇似的游走在身体里，耳里俱是轰隆隆的血流声，什么都听不真切，目光只攫取着一张唇，鲜妍柔软，好似娇花。

男人克制惯了，并不伸手去碰。

飘来的幽香绵绵浸入身体，体内滚着遇水即溅的热油。

春天见他睁眼醒来，正撞见自己那点旖旎心思，全身僵住，心如擂鼓，她忘记收回手指，呆愣愣地注视着他，声音绵软颤抖："李渭，我……"

他盯着她，自言自语，有些苦恼，风流轻笑："是梦吗？"

她一愣，心头一松，正要抽身退开，他忽然捉住她的手："别走。"

指腹粗糙的大手攥住她的指节揉捏，她纤细的指在他的掌心上磨蹭，能感觉到被他粗硬手茧紧握住的轻微痒痛。他的黑眸突然暗沉，耳边是他极低的呢喃："你的手怎么这么凉？"

他咽下满腔燥痛，声音突然粗哑，又渴又热，眸里的光像蛛丝，把她像猎物一般裹住往里拖："你的手怎么这么凉？"

"李渭。"她只觉他嗓音古怪，然而自己也好不到哪儿去，发颤的声音听在耳里，像是女子娇柔的撒娇。

"嗯。"他嗓音低哑地回应他，像砂砾磨过她的耳。

春天的脸滚烫如火，唇上泛着水光，嗫嚅："李渭，你松手呀……"

他直直地盯着她的唇，而后身体从榻上挺起，居高临下地贴近她，两指抬高她的下颌，沿着颌线轻轻抚弄她的面庞。

他们挨得极近，近到她的呼吸连接着他呼出的酣热酒气，只觉自己也近要醉着。

他舔了舔干涸的唇，将身体俯下，低下头，将干涸滚烫的唇贴上去，落在她的唇上，吻住她。

啊，那是……他的亲吻……

起初不过是蜻蜓点水般的接触，唇和唇的摩挲。

他得了甜头，深觉不够，越来越渴。她不知事，在急促的心跳和呼吸间颤抖，他亦鲁莽，加深在她唇上的磨蹭碾压。

李渭混着酒香的鼻息罩在她面庞上，她晕乎乎、陶然然地闭上眼，任由他攫取。

身体比心理更顺从。

这深吻有出乎意料的甘美和酣畅。

酒气翻腾，身体放肆叫嚣，体内的烈火轰地冲入头颅，要把怀里人焚烧殆尽，将面前这小人拆骨入腹，一点血肉都不剩地吞入腹中。

他也是年轻气盛的男人，十几年压抑成山，他想要，非今晚不可，非眼前这个人不可，想要柔软温香的女体，想要神仙境地的快活。

男人和女人的那种快活。

她被拦腰跌入一个火热的怀抱，是她熟悉的气息。

他加深这个吻，要吞噬她，惊涛拍岸，白浪滚滚，将她席卷至不见天日的最深处。

她绵软得几乎提不起指尖，脑海里是破碎的五光十色的眩晕，呼吸被他掠夺，在他的唇舌辗转间，呼吸带着焦灼而奇异的痛意，深处有战栗的近乎欢愉的酥麻，一点点漫出身体。

喉间溢出的声响，是甜腻之至的娇吟。

榻上案几被两人踢滚在地毯上，发出几声闷闷的低响，春天钝钝地回过神来，发觉自己已被李渭按倒在榻上，他撑臂笼罩在她身上，深深地凝视着她。

他的呼吸凌乱，眼神却阒黑沉寂，瞳中心烧着一团烈火，那是她的身影。

她甚至来不及回应这种局面，他的吻又落下来。

她瞬间脑子清明起来，这才知道可怕，用力躲开他的吻，推搡着他沉重的胸膛，挣扎着想要起身："李渭。"

他把身体挨贴着她，发红面靥贴在她清凉的脖颈间，炽热呼吸吐在她裸露的肌肤上。

"李渭……"她颤颤地求饶，瑟瑟地哭泣。

他知道是谁在喊他，他抬起眼，他是认得她的。

"春天。"他声音沙哑，不知在喊她，还是在自言自语，"春天。"

那沙哑的音调飘进她耳里，倒像带着毒似的，酒气和男人的气味，熏得她也傻了，泪水滚落眼眶，沿着眼角滑入发间。

李渭的手掌捋着她的黑发，目光像深渊一样注视着她："嘘，别哭，别害怕，是个梦而已……"

他捉着她的手，按在他起伏的胸膛上，柔声道："别哭了，你哭一哭，我就要心碎。"

手下的胸膛宽厚温热，有怦怦怦的沉重又坚定的心跳。

你哭一哭，我就要心碎。

她吸吸鼻子，生潮的双眼注视着他，语音柔柔，蕴含委屈："李渭，你喝醉了。"

"嗯。"他嗅着她的馨香，亲吻她的耳珠，"所以你来了。"

小巧的、滴血的耳珠被卷入他滚烫的舌尖。

那小小的一点触感被遽然放大，电流像扎地生根的杂草，沿着血液一点点灌入身体，惹得她浑身颤抖如筛。

"李渭，你喝醉了……"

"嘘。"他用自己的唇去封住她的唇。

这吻混杂着所有的一切，又温和又暴烈，又湿热又干渴，又是安抚又是挑逗，像一尾鱼追逐另一尾鱼，嬉戏又打闹。

身体深处的战栗渐渐汇集，她缱绻又动情，欢愉而痛苦，仿佛有什么东西自深处涌出，打湿了她的灵魂。

他发出一声低叹："春天。"

酒气熏腾间，她自暴自弃地闭着眼，眼角一片嫣红水意。

他沉溺其中，半眯着眼，享受这刻骨的欢愉。酒醉的眸子里可见一张红嫣嫣的少女的唇，美好似四月桃花，这唇他是熟悉的，日日夜夜浮现在眼前，此刻近如咫尺。

"李渭……"微弱的话语搅碎在唇舌间。

他安抚着颤抖的她，拍着她的背，偶尔在她面靥上落下几点细碎的吻，她埋头在他脖颈间，他搂抱着她，沉沉睡去。

他们第一次挨得这样近，手足相缠，交颈而眠。

梦中的白鸟突然扑腾一声飞去。

春天失魂落魄地从榻上下来，站在屋内，不知何去何从，只觉无处可藏身，身体潮湿，脚步发软。

肚腹越来越痛，手足冰冷，腿心有液体缓缓流出。一阵痛后，一波汹涌急流吐出身体，她低头一看，面色惨白，几欲瘫软，有血流顺着腿蜿蜒流下，弄脏了她的裙。

她久违的癸水来了，由于长途奔波而停滞的癸水，在这诡异又特别的夜里，波涛滚滚地流出她的身体。

点翠香鸭炉已冷，李渭盯着案几上搁在桌沿的茶壶，脑子里是极长时间的空白。

他酒量极佳，很少喝醉，喝完酒后，情热时也会自渎，但他素来克制，这种时候极少。

饶是他一贯镇定，此时也捏着额头，倒抽一口气。

昨日喝醉后的事情……他记得的。

那种感觉真实又强烈，像在沙碛里喝过水囊里最后一口水，清冽又甘甜，唇齿间犹是回味无穷的芬芳。

只是那场景着实太过骇人，他如何会这样亵渎一个这样的人儿？

他万万不敢笃定，又怀疑是春梦一场。

但春梦怎么会有那么清晰的记忆？

李渭捏了捏眉骨，吁了一口气，出门去找春天。

园里荼蘼花架下，有婢女们清脆的笑语，荼蘼花已谢尽，叶梢微微泛着黄，筛下大片透明微绿的光影，婢女们簇拥着春天和绿珠，一起掷着彩骰。

绿珠见李渭来，笑着招呼："李大哥。"

春天裹着件织金薄袭，怀中还搂着个手炉，垂着头，脸色微有些苍白，正凝神玩着手上的骰子。她眼下还有一抹淡青，沾了胭脂遮盖，呈现出一种苍白又艳丽，羸弱又明耀的美来。

婢女们自觉散开，搬了个锦墩给李渭，李渭坐定，闷闷地喝着婢女递来的茶。

"李大哥昨夜睡得好吗？"绿珠捏着笑问，"今日你可起得最晚。"

李渭"嗯"了一声，问春天："昨夜睡得好吗？"

春天将手中的骰子掷在桌上，那玉骰滴溜溜地滚了几圈，孤零零地各散在桌上，她也慢悠悠地捧起手边的半盏茶，垂着眼睫，一点点啜喝："直到天亮才睡了会儿。"

李渭漆黑的眸盯着她，意味不明，惊心动魄。

绿珠嘻嘻一笑："李大哥你可别怪我们贪玩，昨夜里我拉着春天姐姐一起在我那儿玩，和婢女们轮流斗了半宿的叶子牌，半夜肚子又叫唤，喊厨房做了顿点心后才歇下，躺下的时候，天光都亮啦。"

旁有婢女笑道："两位小主人昨日里手气极好，把婢子们的月钱赚走了七八成，早知如此，昨夜就该服侍两位主人早些歇下，倒还能省省。"

绿珠懊恼地皱皱脸："我和春天姐姐睡在一处，都怪我睡相不好，还抢了姐姐的被子，闹得姐姐着了凉，身子不舒服。"

春天也慢慢抬起脸庞，对着李渭微笑："你这么晚才起，昨夜喝多了吗？何时回去的？"

李渭良久愣住，凝视着手中的茶盏，脸色古怪，一语不发，大步迈开。

绿珠见李渭走开，朝春天挤挤眼，见春天蹙眉，怔怔地望着李渭离去的背影,悄声道:"你到底做了什么,干吗要骗他呀?"

春天抿唇,疲惫又失落地摇摇头。

其实她内心是模糊地知道的,并且越来越清晰。不知从何时起,她的目光一直在追逐他,想要时时刻刻待在他身边,喜欢他温暖的拥抱、温柔的安慰,喜欢他亲切地抚摸她的发。

他会出现在她梦里,伸过来的一只手,唇角的一点弧度,眼波的一点流转,都让她反复回味和记忆。

她其实喜欢昨夜他的亲昵,他的亲吻,他对她所做的一切,并为此久久心颤和悸动。

但她不可以。

李渭回屋,屋内有小奴打扫,李渭打量屋内陈设,唤来昨夜送他回来的小仆,仔细盘问:"昨日我是一个人回来的?"

"只有您一人,我把您送到软榻上,您就让小奴退下了。"

"有遇到过其他人,有人进来过不曾?"

那小奴生着一双清澈的眼,摇了摇头:"无。"

李渭吐了口浊气,在凳上坐下,闭眼,凝神,而后伸出自己的手,凝视良久。

阳光穿过窗棂,灰尘在光照下蹁跹浮动,照得室内的锦绣珠玑流光溢彩,好似和昨夜的情景,俱是虚幻。

后来李渭再见春天,屡屡欲言又止,脚步凝滞,他在情事上坦荡十多年,此时觉得心中有愧,脸上如何也装不出坦然神色。

春天和绿珠感情渐洽,整日形影不离,两人这几日因各自的隐秘心思,几乎不曾多说几句话,等到王涪将各处打点好,突然便催春天东归。

走的前一日,陈中信赶来伊吾城送别故友和侄女。

春天见他的那一眼,几乎未认出眼前这位两鬓暗生华发、清癯又高挑的中年男子,是当年那个温和风趣的陈叔叔。

他一条腿已跛瘸,看见春天盈盈的泪光,捶了捶自己的腿:"我这腿疾碍事,不能骑马,所以晚到了些,幸好赶上了。"又道,"妞妞,叔叔对不起你,对不起你父亲。"

春天垂泪问:"叔叔的腿疾,是不是和阿爹的死有关系?所以叔叔也从伊吾军出来,辗转各处,最后失了音信?"

"都过去啦。"陈中信叹道,摸着骨匣,泪水闪烁,"仲甫,仲甫,这下你可得安息了,你的女儿已经长大,也懂事了,历经千辛万苦,终于要带你回家去。"

昔年同游赏花的长安子弟，如今零落天涯，他唯余一点热气在胸中苟延度日，人生如寄，时光弹指而过，当年的垂髫幼女，如今已是青葱少女，他们这一代人，终将过去了。

"陈叔叔要回长安吗？"

"近些年怕是不回去了。"陈中信摇头，"叔叔已在交河城安家，长安如今已是异乡，等老了再回去看一眼吧。妞妞回去后，也替叔叔烧一沓纸给你父亲。"

春天点点头："我会把阿爹安葬，也会还爹爹一个清白。叔叔若是再回长安，也请知会我一声吧。"

伊吾至玉门大概要走大半个月，自上次北宛侵扰冷泉驿后，这条开通了数年的伊吾道又渐渐不太平，多有流匪抢掠商旅，王涪特意请伊吾守军派了一支十余人的军队一路护送。

除此之外，王涪专为春天寻了辆阔绰马车。车内设有软榻、茶案、香炉，还有一个专门伺候春天起居的小婢女，名唤何鄱鄱。

来去境况，真真是天差地别。

送别的人群，陈叔叔和绿珠、安万金的身影越来越远，越来越模糊。

不知不觉，已到秋寒的时候。

草色近看犹是带着盎然绿意，远远一瞧，连片绿野，早在不知何时染了满地枯黄之意，风里裹着细碎的寒凉，这热闹繁荣的伊吾城，看着也带着几分萧瑟。

"姐姐，伊吾已经看不见啦，我把帘子落下来好吗？"鄱鄱见春天仍远远眺望着伊吾城门，小声道。

她回过神，眼里有闪闪泪光。

她从来没想过，她还有回去的一天。

如果没有一路所遇的那些善意，她已早早死在半路。

回想自己的过往，才十六岁的年纪，有过无比的快乐，有过悲伤和无助，有过深深的自责和痛苦，也有过短暂的解脱和幸福。

有很多东西变得微不足道，也有很多东西显得弥足珍贵。

马车和人群沿着伊吾道的车履足迹往回走，李渭领着这一支送行的军队，王涪骑马伴随春天左右，时不时说上几句话，陪她解解闷。他也是河西人士，多年走南闯北，天文地理、风土人情，皆能侃侃而谈，倒是比李渭有趣得多。

算起来，王涪这半载为了寻她来回奔波，很是有些故事，春天连连道歉，甚觉对不起他。

"这倒没什么。"王涪坐在马车外大笑,"我不过费些脚程,不及你们一路十分之一的辛苦。"他据实说,"如今能找到女郎,我亦是大功告成,只等王爷赏赐。"

春天亦是颔首微笑,纤细的手指抓紧了长裙。

一路紧行满赶,衣食住行却无一处不精细妥帖。她知这一路荒凉,却屡屡惊叹王涪每日都能有些新鲜东西逗她开心,有时是一只机关精巧的连环,有时是来自某地的一种有名吃食,有时又是拙朴有趣的小玩意儿。

绝不会让她在这漫漫路途中感觉到分毫的无趣、孤单或是轻慢。

鄀鄀虽小,也很爱笑,笑起来只见雪白的贝齿,双眼迷成一道小缝,只觉分外可爱,她一团稚气,服侍日常起居却十分娴熟,每天都能逗得春天开怀。

王涪和鄀鄀,都是很能招人喜欢的。

自安万金家的那夜起,她就很少能和李渭说几句话,两人的关系变得微妙而奇异,似亲近又仿佛分外疏远。以往两人形影不离,如今换作王涪时时陪伴她左右,李渭倒是和那一队兵卒相处融洽,同吃同眠,同进同出。

王涪也感受到两人之间这奇怪的氛围,和春天说话的时候时不时瞥瞥李渭,见他神色一贯平静,也同李渭说几句话:"能凭一己之力从莫贺延碛再到北宛国,再毫发无损地回来,阁下真的了不起。"

李渭笑了笑,无奈摇头:"我倒是有些后悔,若早知王兄在后寻人,也不必如此大费周章,让王兄帮忙,倒更便利些。"

春天坐在车内,闻得此言心头忽然一滞,如鲠在喉。

塞北的秋意来得极其迅速,不知哪日早晨,青霜已沾屋瓦,荒凉沙碛的芨芨草猛然间被吹尽最后一点绿意,瑟瑟发抖地缩成一团灰黄。

夜里宿在苦草驿,天气寒冷,呵气成霜。

驿站简蔽,春天一行人就把驿馆塞得满满当当,鄀鄀将车厢内的锦被、香炉、茶案都一一往下搬。

李渭将马鞭往腰间一塞,也帮着鄀鄀将东西搬入房内。

他将手中的香炉搁在案上,见春天解下风帽,独坐在屋檐下,晒着明晃晃的太阳,想了想,迈步上前。

这两日两人之间,一句话也不曾说过。

两个人心里都有愧。

春天听见脚步声,眼尾也瞥见李渭的身影,将头往侧旁一扭,避着他。

李渭见她这个动作,站定,隔她几步,看见她柔美的一小半侧脸和一截纤细的脖颈，思量再三，问她："苦草驿外头有一片红沙，夕阳照耀下，沙地色彩如霞，要不要去看看？"

"不用了。"她轻声道。

"好。"他点点头，快步走开。

她听见他的脚步声，心如一片被蚕蛀空的桑叶，极力地克制，忍住不回头。

有了鄀鄀和王涪的陪伴，李渭是否在她身边，就显得无足轻重。

春天的心情更为抑郁，越临近玉门，她脸上的笑容就越来越少，鄀鄀很难再逗笑她。

王涪去问李渭："你两人闹不和？"

李渭垂眼，摇摇头，脸色冷肃，慢慢地抿了一口酒。

"去劝劝吧，她毕竟年纪小，有些心事也只跟你说。"王涪苦笑地摇摇头。

她避着我。

李渭皱眉，心想。

一行人再行至冷泉驿时，颇有感慨。被火烧过的戍堡又重建起来，只有墙脚依稀还有大火的痕迹，春天打量着当日错过的驿站，堡内各处依旧有着大火的痕迹，粮店、邸店不少，都是重新修缮起来的，虽有些简陋，却依旧人潮兴旺。

驿馆当初只烧了金棘城使者住过的半边，现今还在重修，王涪将春天和鄀鄀安置在驿馆后院里，院子里有棵挺拔的银杏树，叶子落了大半，枯枝上挂着几颗干果，在冷风中瑟瑟发抖。

夜里依旧难以入眠，春天披衣而起，见鄀鄀蜷缩在脚凳上酣睡，驿馆前端有喧声笑语。她推门去寻声源，还在修缮的前院空地上围坐了一圈人，中间烧起火堆，兵士、过路旅人、修缮屋子的民工围着篝火喝酒说话，有一白衣白帽的波国人在火堆旁吹着笛子，身侧有一条又细又小的蛇，那蛇咬着一枚银币，在笛声中夸张地扭曲蛇躯，逗得众人不断朝它扔掷钱币。

她一眼便见人群中的李渭，披着风帽坐在众人之间，跳跃的橘色火光照耀着他的脸。

春天立在柱后看了半晌，悄悄地退了回去。

寒气冻人，她并不想回屋，在庭中银杏树下坐定，仰头看着高远星空，星子如冻，撒下的不知是清辉还是青霜。

有低醇的声音问她："睡不着？"

李渭把风帽披在她肩头："天冷，要多穿点。"

带着他体温和气息的风帽覆盖着她，她深吸一口气，这是她熟悉的气息。

他在她身边坐下："还有几天就到玉门关了。"

"嗯。"她轻声答。

"去见见长留？"他问。

"好。"

他掏出酒囊，灌了几口，见眼前伸来一只纤细的手，他将酒一口咽下，把酒囊递给她。她抱着他的酒囊闻了闻，这回酒囊里装的是另一种酒，酒气绵醇，微甜，她也连喝数口，被他抽走酒囊："再喝下去，你就成小酒鬼了。"

她回味着酒的甘辛，默然不作声，理理自己的裙摆。

他仍然一口口抿着酒。

两人半晌不语，枯坐在银杏树下，月色清寒，孤高而远，寒风瑟瑟，金黄的银杏叶子在空中打着旋，最后悄然飘在两人脚边。

"你不能吃白果仁。"李渭抬头望着头顶的笔直杏树，突然道。

"嗯。"她也仰头，枝头挂着几颗细小的银杏果，"会痒。"

她把目光落下来，无意识地和他对视一眼，而后怔住，那一瞬他的眼神极尽温柔之意，毫不掩饰的光彩，令她心头猛然一动，如入蜜罐。

两人彼此一怔，忽然都瞥开眼。

她垂首，拾起裙上一片漂亮的银杏叶："长留应该等得着急了吧，没想到居然走了这么久，也没想到我在河西待了这么久。"

"去年这个时候，第一次见你是在红崖沟。"他道。

她这才惊觉他们已经相识一载，时间迅速得如风拂过，又觉得这段时日无比漫长，每一天都值得她反复反刍咀嚼。

"我第一次见你是腊月里，你从长安回来，风尘仆仆地推门进来，我手里捏着雪团子，碎雪溅在你靴边，被你踩在脚下，你走进来，问我伤有没有好些。"

他突然笑起来，那日她盯着他的眼神，惊讶、警觉如山间小鹿，他猛然撞进去，倒愣住了，仿佛闯入了别人的领地。

他道："在红崖沟那日，我将你从地上救起来，你其实是睁开了眼的，瞧了我一眼，而后，你咬了我一口……"

这话他没有和任何人说过，连春天自己也不记得。

李渭慢声道："我第一次遇见，一个受重伤的小丫头，在那种情况下，还能拼死咬人的。"

她的目光落在他胳膊上，她当时咬在了何处？他疼不疼？是如何的神情？她的语气突然有些哽咽："李渭，谢谢你……为我做了那么多。"

他轻声安慰："不用谢我，我心里……很愿意做这些。"

他见她的一只手指在青砖上随意划动，轻声问她："这些时日，为什么不高兴呢？"

她闻言一闷："没有不高兴。只是……偶尔想到我姑母，我走的时候没有和她道别，也未承想，她会托靖王来寻我，也没有想过，我竟然能回去。"

她眼神略有迷茫："我不知道，我要怎么回长安，回我舅舅家。"

本来就是摒弃一切，抱着必死之心上路的，最后却在他的呵护下，安全回来了。

"我亦是为人父母，知道做父母的苦心，你姑母虽然身不由己，但看得出来，她很在乎你，等回去后……"

李渭语塞，她终归要回去的，要回去安葬父亲，要还父亲一个清白。

良久，他黯然道："回甘州后，跟我回瞎子巷去？"

她不知如何应答，沉默片刻后，回他："我不知道。"

两人无言相对，中庭空荡，外头还有旅人说话的声音隐隐传来，天上一片云翳飘过，遮蔽了半轮月色，寒夜青霜分外厚重。

他动了动唇，最后也没有说话，伸手牵住了她生凉的那只手，攥在手里，呵气温暖她。

她被这暖意烘得心头发颤，终是忍不住，双眼一闭，趁着此间无人，将脸颊伏在他膝头："李渭，快入玉门关了。"

他们再也不是独自两个人，还有很多的其他。

"嗯。"他抚摸着她的发，想问她一句话，却一直忍住。

你愿不愿意跟我回家？

拾柒 甘州城

几日之后，王涪一行人已抵达玉门关。

刚入伊吾城时李渭就传信回甘州，告知陆明月和赫连广，不日将从伊吾返回，也写信叮嘱长留毋要牵挂。

收到来信，此时距李渭离去的日子已近半载，甘州一众人等总算是放下心来。

长留念完书信，垂下眼睫，规规矩矩地将信纸叠好，脸上也不由得泛起腼腆又兴奋的笑容："爹爹和春天姐姐快回来了。"

陆明月待长留如己出，将嘉言都比了下去，但长留终归是个孩子，丧母又逢爹爹远去，心头多有忧虑。陆明月知他这阵子表面看着平静，内里心事重重，摸摸他的头："你爹爹每次写信都挂念你，这下可尽管安心了，再过半月，爹爹就到家啦。"

长留亦是双眸晶亮，兴奋又喜悦："爹爹信上说，回来后带我去书院拜先生，让我在家好好温习功课。"

陆明月亦是高兴："长留用心温书，娘娘照顾你穿衣吃饭，等你爹爹回来，可得让爹爹好好瞧瞧，我们长留可长高了不少呢。"

长留寄住在陆明月家数月,陆明月费尽心思照顾两个孩子,长留与嘉言同吃同睡,又常跟着嘉言和赫连广出门玩闹,饭量见长,身量也拔高不少,已然是个俊秀的小少年。

嘉言也听说李渭要从伊吾回来,兴冲冲道:"娘,李叔叔走了这么久,还不知道咱家多了个舅舅呢,等回来肯定要大吃一惊。"

陆明月见嘉言手中又拿着件新奇玩意儿,皱眉喝道:"你又缠着你舅舅去市坊买东西了?"

"嘿嘿。"嘉言把手中的蛐蛐笼递给长留,对自己母亲嘻嘻笑,"是舅舅给我和长留买的,一人一份。"

入玉门关那日天气阴沉,是个大风天,玉门关满地的飞沙走石,天地间俱是灰蒙蒙的,看不真切,往来的商队检完过所,未多做停留,急急离去。

严颂躲在戍堡内喝一杯热茶暖暖身子,冷不防抬头,见一年轻的灰衣男子朝着他作揖:"严大哥。"

"李渭!"严颂喜极,又见其后王涪和春天俱在,且惊且喜,上前去迎来人,"你们总算回来了,说好不过三个月,这一走可半载过去了,我还去甘州瞎子巷打听你们消息,大家心里头都急了。"

"路上出了些岔子。"李渭苦笑,下马来和严颂叙旧。

王涪出玉门关时亦找严颂询问过李渭和春天的下落,亦是相熟,几人在玉门喝了一顿酒。严颂见到小春都尉的骨灰,不免唏嘘,将军百战死,壮士十年归,不知有多少忠良将热血、头颅抛洒在这边陲之地,骨殖能返回玉门关的,少之又少。

王涪将一路护送的伊吾军请至酒邸好生款待,多多赠予银钱,这一行兵士辞别几人,又沿着十驿返回伊吾。

另有一批青壮男子来玉门关洽接王涪,这些都是王涪的家仆部曲,在玉门关盘桓半日,王涪几人辞别严颂,往甘州而去。

回去的路途,春天特意挑了红崖沟这条路。

她并不太记得红崖沟的具体模样,只记得是一片红赫的石山,若五彩霓裳。此番再来,只见满山色彩斑斓,天然丹霞,怪石如笋如磐,虎踞龙盘,风声轰隆,她问李渭:"你是从何处找到我的?"

李渭指给她看,道路旁有一条风沟,这条风沟长而陡峭,沟里俱是枯黄的芦苇,一眼难以望见沟底。

王涪听说两人这段往事,亦是惊叹:"女郎这一路,真是险象环生,却每每都能逢凶化吉,是有福之人。"

春天在沟边站了半晌，李渭亦是伫立在一旁凝思，这是两人的初识之地。

再回此地，俱有命运奇妙之感。

"这么陡的风沟，摔下去的人必死无疑，你当初为何要下去看一眼呢？"

"万一还活着呢。"李渭微笑道，"摔下去的人十之八九活不了，但也可能有那万分之一，等着被路过的人遇见呢。"

两人相视一眼，她就是他遇见的那万分之一。

她的心再一次动摇。

王涪在一旁看着两人目光涌动，心内琢磨这是何等的机缘巧合。

甘州城外的官道道路拥挤，来往行人甚多，鄀鄀没有来过河西，很是好奇地掀开帘子："姐姐，甘州是不是很繁华？路上好多驮马和行人。"

"甘州是互市所在，往来多为交易的商旅，居民富庶，城郭又依托山水，远离沙碛，物产富饶。"

"那边好多人。"鄀鄀探头远望，"都是黑压压的人影。"

"应该快入城了吧。"春天瞥了眼，收回目光，转头去寻李渭的身影，见李渭亦是出神眺望着远处的甘州城门，心想他应是挂念长留，一路归心似箭。

不知长留如今怎么样，走了这么久，应该很想自己爹爹吧？等再见面，会不会怪她把李渭带去那么远的地方？

车辆缓缓向前，而后慢慢停下，她能听见帘外喧闹的人声，驮马的长哞，守城兵卒的呵斥声。

"要入城门了，请女郎下车吧。"帘外王涪温声道。

城门之下，有一溜长亭，是行人歇脚暂憩之地，此时却被一队全甲佩刀的兵将守住，不令路人近前，拱守着长亭内的贵人。

春天掀开帘子下车，见李渭和王涪俱在车前，神貌微有些异样，抬头一瞥，城门前行人拥挤，一侧长亭旁停有华贵软轿，兵甲蜂拥。

春天起先并未仔细看，待那长亭内走出个身姿婀娜、花容月貌的贵妇人，似喜含悲地盯着她，她定睛一看，瞬时愣住，头脑空白，讷讷道："姑母。"

长亭内的靖王背手而立，容颜武威，贵气凌人，身侧薛夫人绫罗翡翠，艳容四射，只是一双美目红肿。

薛夫人盯着自家女儿，脚步宛若钉在原地，恍若梦中，喉头哽塞，几不能言语。

春天站住不动，用迷茫的眼神看看李渭，又看看王涪，王涪笑着朝她作揖："恭喜女郎家人团聚。"

她鼻端酸苦，云里雾里地朝薛夫人走去，薛夫人亦是步步急促，脸色紧张：

113

"妞妞，妞妞。"

薛夫人伸手牵自己的女儿，近至身前，听见春天小声又紧张道："姑母，你怎么来了……"

薛夫人听见这一声"姑母"，宛若一盆冰水从天而降，只觉摧心肝，心碎欲裂，苦不堪言。她一把搂住春天，不管不顾，当着众人面恸哭起来："妞妞，我是你娘，我是你娘啊……"

她的孩子，发乱面黑，穿着单薄，抱在怀里骨瘦如柴，独自离家一载多，不晓得吃了多少苦头，受了多少委屈。

薛夫人搂着春天，哭得肝肠寸断，路过行人纷纷侧目，见是个贵妇人抱着名少女痛哭，皆是停步驻足，却被兵卒呵斥着快走。

春天心头酸涩又痛，含着满眶的泪水，涩声安慰："外人都在，姑母别哭了……我把阿爹的遗骨带回来了……"

薛夫人复听到此声，心如刀绞，想起昔日一家三口，春天绕膝娇喊爹娘的岁月，夫妻情深，骨肉亲情，不知何时竟然已经走到分崩离析的田地，她紧紧攥着春天的手，几欲瘫软在地："妞妞，你就叫我一声娘吧。"

靖王错手扶住薛夫人软倒的身体，春天双唇颤抖，反复启唇，瞥了靖王一眼，听见靖王劝道："你娘千里迢迢专为寻你而来，路上还染了风寒，近日才好了些，莫让她太难过。"

春天双泪滚落，这才抱着薛夫人低低喊了一声"阿娘"，被薛夫人紧紧搂住。

靖王见母女两人重逢，深觉一桩难事已了，心头叹了口气，却仍觉五味杂陈。待母女两人哭过一场，见外头过路行人纷纷指点，他上前劝薛夫人："骨肉重逢是喜事，哭坏了身子也不好，外头风大天寒，我们先回别馆，有什么话回去慢慢说道。"

身旁众人也纷纷上前劝慰薛夫人，薛夫人在一众人的劝说下忍住伤痛，紧紧拉着春天的手，仍是泣不成声。

王涪和唐三省早已指挥奴仆向城内而行，这时才近前来向靖王行礼："在伊吾收到王爷来信，才知王爷竟亲自来了河西，小的一路紧赶慢赶，只盼着早一日回来向王爷交差。"

靖王对王涪寻人之事颇为满意，颔首道："做得不错，回去再说话。"

众人簇拥着薛夫人和春天上软轿，春天应了声，脚步却不动，目光在人群外巡睃了一圈，见李渭站在人群之外，牵着追雷，默默地注视着她。

除她之外，仿佛面前这一切和他并无半点关系。

"李渭。"她小声唤他。

李渭微微一笑，并不上前。

薛夫人这时也瞧见这青年男子，听见春天叫他李渭，见他布衣粗服，却身材高大，容貌英挺。她抹抹眼泪，趋步上前，躬身对他行了礼，双膝一弯，就要往地上跪去："郎君救过我女儿的命，就是救过妾的命，妾粉身碎骨也当报恩公。"

"举手之劳，不足挂齿，夫人言重了。"服侍的婢女早已扶住薛夫人的双臂，李渭对薛夫人和靖王施礼，"草民李渭，见过两位贵人。"

"你就是李渭。"靖王挑眉，未承想是这样的青年男子，亦是对李渭颔首，"倒是有些不一般的本事，本王记下你了，找个日子大家一起喝一杯，说说话。"

李渭揖手应诺。

天风又起，似雨非雨的阴天，众人扶着薛夫人和春天入轿，齐齐归位，往城内行去。

甫一入城，李渭和王涪打过招呼，言之挂念家人，径直回了瞎子巷。

陆明月等人不知李渭具体归期，只知是左右几日，王涪回程走得急，时间掐算下来，倒比大家期料的日子还早了两日。

李渭先去了陆明月家接长留。

院门闭着，但犹能听见院落里有嘉言的嬉闹之声，李渭笑意满满，上前敲门。

开门的是嘉言。

见到来人，嘉言满面惊喜之色，放声尖叫一声，扑到李渭怀中来。

陆明月和长留都坐在窗下长炕上，一个绣花，一个念书，听见嘉言震耳欲聋的尖叫，而后又听见嘉言大喊"李叔"，心内俱是惊喜交加。

长留连鞋都未穿，跳下炕就往外跑，狂奔而出，见李渭搂着嘉言，牵着追雷进门来，朝他招手："长留。"

长留乍见李渭，沉稳的小人儿急走几步，猛然急匆匆地拎着小袍子冲上来："爹爹，爹爹。"

李渭将长留搂入怀中，摸摸自家儿子的头顶，温柔笑道："长留，爹爹回来了。"

"爹爹走了好久。"长留闷闷道，"我等了爹爹好久。"

"对不起，路上有点事情耽搁了。"李渭躬身半蹲下，和长留对视，拍拍长留的肩膀，见孩子穿着件簇新小袍子，小脸端持，唯有一双清凌凌的眼写满委屈和挂念，又见他身量渐长，心中又欣慰又觉亏欠，"爹爹回来晚了，在陆娘子这儿有没有惹陆娘子生气？有没有好好吃饭、念书？"

长留点点头。

陆明月这时也出门来，笑盈盈上前："回来了。"

"回来了。"李渭叹气，"这阵子，麻烦你了。"

"都是一家人，有什么麻烦不麻烦的。"陆明月笑问，"一路可还顺利，事情办完了吗？"

李渭摸着两个孩子的头顶，点点头，往屋内走去。

陆明月"咦"了一声，去给李渭泡茶："就你一个人回来？春天呢？"

嘉言和长留不见春天身影，俱追问李渭："春天姐姐呢，怎么不见春天姐姐？"

"她家里人来甘州接她，已跟着走了。"李渭淡声道，替长留穿靴，"过几日可能就要回长安去。"

李渭将春天的事情含糊和陆明月一说，陆明月笑道："我就想着，这样的女孩儿看着就不一样，怎么会是普通人家的孤女，内里肯定有些隐情。"

长留问："春天姐姐的娘亲来接姐姐回去，那我还能看见姐姐吗？"

李渭勉强一笑："兴许有机会吧。"

李渭又问陆明月："赫连广呢？"

"广叔叔白日都在马市上挑小良驹，天黑才回来。"嘉言嘴快，"李叔，我多了个安舅舅，是娘亲的表哥，对我可好了。"

李渭挑眉问陆明月。

陆明月脸色沾了丝红晕："是我姨母家的表哥，上个月从姑苏来河西贩卖丝绸，正巧遇上了，隔三岔五会来家里坐坐。"

夜里李渭留在陆明月家吃饭，恰好赫连广和安家表哥前后脚到家，这阵子驹马初落地，李渭不在，赫连广忙得不可开交。赫连广回到家中，见到李渭陪着孩子坐在院子，对他扬了扬下巴算是招呼："回来了？"

"回来了。"

赫连广身后还跟着个长身玉立的俊逸男子，模样倒像个书生，正是陆明月的姨家表哥。安景然手里拎着东西，先跟李渭作揖，帮陆明月送入厨间，再回来和李渭说话："一直听明月说起李大哥，至今才得一见，久仰。"

李渭只见他风度翩翩，颇有江南男子的风骨，亦笑着回应。说过几句话，李渭偷空朝着赫连广挑了挑眉，无声询问，赫连广神色冷淡，抱胸蹙眉，一副极其厌恶的模样。

为了春天这事，靖王特意在太子面前磨了三四回，最后领了东宫之令，借巡查河西兵马粮草之由西行，又很是费了一番波折才将薛夫人带上，从长安直奔凉州府，靖王在凉州连夜查了七八日的账目，才动身往甘州来。

　　甘州有心腹王涪，也有靖王早年置在甘州的一座精巧别馆，一直管在王涪名下。靖王带着薛夫人刚住下一两日，东西还未收拾妥当，这头还要面见甘州一应大小官僚，那头又要劝慰日日啜泣的薛夫人。如今终于等到王涪带着春天回来，靖王得见母女重逢，心头实在是松了一口气。

　　靖王心头亦是百感交集，薛夫人近来对他越发冷若冰霜，心头又挂念尚在襁褓的岁官，他忙前忙后，心头实在是不太好受。又知道春天是带着亡父骸骨回来的，此番也算是一家三口团聚，他在一旁，倒真显得多余。

　　软轿载着薛夫人一行人往别馆行去，靖王叹了口气，半途吩咐王涪和唐三省："我去甘州府衙监事，你们两人在别馆内守着她们母女两人，千万别出什么岔子，若有事，无关大小，一应来报我。"

　　两人应诺。

　　春天这双柔软青葱的手，细细摸着，也能感觉到指腹的细茧，指头上仍能见细小的伤疤。

　　"这一路，你到底吃了多少苦？"

　　"尚好，路上有很多有趣的事情。"春天安慰娘亲，"一点也不苦的，沿路的景色都极美，吃得也很好，还遇到了很多好心人，一起说话，一起赶路。"

　　薛夫人见春天笑容沉静，眼神坚定，只觉心痛无比，她的孩子，以前并不是这样的。

　　她也娇气，也会害怕，忧郁又早熟，会看人眼色，有令人心酸的懂事。

　　薛夫人默然吞泪，悔恨万千："都是我的错。"

　　车马暂时停住，是到了别馆大门，王涪和唐三省正传唤奴仆，春天趁空一瞧，众人皆在，只是没有李渭的身影。

　　她心头有空荡荡的失落，却不知从何述说，慢慢安慰哭泣的薛夫人，一起进了深深院落。

　　鄀鄀从来没见过这么大的阵仗，也不敢待在马车上，眼巴巴随着一群婢女，跟着软轿亦步亦趋，不知转过几重月洞门，车马终于停住。

　　春天扶着薛夫人下车后，趋步去了后头的马车，去抱爹爹的骨匣。

　　薛夫人见女儿手中骨匣，潸然泪下，却不敢上前。

　　昔日恩爱夫妻，早已阴阳相隔，当初以为百年好合，白头偕老，她却在他亡后半载就委身他人，如今看自己这满身绫罗，皆是讽刺，当年的那些恩爱誓言，好似一场笑话。

她无数次安慰自己，以色事人，忍辱负重，是为了保护自己的孩子，不至于让其独活于世，免于被欺辱、被冷落的命运。

如今来看，全是她为自己贪慕虚荣、苟且偷生找的借口。

春天见薛夫人面色惨白，站在远处摇摇欲坠，讷讷道："是爹爹。"她抱着骨殖上前，"阿娘，你要不要看看爹爹……"

薛夫人颤抖着上前，颤巍巍地去碰那骨匣，摸到那冰冷的黑匣，宛若重逢梦里亡夫冰冷的身体，她胸口猛地一窒，一口气未提上来，身体瘫软，俯地吐出一口血来，昏了过去。

旁人忙不迭去扶薛夫人，春天抱着骨匣大惊失色，看着薛夫人唇边的血迹，心头哽塞，泪水涟涟。

靖王不过刚在甘州府衙坐定，就有仆人着急来报，听闻薛夫人吐血昏倒，火急火燎地往别馆去。

"急火攻心，没什么大碍，等夫人醒了，喝两口参茶缓缓气。"大夫已经请完脉，开了方子，"夫人产后不过一载，本就体弱，又兼旅途劳累，伤神伤脉，遇了急事，难免一下支应不过来。"

枕褥间的薛夫人脸色灰败，双目紧闭，唇色暗淡，春天惴惴不安地握着薛夫人的手，见靖王脸色凝重地迈进来。

两人默然无言，守了薛夫人一会儿，靖王道："我知道你心里其实有怨，但你娘心里一直有你们，她日子过得并不畅快。"

春天沉默点点头。

薛夫人睁开眼，见春天的脸庞模模糊糊在面前，嘶哑着喊了句春天的名字，又昏昏沉沉睡过去。

靖王站起来，唤来婢女守候薛夫人，喊春天："你跟我来。"

两人来到净室。

靖王见她面容平静，问："你有了个小弟弟，这事你知道吗？"

"听说过。"

"你母亲未跟你提过。"靖王叹道，"是除夕夜出生的小子，你母亲痛了许久才生出来，小名叫岁官，单名一个贺字。"

靖王道："虽和你是一母异父，但也算是这世上与你最亲近的手足兄弟了。"

"岁官生得玉雪可爱，但你母亲并不喜欢他，她心中只有你这一个女儿。"靖王道，"我这次来河西，虽是官差，实则是拗不过你母亲，特意来寻你。你母亲怀胎、生产的时候都吃了苦头，身子弱，还在调养中，从长安到河西，你走了半载,你母亲只走了两个月,没有在路上停过一日,就为了早一天见到你。"

"春天知错。"她黯然垂首。

靖王看着她,突然叹一口气:"那年我和你舅舅在书房议事,你是不是在一旁偷听?你父亲战亡的真相,叶良的那份供案,你是知道的吧?"

春天如实回答:"对。"

"你知道我和你舅舅都不会帮你,你母亲又软弱,所以独自从长安跑出来,要给你爹爹收殓尸骨。"

春天点头。

"事情皆因韦家而起。"靖王道,"这事当年我不欲插手,一是涉案人皆已亡,再追究也于事无补;二是因为你母亲,你母亲并不知道你父亲战亡的真相。

"我了解她。她心中对你父亲已有深愧,若是知道韦少宗贪图她的容貌,害她家破人亡,她不会独活。"

"娘亲是无辜的,我希望她活得开心些。"事情的起因说起来,兜兜转转,最后全因她而起,如果不是当年的贪嘴,如果母亲没有走出家门,如果……

她注视着靖王:"我父亲的死,我一人背负就好。和娘亲没有关系,她不应该知道这些。"

眼前的这个少女,并不是当年那个忧郁少言的孩子,靖王叹气:"我在甘州还有几日公务要处理,等你母亲身体好一点,一起回长安去吧。跟我进靖王府,我认你做义女,你以后可以正大光明地和你母亲生活在一起。"

"不同意?"靖王挑眉,看着春天的神色。

春天毅然摇头。

靖王沉吟,半晌斟酌道:"我做这些不是为了你,是为了你弟弟,还有我。"

"你母亲在乎你,但我在乎她,我真心实意地想和她做长久夫妻。以前我千方百计才能讨她一点笑容,但眼下她对我的心思,已然荡然无存。"靖王无奈道,"你父亲已亡数载,但活着的人,还要继续生活下去,不能跟死去的人较劲儿。"

"但我只有一个父亲。"春天摇头。

靖王苦笑:"我拿我手上的东西,跟你讨你的母亲。"

春天沉默良久。

"不行吗?"靖王道,"你父亲已经不在,往后你母亲由我来守护,我来免她悲苦,给她一世安稳,荣华富贵。"

"我要叶良的那份供案,还要当年所有相关的证据,我要还父亲一个清白。"春天道,"拿这个换,我跟王爷回靖王府,也请王爷善待我的母亲。"

春天带鄀鄀去了瞎子巷。

院门轻掩,屋内无人,连追雷也不在。春天在院中略站了会儿,景物依旧,枣树又落下满地萧瑟,西厢门窗紧闭,东厢房窗棂却半开,窗台上搁着一支磨得雪亮的箭矢,她不由得生出几许怔忪。

阿黄见到来人,从正堂窜下,朝着鄀鄀汪汪喊了两声,又摇着蓬松的尾巴,欢快地在春天周身蹭来蹭去,很是热情地欢迎她的归来。

春天蹲下身,从鄀鄀挎着的小篮里掏出肉干喂阿黄,而后掩门出去,去拜访左邻右舍。

昔日在瞎子巷,左邻右舍的婶娘奶奶们常来串门,也常和她说几句话。此番见春天衣裳光鲜,身后又跟着个机灵的小丫头,俱是惊喜,连连嘘寒问暖,巷口的黄婶儿拉着春天的手说了好一番话,最后说道:"李渭和长留起早就拎着满筐纸烛出去了,怕是一时半会儿还回不来,小娘子去我家慢慢喝茶等吧。"

原来是去看李娘子了。

春天和大家说过半日话,笑着推辞,想了想,和鄀鄀去寿店买了纸烛,也往外城去祭扫李娘子。

城外亦是风萧地眠,草枯树败,斑斓落叶落地织成地锦,踩上去有咯吱的脆响。

李娘子墓碑尚新,十分洁净,想是一直有人照料之故。碑前有燃烧的纸烛香火,摆着几样李娘子生前爱吃的茶点,李渭和长留矮身薅着地上杂草,清理坟沟枯叶,父子两人温声说着话,起初还未看见春天,待春天走近些,才察觉面前有人注视。

她如今也是一身锦绣华服,襦裙的布料鲜嫩又娇贵,禁不起在杂草中拖曳,鄀鄀正撩开周身乱草,怕草刺将这华贵的裙子划破。

"长留。"春天微笑着朝长留招手。

父子两人蹲在乱草之间,不知说着什么,见到眼前人,李渭慢慢支起腰背,眸光温和,长留却是惊喜,几步奔上前,兴奋地牵着春天的衣袖:"春天姐姐,你怎么来了?"

春天伸手比量眼前男孩儿的身高,已经到自己下颔,弯眼笑:"好似长高好多呢。"

"姐姐太久没见我。"长留仰头,踮起脚拉近和春天的距离,言语颇为骄傲,"我长高了好几寸,去年的衣裳都不能穿了。"

春天笑:"再这么长下去,明年就要超过我了。"

她将手中竹篮在碑前放下,三叩逝者,将纸钱香烛从篮里取出,笑道:"李娘子要是看到长留已经这么高,一定很高兴。"

"爹爹说我能长得和他一般高。"长留将香烛摆好,对着李娘子叩首,"阿娘阿娘,你看,春天姐姐也来看你了。"

"你怎么来了?"李渭将手拭净,上前来,将春天手中的纸钱烧起。

"家里没有人,黄婶说你们带着香烛出门,肯定是来看李娘子了。"火光点点,映衬着她的眉眼分外婉约平静,春天低声补充了一句,"前两日阿娘生病,我守着她,所以来得晚。"

李渭停顿片刻,"嗯"了一声:"没什么。"复又问,"薛夫人现在好些了吗?"

春天点头:"好多了。"

李渭嘱咐长留:"带着姐姐去旁边坐会儿,爹爹把活干完。"

长留连连点头,拉拉春天的衣袖:"姐姐,这里的草乱糟糟的,我们跟娘亲说一声,去外头玩。"

李渭忙了小半日,将李娘子坟茔修葺一新,听着不远处长留和春天、鄂鄂的说话声,取出素酒,祭洒在坟土之上,而后半蹲而下,沉默地注视着碑石。

长留和春天再回去看李渭,见他独坐在墓碑之前,两手沾满灰土,半搭在膝上。

他脸色平静,眸色沉寂,似乎无悲无喜,显得面容如刀刻一般,凝固成石,荒草、坟堆、蓝天、冷风,皆是他的衬托。

那一刻,春天心想:我真的没有办法放下他。

"爹爹。"

李渭起身:"再和你娘说几句,我们回家去。"

春天默声从袖内掏出一方帕子递给李渭,瞥瞥他沾灰的手,李渭摇摇头,并不去接帕子,捞起自己的袍角,低头擦拭着自己的手指。

祭扫完毕,一行人往回走,身后长留和春天一言一语地说着话,言语清脆又有趣,他牵着追雷在前,在坊门口同春天道:"进去喝杯茶吧。"

春天抬眼望天色,犹豫了片刻,长留拉着春天的衣袖:"姐姐,去家里坐。"

她看看长留,又看看李渭,转头对鄂鄂道:"鄂鄂你先回去,若夫人着急,跟她说一声,我待会儿就回。"

鄂鄂应声,长留牵住春天的手,往家而去。

喝茶的耳房依然是旧时布置,却少了几缕药香,炕下旺火烧起小泥炉,桌上摆着几只色泽鲜亮的新橙。李渭守着小炉等水烧沸，春天在他身后，半坐在暖炕上，双腿垂在炕缘，小声问："那天你什么时候走的？"

"入城我就去陆娘子家接长留了。"李渭背对着她，"那天找我有事？"

"没事。"

李渭转身给她沏茶："那天听见你喊了娘亲，你们相处可好？"

春天点点头："很好，阿娘对我很好。"

李渭抬头觑着她，将茶盏递到她手中。

她的贝齿咬着唇壁，长睫扇动，盖住了目光。

"终有一日要面对的。"李渭淡声道，"你担忧的那些，长安的人和事，也未必有多可怕。"

并不算可怕，她发觉自己尚可以应付，但如果可以，她并不想独自去面对。

长留这时从正堂进来，怀中抱着几个沉甸甸的大石榴："春天姐姐，我们剥石榴吃。"

春天笑着接在怀中："好大的石榴，从哪儿来的？"

"是周娘娘给的，怀远大哥马上要成亲啦。"长留笑得十分开心，"过几日，周娘娘还请我和嘉言去睡新房，爹爹和姐姐回来得正好，大家可以一起去吃喜酒了。"

春天惊诧，眼儿瞪圆："怀远哥哥要和淑儿成亲了？"

"对，定在了这月的十五日，还有几日。"李渭道，"驮马队从西域捎回了一筐西域大石榴，专给周家布置新房用，还剩几个就分给了孩子们。"

李渭想起一事："昨日见到怀远，他知我们回来，还同我问起你，若你在，想请你去陪淑儿出嫁，不知你愿不愿意。"

"我愿意。"春天满心喜悦，抱着石榴喜笑颜开，"我要去找淑儿姐姐，这样好的喜事，真的太好了。"

她又道："我记得亲事定在今年年尾，缘何提前日子？"

"方家的太奶奶上个月在院子里跌了一跤，身子骨有些不好，怕是撑不过年底，两家想着把喜事提前办了，以免以后耽搁。"

方家的太奶奶九十多岁了，春天也见过一回，白发矍铄，最爱孩子们，春天听闻，欢喜中也不免有些黯然："去年这个时候，我还和祖奶奶说过话，我去看看她老人家。"

言至此，春天看着眼前两父子，抿抿唇，正声道："再有个十天半月，我也要走了，跟着阿娘回长安去。"

父子两人皆是沉默，长留蹙眉，眼里满是不舍。

春天瞧见李渭面色极其平静地给两人剥石榴，心内酸涩，暗吁了一口气，笑嘻嘻地朝长留道："姐姐之前做得不对，瞒了大家，其实我有娘亲，长安还有舅舅一家，我自己跑出来，现在我娘亲特意来甘州城寻我了。"

长留抿唇，乖巧道："我知道，爹爹说姐姐是从长安显赫人家里出来的。"

"不是的。我家也是寻常人家，只是我娘亲后来另外嫁了人，和我没关系的。"春天歪头，接过李渭推来的一碟晶莹石榴籽，"趁着我还在甘州，要多来找长留玩。"

长留闷闷的，突然想起什么："我还有匹要送给姐姐的小马驹，已经长大了，被广叔叔牵到马场去养了。"

"嗯？是不是一匹红色的小马驹？"春天笑，"你爹爹和我说过，这匹小马驹特别漂亮，我可一定要带回长安。"

"改日我将小马驹牵回来给你。"李渭突然道，"你要走，甘州也没什么好东西能让你带回去的……"

"不用了。"春天挤出一点笑，半晌道，"这样就很好了。"

坐了片刻，春天看着天色渐暗："时候不早，我先回去了，改日再来玩。"

父子两人一起送春天回去，并肩走在瞎子巷里。

巷里烟火气息浓郁，家家门前晒着火红的柿饼，炊烟袅袅，有饭食的香气顺着风向扑鼻而来，是煮羊肉的味道。

春天深吸气，长留也吸气，并肩走在一起，两个孩子相视一笑："好香啊。"

"肯定是秀才爷爷家。"长留笑，"爷爷炖的羊肉没有爹爹做的好吃。"

春天点头，对此表示肯定。

瞎子巷口已停了辆阔绰又华丽的马车，鄜鄜和车夫坐在车上等人。

春天和父子两人告别："你们回去吧。"

李渭见她转身，唤住她："后一日驮马队的兄弟都来家里喝酒，你要不要来坐坐？"李渭道，"权当走之前，和他们告个别。"

春天颔首抿唇："好。"

回到别馆，薛夫人早已在房中布下饭菜，见春天和鄜鄜两人回来，温柔浅笑："回来了，外头冷不冷，恩公家中可还尚好？"

当即有婢女上前替春天更衣净手，熏香递茶。

春天被一群婢女簇拥着，见自己母亲捧来热茶，仔细看薛夫人脸色，觉得比前几日略微好了些，接过茶盏："今日日头很好，还算暖和。"

她想了想："李渭和长留也挺好的。"

"理当我也要去拜见恩人。"薛夫人笑，"你偏不让阿娘出门。"

"没关系的,我就是去看看他们。"春天道,"等过几日阿娘身子好些再去吧。"

"总要多准备些谢礼。"薛夫人盘算,"挑些合适的,不知恩公喜好些什么?"

"阿娘,你叫他李渭就好了。"春天只觉别扭,无奈道,"他就是李渭。"

"这样可不对,他怎么说也比你年长些,好歹要有个称谓。"薛夫人微笑着去牵春天的手,先把此事搁下,"饿了吧,我们先吃饭吧。"

自那日心急吐血醒来后,薛夫人对靖王越发冷淡,对春天越发周全,同吃同睡。兴许是惧怕得而复失,也是想要多补偿些春天,她事事巨细靡遗,亲力亲为,将春天的头发丝都呵护周全。

她原本已是心如死灰,但给春天洗头沐浴,见过春天胸背的伤口,握着那一把梳不起高髻的发,听她不经意间说起一路幕天席地荒地而眠,半夜挑灯见到她紧紧蜷缩的睡姿,也能想象她这一路的艰辛,于是薛夫人那一颗冰冷的心慢慢在积蓄着力气。

薛夫人自知那是什么。

她这一生多半是听他人的安排,很少自己拿过主意,幡然醒悟后,她亦知道以后的路要怎么走下去。

她已经负了自己的丈夫,应当要对得起自己的女儿。

满桌饭菜丰盛,婢女围绕,毫无春天可需动手之处。春天见薛夫人忙前忙后,心头无奈,也只得笑着应接。

桌上有一道五彩花糕,是薛夫人让厨房专为春天做的,此时端到春天面前:"娘记得你小时候很爱吃花糕,让厨房按着你的口味做了一份,妞妞尝尝看。"

那碟花糕做得小巧精细,薛夫人料定春天会喜欢,笑盈盈地夹起一块,送到春天唇边。

春天脸色遽变,将头一扭,伸手轻轻推开薛夫人递过来的那方糕点。

薛夫人不承想春天是这个反应,望着女儿发白的面容,握着筷箸手足无措,不知如何应对。

春天见母亲神色,忙忙解释:"小时候吃得太多了,许是吃腻了,后来大了就不爱吃这个。"

"好,好。那就不吃,我让人端下去。"

许是母女两人后来没有长时间朝夕相处,孩子已经在不知不觉中长大,独立又有主见,但做母亲的,总是记得她小时候的模样。

"阿娘。"春天拉拉薛夫人的衣袖,挽回她的失神,"我爱吃鱼,但不爱挑鱼刺,您帮帮我。"

"好。"薛夫人挽袖,温柔笑道,"娘帮你剔鱼肉吃。"

瞎子巷里,赫连广趁空来找李渭说话。

两人已然停了驮马队的营生,说起马场之事,近来赫连广忙着在马市选购良驹,已放了数百头驹马入鹰窝沟,后面还要造场雇人,忙碌的事情并不少。

"河西一带的官牧也俱在扩选驹种。"赫连广道,"若是要打仗,这点战马可远远不够,我们还是要趁早多蓄些马种。"

李渭想了想:"马市上的良驹多是河曲马,要打仗的话,和北宛人对抗,耐性怕是不够,不如青海骢。"

赫连广笑道:"追雷不就是青海骢吗?载着你从甘州跑到敦煌十个来回也不累,但青海骢都握在西陀人手里,哪儿有那么好买。"

"青海湖一带,不是还有不少归顺西陀的青夷族人吗?听闻青夷人常在祁连山南猎野马,驯了之后私下贩卖给祁连一带的私牧。"

赫连广道:"那我出去探探消息。"

李渭倒茶,乜斜他一眼,微笑:"明月身边有人,你如今还能走得开?"

赫连广听完此言,脸色不豫,指节叩在桌面,一言不发地皱着眉头。

"还是我得空去两天吧,我料着这半载你和明月怎么着也能成,却不料半路出来个程咬金,你再不抓紧些,当心鸡飞蛋打。"

赫连广将茶杯一推,抽出酒囊灌了口酒,半晌又将眉头展开:"她肯跟我睡,我就不算输。"

李渭离得近,见他耳后还有一块被指甲划出的旧痕,连连摇头:"你别把她欺负得太狠,她也非寻常女子可比。"

赫连广浅褐的眸子瞥他:"她性子倔,我也想着,她就算是根铁杵,我也要磨成针。但你也见了,如今来了个青梅竹马的表哥,两人年幼时还互许过亲事,这表哥日日献殷勤,我看得出来她心意动摇,八成是想跟着这表哥回去……"他近来的确心乱如麻,"你有没有什么主意?"

李渭笑:"你们这摊浑水,我不蹚。我一直拿她当亲人看待,若不是知道你的心意,早替她出头了。"

赫连广苦笑连连:"我常听你们汉人说什么缘分,往日里不屑一顾,到如今,我才恨不得当初是我入垦营,我哥哥替我去马场。如果我早些遇到她,那该多好,哪用现下这样折腾。"

李渭听见这话,手中动作一顿,也呷了口酒:"都是造化。"

赫连广见他目光渺渺,暂将自身烦恼抛却脑后:"你以后有何打算?李娘子一走,家中只剩你们父子二人,冷冷清清的,总得娶个婆娘。如今你既当爹,又

当娘,洗衣做饭都自己来,这过的是什么日子。"

"你这话说得,难道娶妻是娶来替自己洗衣做饭的吗?"李渭摇头苦笑,"这都是小事,我离了这么久,多花时间守着长留,心里也高兴,家里照顾不到的琐事,再请赵大娘回来帮衬着就是。"

赫连广哼笑:"我若是能娶明月,让我天天洗衣做饭也心甘情愿。"他提起一桩事情,"你还记不记得肃州府化元乡那个乡绅,他女儿年轻守寡,依伴老父过日,前几年对你就有些念想。两三个月前,他不知从何听起李娘子病故,亲自往你家跑了一趟,寻不着你又到我跟前来问消息,我估摸着他是想把自己女儿嫁给你。"

李渭半眯着眼,不知在想些什么,半晌颓然道:"再说吧。"

这日李渭招呼了驮马队众人来家吃酒,请了几个专做宴席的妇人来厨房帮忙,家中无主母,故请陆明月来主事,打点上下。

陆明月一大早就带着嘉言过来帮忙,安景然牵着驴车敲门,微笑朝着李渭作揖:"我送明月和嘉言来。"

李渭见他撩起帘子,扶着陆明月下车,又端脚凳,又递手巾,软言款语,忙前忙后,行事极其细致。他将陆明月和嘉言送至李渭家中,离去时还频频叮嘱:"不要太过劳累,等我将事情忙完,再来接你。"又去叮嘱嘉言,"舅舅晚间给你将小马鞭买回来,你今日好好的,不要再惹娘亲生气。"

陆明月连连催他快走,嘉言亦是频频点头,满脸期盼:"舅舅你晚上快点来,明日我还要和广叔去骑马。"

安景然招招手,款笑而去。

陆明月目送安景然远去,回头见李渭笑意满满,站在一旁看她,脸蓦然一红,挑眉:"笑什么?"

"你这表哥看着很不错。"李渭道,"我们认识这么多年,你从来没说自己有个亲近表哥。"

陆明月抿唇:"我们两个从小一起玩耍,我家获罪时,表哥外出,最终也未得一见,这么多年也近乎忘记了,谁料前几个月有人敲门,竟然是他找上门来。原来姨母家这么多年过得也不甚太平,直到这两年方好些,他有同乡往返陇西,趁着便利,故跟着一起来寻我。"

李渭见嘉言已蹿到屋内去找长留玩耍,问道:"我来猜猜,既然是青梅竹马,那是不是还有指腹为婚这一出?"

陆明月脸上霎红,又腰睇李渭:"赫连广跟你说的?"

李渭不置可否,又道:"他是专门寻你而来,又迟迟不走,你是怎么个打算呢？"

陆明月咬唇不语。

李渭低叹："你真打算回姑苏去吗？"

陆明月向厨房行去："总要回去的。"

厨房已经开始忙碌起来，陆明月指挥着请来的妇人杀鸡屠羊，门外春天和鄀鄀进来，后头还跟着两个家仆，俱拎着食盒点心。

陆明月忙上去迎接，眼里满是笑意，春天见她的目光在自己和家仆身上流转，连忙告罪："昔日瞒着娘子，是我的不对，娘子万毋见怪。"

陆明月忙着接过食盒，爽朗笑道："我只后悔去年你绣的那些帕子，低价卖给了绣坊，若知道是贵人家女郎的女红，多十倍的价钱也不止呢。"

"谢谢陆娘子。"春天仍是感激陆明月当时的援手，又见厨房忙碌，连忙挽袖，"我帮娘子干活。"

陆明月笑道："厨房雇的人手已经够了，我也就是在一旁督工，你赶紧进屋里玩去，长留和嘉言都在。"

春天和陆明月说过几句话，最后被陆明月推到屋里去玩，留下鄀鄀守在外头，给陆明月做个帮衬。

厢房里李渭和嘉言坐在桌边打双陆，长留搬着条长凳在一旁观战，见春天进来，长留在身侧让出个位子，招呼春天："姐姐，来这儿。"

棋盘上，两人专心致志地打骰走棋，李渭俯在棋案上，不经意间抬首朝她微笑，她只觉他的点漆眸子恍如明光笼在她身上，心猛然一跳，落下满地纷乱。

春天挨着长留坐下，两人围观嘉言掷骰，棋盘上李渭的白棋惨不忍睹，长留兴致勃勃地解说："刚嘉言掷骰子，把爹爹的棋打了好几个出去，嘉言不认账，这下爹爹要输了。"

嘉言得意扬扬："打双陆全凭骰子的运气，李叔的棋被骰子打飞了，那也是天意。"

长留催着李渭："爹爹，快杀杀嘉言的威风。"

嘉言嘿嘿一下，几步走棋，扬眉："李叔，以前都是我输，我这回可把你吃得死死的，你翻不了身啦。"

棋局旁暗有心思的两人一听此言，均是一怔，李渭看着棋局，摩挲着手中白棋，微笑道："的确是我落败，那我俯首称臣，甘拜下风。"

他把手中棋子递给春天，起身出门："我去外头看看，你们换着玩。"

那冰凉白棋已被他捏得温热，春天捏在指尖只觉发烫。

晌午宾客渐多起来，怀远也在，倒不见淑儿，见春天问起，怀远颇有些不好意思，又有些得意地笑："这几日淑儿不好出门。"又道，"可说好了，那天早些来，到时候在半道上，你可得帮帮我，别太下绊子为难我们啊。"

春天忍不住要笑："一定帮你。"

驮马队来了十多人，有男有女，席面铺在耳房里，大家围坐在一处喝酒吃肉，哄堂大笑，豪气冲云。陆明月忙里忙外，正端着一条鱼进耳房，掀帘就闻到一股酒肉香气冲入鼻端，胸腔一阵翻滚，好半天才抑制住口中酸气，将菜递进来。

赫连广见她面色有些苍白，拉着嘉言低声道："去把你娘拉来坐下，好好歇歇。"

嘉言从榻上跳起来："娘，娘，来坐。"

陆明月连连摆摆手："我去厨房歇着，不跟你们这群喝酒的人凑热闹。"她逃也似的出了耳房。

春天跟着长留坐在一处，正坐在窗下，透过窗缝瞥见陆明月弯腰猛然喘气，也悄悄出来。

却在厨房屋后找到陆明月，她低头捂着胸口不断干呕，春天连忙上前扶她："陆娘娘，你不舒服吗？"

春天尚且懵懂些，没有多想，只当陆明月身体不适。

陆明月生过孩子，想着这几日的反常，心头咯噔一声，面色突然煞白。

她的身形晃了晃，突然要倒下去——被春天扶住，见春天一双疑惑担忧的眸子，强笑着拍拍春天："没事，昨夜吃坏东西，肚子有些不舒服，喝点水就好了。"

"我去拿水来，您歇歇。"春天将陆明月搀扶坐在屋下，连声唤鄯鄯去拿水。

鄯鄯捧来热茶，陆明月喝过茶水，勉强一笑："我突然想起来，家里还有些事情，你别跟大家伙说，扰了他们的兴致。若嘉言问起来，就说我忙去了。"

春天点头，见陆明月摇摇晃晃地站起来，头也不回，颤颤巍巍地往家行去，她回头跟鄯鄯道："鄯鄯，你觉不觉得陆娘子有些奇怪？"

鄯鄯眨眨眼，凑近春天："姐姐，陆娘子要生娃娃啦。"

春天好笑起来，揪着她头上的小辫："你这小丫头，瞎说什么呀？"

"鄯鄯不是瞎说，我打碎了米娘子的石蜜，米娘子生了好大的气，于是把我赶出来发卖，然后我再遇到姐姐的。米娘子那时候天天难受要吐，模样跟陆娘子一模一样，就是怀了娃娃呢。之前我陪陆娘娘坐着，陆娘娘就一直难受地捂着胸口。"

春天也见过邻里孕妇，模糊想起是有这事，想了想，又道："瞎说，陆娘子只是吃坏肚子。"

鄯鄯撇撇嘴："好吧。"

吃完宴席，一众男人在耳房里喝酒说话，春天、鄯鄯和长留、嘉言在耳房玩了几轮双陆，辞别众人往外走。

"我送送你。"李渭从席间出来，跟着春天出门去。

三人仿佛各有所思，安静地往外走，巷口就停着马车，李渭目送两人上车，车轮缓缓启动，春天撩开车帘无言地注视着他。

他朝她微微一笑，点头，垂下眼，自己转身往家而去。

他的目光向来真挚又温和，除去伊吾酒醉那夜的百种情绪，其他时候对她从来没有半分要求。

"李渭。"

春天突然在马车上掀帘，从行驶的马车上跳下去，吓了车夫和鄯鄯一跳，春天跌跌撞撞，提裙奔向瞎子巷。

李渭听见声响，转身回头，见她气喘吁吁，脸庞红扑扑的，圆眸晶亮，俱是光芒，直直奔至他面前刹住。

她站定，未等他说话，极快地问他："刚才大家吃酒说话，我听说，已经……已经有好几个媒人来找你说亲事，被你劝走了。"

李渭神色不明地盯着她，点点头。

"我知道你还记挂着李娘子。"她鼻息咻咻，面庞艳丽，"但是，但是……"

"现在不可以的话，那以后呢？"她盯着他问。

他身体紧绷，声音微颤："什么意思？"

"以后呢？我说以后……"她突然结结巴巴，却又双手握拳，下定决心，不再跟自己的心思做无用的斗争，"我要回去安葬爹爹，要去靖王府看看我的小弟弟，做完这些事情以后，我兴许有时间，再回来看看长留。"

她仰头，无畏地凝视着他："以后我们再见面，我留在甘州……"

她尝试了很多次，但真的没有办法，既然已经相遇，已经相知相熟，为什么不可以再近一点？可以不是现在，但可以是以后。

李渭漆黑的眸盯着她："你知不知道自己在说什么？"

"李渭。"

她咽下自己的口水，感觉耳膜嗡嗡作响，脑海里全是咚咚的心跳声，胸膛里的心脏几要跳出来，但她依然用颤抖的声音说出口："我有点喜欢你，以后你身边的那个人，可以……是我吗？"

不是有点喜欢你，是很喜欢，很喜欢。

他僵住不动。

她的整张脸犹如云蒸霞蔚，耳珠犹如滴血，一双圆圆的眸子却极黑，极亮，像是荒野里悬挂在低矮天际，被冻住的一轮硕大的月亮，月亮里的月海，是他的身影。

"你知不知道自己在说什么？"李渭的声音仿佛飘荡在风里，喑哑又缠绵，"你想过吗？我和你？李渭和……春天？"

她日思夜想，千回万回，只能是他，不会是旁人。

面红耳赤的少女郑重地点点头："想过，我想和你在一起。"

他微微俯下身，眼神阒黑，细针一般尖锐："我和你，隔着很多很多的……鸿沟。"

"没关系的。"她勇敢地说，"李渭，我喜欢你。"

他盯着她，手指情不自禁抚上她的脸庞。

她抬手，把他温热的手按在她滚烫的脸庞上，心头颤抖，仰头期盼地望着他："我们以后再见面，好不好？"

他屏住呼吸，微乎其微地点点头。

长留手中抱着春天遗落的食盒，悄无声息地，迷茫地立在一角。

拾捌 恨别离

青霜厚重,白雾稀薄,更漏声迟,春天赤足从床上跳下,低声喊鄢鄢来。

今日正是淑儿和怀远的大婚之日,一大早春天就要去方家看新娘。

婢女们服侍春天盥洗,春天自己手忙脚乱地穿衣裳。

她挑来挑去,自己屋里没有合心意的衣裳,去闹薛夫人:"阿娘,我没有衣裳穿。"

她极其难得地主动去找薛夫人。

薛夫人心内也微微触动,这几日春天笑容又甜,眸光异常闪亮,好似脱了外壳,露出里面的嫩芯子,无时不乖巧可爱,仿佛又回到了她小时候,有股受尽父母宠爱的娇纵。

春天着急出门,翻拣着母亲的妆奁和衣箱,薛夫人心头喜欢,暗暗舒了一口气,接过婢女手中的发梳,替春天梳髻,安慰她:"衣裳首饰那么多,没有合心意的吗?"

"今天是淑儿的大喜之日,不能穿那些鲜亮的,抢了新娘子风光。"她抬眼看鸾镜,语气着急,"娘,别给我簪珠子。"

"好好好。"薛夫人也被她心急火燎的心情拱得慌乱,"我给你装扮得素净些。"

最后众人七手八脚地将春天收拾妥当，月白小袄鹅黄襦裙，头梳单髻，鬓额簪璎珞，唇点红胭脂，鲜亮又乖巧。

"真好，跟小时候一个模样。"

薛夫人追着春天："让鄱鄱跟着服侍你，车夫和下人也跟着，晚上早些回来。"

"不用不用，我顾不上鄱鄱。"春天抱着礼匣，"李渭也在，我让李渭送我回来。"

"恩公面前别直呼名字，他听见要生气的。"

春天笑嘻嘻的，不把薛夫人这句话听进心里。

薛夫人送春天离去，目光流露出慈爱，叹了口气："也不知你什么时候出嫁，我也就能放心了。"

方家院子里已是挂红缠锦，一片喜气洋洋。正堂里已经坐了不少婆媳婶娘，俱围坐在一起说笑，方父方母忙前忙后地送果子点心，见春天踏门进来，先塞一把糖，满脸喜色："去淑儿屋里坐，喜嬷嬷正给她梳头呢。"

年轻女子的笑声连连传来，春天进门，见淑儿卧房里已集聚了七八个年轻未婚女郎，俱围在一起看淑儿梳妆。其间有一两个认得春天，连连唤她。

淑儿还未换衣裳，穿着一件雪白中衣坐在镜前，一个鬓角插花的白脸嬷嬷拉着两根细线，正在给淑儿绞面，一边嘴里还念叨着："左弹早生贵子，中弹勤俭持家，右弹白头到老。"

淑儿痛得龇牙咧嘴，却忍住不能哼声，见春天进来，正要打招呼，冷不防被嬷嬷弹在额头上，"哎哟"一声："痛死了。"

"呸呸呸……快把刚才的话吐出来。"大家忙忙捂淑儿的嘴，"这大喜日子，怎么能乱说话？"

春天和周围人一道笑："忍忍吧，可就这么一回了。"

"真的很痛哎，等你们成亲的时候就知道了。"淑儿眼中挤出一滴泪，"喜嬷嬷，你轻点！"

嬷嬷丝毫不曾手软，痛得淑儿连连呼气，好不容易细线撤下，又开始给淑儿梳头上妆。

这可到了发挥小娘子们的长处的时候了，嫌弃喜嬷嬷手法不够新鲜，七嘴八舌地指挥。

"嬷嬷，胭脂太淡了。"

"嬷嬷，眉毛再浓一些，现在流行飞蛾眉。"

"嬷嬷，嘴唇不够红，再抿一抿。"

古板嬷嬷板着脸训喝年轻女郎："妇容讲究端庄柔顺，新妇的装扮，都是有讲究的,你们几个俱好好看着,别多嘴。"

几个小娘子脖子一缩,瑟瑟地在一处挤眉弄眼,淑儿见大家吃瘪,忍不住发出一声闷笑,学着喜嬷嬷的语气:"一个个的,都有你们受罪的时候,好好等着。"

小娘子们哈哈大笑,扑上去闹她:"都要嫁人了,嘴还这么坏。"

屋内年轻娘子们嘻嘻哈哈,这妆才化到一半,听到屋外一阵男子喧闹,接着传来稀稀疏疏的几声:"新妇子!催出来!"

"来了来了,他们来催妆了!"屋内众人连连笑着拍手,俱抛开了淑儿,忙不迭赶到窗牖,掀开一条细缝。

见方家院门外,一身红袍的怀远喜气洋洋,被乌泱泱的男人簇拥着,这群男人有几十之多,多是驮马队的人,个个身材高大,神色飞扬,围着院门高喊:"新妇子!"

然后是男人豪爽的笑声。

"新妇子!催妆来!"这喊叫声起初稀薄,零零落落,随后话语声越来越大,喊声越来越响,最后声浪滔天,连连翻滚,几乎连屋檐都要掀起来,"新妇子!新妇子!新妇子!催出来!"

催妆气势逼人,声浪滚滚,屋内妙女郎们俱是捂嘴娇笑,围在窗边观赏着门外的年轻男子们,不时指指点点,窃窃私语。

"你们……"只剩淑儿红透着脸坐在铜镜前,坐又坐不住,动也不敢动,又羞又急又好奇,"别瞧了,快关窗。"

"快快快,你们几个,将新娘的头花首饰都拿来,打盆水来给新娘子洗洗手。"梳头嬷嬷催女郎们,"再晚些,可要误吉时了。"

春天一眼便见人群中有不少认识之人,最热络的当数嘉言,挤在怀远身边,眉飞色舞,引臂呼喊,喊得满脸通红。

她亦看见李渭和长留,因是喜庆日子,李渭穿了身略鲜亮的浅灰衣裳,广袖宽袍,皂靴腰封,显得格外恣意洒脱。

她的手指摩挲在窗花上,也不由得笑弯了眼。

"春天,春天,去把瓶里的芙蓉花剪来簪头。"

"来了来了。"她回过神来,小跑着去摘花。

门外男人们的催妆声连喊带唱,异口同声,众志成城,掀天倒海,催促新娘出门:"新妇子!妆成否?"

这声音喊得屋内人心头生颤,少女心思萌动,不知添了几许羞意。

"新妇子!青山采黛笔,画眉否?"

"新妇子!竹篱生豆蔻,靥妆否?"

"新妇子！初霞化丹朱，点唇否？"

"新妇子！百年恩爱双心结，一生欢娱在今夕！"

"新妇子！吉时到！妆成否？"

吉时已到，淑儿在这漫天的喧闹中梳妆换了嫁衣，方家长辈陆续进门，牵着淑儿的手百般叮嘱，热泪盈眶，淑儿拜过父母，被喜嬷嬷塞了一把团扇，牵引着出了大门。

门外迎亲的男子几要把嗓子唱哑，终于将新妇唤了出来，众人哄堂大笑，笑谑道："新妇害臊。"

淑儿拖着繁重的嫁衣，被喜嬷嬷扶上了迎婚车，怀远笑嘻嘻地盯着自己的新娘，驾着迎亲车绕行三圈，最后换上淑儿舅舅做车夫，将喜车送往周家。

沿路早有看热闹的周边邻里和女家亲眷塞满道路，春天亦和方家的众女郎一起，堵在巷口要彩钱，男方傧相护着婚车，频频撒下果子铜钱，嘴里讨着口彩乞求通行。

骄横的娘子们道："做人得知先来后到的道理，我们先占了路，凭什么让你们过。"

"是是是，毋庸置疑，路是娘子的路。"男人们捧出哗啦啦的铜钱，"这点买路财……求娘子们保驾护航。"

拿人手短，娘子们往后让了让。

"新妇子的嫁衣看着鲜亮，姊子年纪虽然大了，也爱俏爱俊，不知道是哪家店子的时兴货？"

"这是特意孝敬姊子们的。"男人们捧出一段段绸布，"做个手绢、香囊最得宜。"

姊子们往后让了让。

"这样应景的日子，我们虽然不是读书人，好歹也作个七步诗什么的，助助兴，给新人们祝贺祝贺。"

男人们冷汗连连，把长留供出来："长留，你来作个诗！"

"欢庆此日成佳偶，且喜今朝结良缘。秋水银堂双比翼，天风玉宇凤和声。"

少女们往后让了让。

几个和淑儿交好的年轻女郎在最前，春天站在路中，盈盈望着众人："姐妹出嫁，难免伤心，不知诸位郎君有何办法？"

男人们把李渭推出来："你家里的，快快快，别误了吉时。"

他含笑从袖袋里掏出一封精致的油纸小袋，在手中掂量掂量，扬手砸入春天怀中："不知此物是否可弥补女郎愁思？"

春天将那小袋微微打开瞥了眼，又合上捂在手心里，扬首粲然一笑，侧了侧身，将路让开。

婚车在众人的祝福声中缓缓驶过。

两人擦肩而过之时，她听见他说："晌午了，吃点东西垫垫肚子。"

她手心里是几块狮子糖，是她小时候常吃的那家胡店来的。

车辇行到周家，早不知有多少人望门等候，见新郎新妇车辇来，喜不自胜，拍手称快，鞭炮齐鸣，乐声大作。

怀远的几个弟弟齐齐鼓掌："新嫂子来了，新嫂子来了！"

车辇停处撒着满满的五谷，喜嬷嬷将淑儿引下车，踏上毡褥，又跨过马鞍，入了周家的大门。

堂上的周娘子欢喜连天，抹着泪花，看着儿子儿媳相扶进门。淑儿和怀远拜过周娘子和父亲灵牌，又敬过天地，听见耳旁喊道："天地既拜，新娘子可以却扇。"

淑儿羞羞答答地将团扇放下，嘉言和一众孩子围在堂下，大喊："嫂子！"

陆明月给嘉言敲了个栗子，看着眼前的鲜红翠绿，内心也不由得微微叹气，目光移开，恰恰撞入赫连广眼中。却扇之后，喜嬷嬷将淑儿引入新房，众人紧紧跟在其后要闹新妇。

新房已被布置得焕然一新，床上撒了花生、红枣等物，喜嬷嬷扶着淑儿在床沿坐下，满屋都是婶娘们，你一言我一语调侃新娘子，淑儿羞得满面飞霞，恨不得将头埋进衣里。

"新娘子累了一日，也该吃点东西了。"周家婶婶笑盈盈地端过一盘半生不熟的饺子，喂给淑儿一只，高声问道，"新妇，生不生？"

淑儿嚼在嘴中，低头含羞，声如蚊蚋："生。"

"新妇子害臊，老婆子耳背，到底生不生？"

"生！"淑儿提高音量，几乎连眼泪都要羞出来，恨不得跺脚遁走。

众人连连拍手，哄堂大笑，纷纷将手间的瓜子、花生、红枣、石榴籽等物撒向淑儿膝头，也撒下祝福："有风有化，宜室宜家。瓜瓞绵绵，尔昌尔炽。"

喜宴就设在周家院里，堂下里设了火堆，檐角、树梢上悬着串串红灯笼，婶子嬷嬷们忙着做菜蒸肴，宾客们一边吃酒一边闲聊。春天一时陪着淑儿说话，一时又出去找长留玩耍，窜来窜去，像只欢快的小黄莺。

男人们喝酒，李渭也围坐在人群中，见她鹅黄色的裙摆在眼前飘来飘去，伸手招她："累不累？"

"不累。"她脸蛋红扑扑，眼神亮晶晶的，瞳里映着嫣红的灯笼，嘴唇也是红艳艳的。李渭见她抿唇，将自己的酒杯递给她，温声道："润润嗓子。"

135

春天弯眼笑，又眨眨眼，娇俏婉转地看他一眼，这一眼脱离了少女的神态，是女子欲说还休的媚态。

她捧着他的酒杯送至唇边，将半盏酒饮尽。

"好喝吗？"他喉间一紧，哑声问她。

"好喝。"她嚅动双唇，粲然一笑。

李渭注视着她，目光宠溺。

旁侧的沈文心思细腻，拿胳膊捅捅赫连广，示意他看李渭。

他们和李渭俱认识很多年，从未见过李渭露出这种神情，柔情万分，缠绵悱恻。赫连广惊诧地挑眉。

黄昏之后，宴席才热闹起来，驮马队的汉子不羁惯了，也豪爽惯了，说话唱曲，喝酒划拳，处处都是鼓噪乐声，挨坐的人都要放开嗓子大声说话。

春天起初和婶娘们坐在一块儿，后来又换去长留身边，又跟着众人去闹洞房，玩了一圈回来，偷偷地挨着李渭身边坐下。她也贪两口，席间光顾着说话，其实并未吃多少，挪了一只小酒杯过来，李渭那厢跟别人说话，一只手却摸过来，移走她的酒杯。

她不乐意，拍在他手上。

李渭回头挑眉看她，见她目光灼灼，脸颊红烫，给她舀汤："脸怎么这么红？"

"太热了。"旁边就是熊熊燃烧的炭炉，她心里似乎也烧着，春天摸摸自己的脸盘，径直走开，"我去外头透透气。"

李渭和旁人说完几轮话，见她还未回来，在院里寻了一圈，只见长留、嘉言一堆孩子在一处斗草，俱说没看见春天姐姐。再仔细一寻，却见她出了周家院门，独站在外头枝叶稀薄的树下，树上灯笼在冷风中轻轻晃动，晕红的光芒投射在地上，是潋滟的光芒。

她穿着鹅黄的裙子，抬头望着灯笼，柔和的艳光也投射在那裙上，极尽温柔。

他曾路遇过这温柔的一抹鹅黄。

漫过十年的光阴。

她终于来了。

没有丝毫准备，悄无声息地来到他身边。

两人齐齐站在树下，望着那艳丽的"囍"字灯笼。

"今天好开心，有情人终成眷属。"她笑。

他"嗯"了一声："他们也是得偿所愿。"

过了一会儿，他问："什么时候走？"

"还有个四五日。"她悄悄牵住他的手。

他紧紧握住。

"李渭。"她鬓边璎珞低垂，吐气如兰，"我会回来的。"

"好。"

上次支支吾吾告别之后，再回想起那一幕，她的心就好像羽毛一样飘浮在半空之中。

她也希望有人……给她一场热闹喜庆的婚礼。

她不落睫地盯着他，眼里满是渴盼。

她挨着他站着，是任他采撷的姿势，只要他微微低头，他的吻就可落在他想要的任何一处。

他从善如流，俯下身去，在她眉心轻轻印下一吻。

这吻缠绵又流连，从眉心一路滑落，饱含柔情蜜意，吻过鼻尖，最后印在她唇上。

她心头甜蜜，想起那一夜的缠绵，身体发软。

李渭扶着她柔软的腰肢，企图把她带入自己怀中，眼尾扫过旁侧，半途将她揽至身后。

陆明月正搂着两个孩子出来，半是尴尬半是自责地捂着两个孩子的眼，身后还跟着赫连广。

春天躲在李渭身后，脸红心跳，埋头在李渭宽厚的背上。

不远处的马车上，薛夫人撩开车帘，也默然注视着树下的红灯笼。

红灯笼在冷风中轻轻摇荡，朦朦胧胧地在地上投射出一个模糊的"囍"字。

两个孩子乌黑的瞳藏不住，在陆明月的指缝间忽闪。

李渭摸摸鼻尖，微笑地看着眼前一行人："都出来了？"

他含笑，牵手将春天从身后拖出来。

春天在李渭背后略躲藏了一下，也和李渭并肩站着，双手捏着衣帛飘带，靴尖摩挲着地面，面红耳赤地看着大家。

"出来寻你俩回家去。"陆明月回过神来，亦觉得尴尬，看刚才那情景，儿女情长，情意缠绵，羞煞旁人。

嘉言拨开自己娘亲的手，满面顽笑："李叔和姐姐亲……"

又被陆明月一把捂住嘴："你瞎说什么？"

长留安静地站在陆明月身边，一双眼清澈又安静，注视着自己的父亲。

"长留，你来。"李渭向长留招手。

长留垂着眼，乖巧走上前，李渭摸摸他的发顶，搂着他的肩膀至春天面前。

春天伸出双手，半咬着唇，笑柔柔地看着李渭，捏住了长留的手。

长留看着父亲和姐姐凝神对视,一声不吭,目光投向了灯笼上那个鲜艳的"囍"字。

陆明月捂着儿子的嘴,悄悄避开,远远回望一眼,树下三人笼罩在红晕之下,身形分外柔和,她心中暗叹一声,不知是欣慰,是喜悦,还是茫然。

沿路似乎都沾了喜气,父子两人送春天回去,春天拉着长留的手,步履轻快:"姐姐以后再回来找长留玩好吗?"

"好。"长留点头。

三人相视一笑。

香车缓缓驶过,鄙鄙扶着薛夫人,远远地喊春天。

"阿娘,你怎么来了?"春天欢快地提裙上前。

"夜深了,看你一直未归。"薛夫人又向李渭施礼,"见过恩公。"

她柔声道:"几番想寻空到恩公府上拜谢,却屡屡未达行,请恩公万毋介意。"又笑说,"明日若是恩公得闲,我带着小女造访贵府。"

李渭和春天互视一眼,明日自然有话要说,亦是点点头,又带着长留向薛夫人施礼。

薛夫人见长留稳沉端方,一双眼却清凌亮人,笑吟吟道:"恩公好福气,令郎芝兰玉树,人中龙凤,以后怕是不凡。"

她从荷包里翻出个极小巧精致的金莲玉莲蓬,往长留手心塞去:"一个小玩意儿,就当是薛娘娘给的见面礼吧。"

长留脸靥浮上两朵羞云,含羞致谢:"谢谢夫人赏赐。"

薛夫人携着春天上车,辞别李渭父子,马蹄嗒嗒地拍打在青砖地上,薛夫人见春天咕咚咕咚捧着茶盏喝水,抚着春天后背,笑道:"慢一点,这一整日连口水都没空喝吗?"

"喝了。"春天抱着茶盏,回味树下那个轻柔的吻,嫣然一笑,"刚才在外头站了会儿,有点渴了。"

薛夫人见她脸上神色,亦微笑:"刚才见了恩公家的孩子,的确生得很好,怪不得你一直念着他,以前在瞎子巷李家,你们平日在一起都做些什么?"

"大家都对我很好。"春天讲起昔日在瞎子巷的点点滴滴,说李娘子,说长留,也说李渭。

当时自己眼中的李渭和他人并无不同,对他多是感激和敬佩,就如一幅画卷,山是山,水是水,百景千姿都各占一席之地,她并无偏爱之意。

但以如今的心境,再去回观这幅画卷,只觉奇妙,属于他的那部分,已在不知不觉中,被细致地涂抹上浓墨重彩,使得其他景色黯然失色。

她眼里有熠熠光彩，脸上是羞怯的红晕，唇角是上挑的笑意，眉眼之间是娇然绽放的艳色。

是情窦初开，是春心萌动。

薛夫人捏着春天的一只手，心头又喜又忧。

她比谁都希望春天能幸福，嫁个如意郎君，儿女绕膝，一生顺遂。

也知道对十几岁的孩子而言，遇上一个救她性命、陪她出生入死、对她温柔体贴的成年男人，是一种致命的吸引。

但是，真的适合吗？

在柴米油盐、生活点滴、琐事磋磨、家事亲友、无妄之灾的消磨之下，一条再鲜嫩漂亮的裙，都会被慢慢漂洗至渐渐褪色、松散，最后支离破碎。

她也曾经有过深爱，为此痛彻心扉，后来拼死拼活，左右碰壁，受过非常之折磨，在水滴石穿的腐蚀后，最终连触碰的勇气都没有。

薛夫人望着女儿明耀的脸庞，内心俱是迷茫之意。

春天越说声音越柔，最后看见薛夫人温柔如水的目光，猛然捂住嘴。

"妞妞对恩公赞不绝口。"薛夫人笑问，"他是不是很好？"

春天抿唇笑。

李渭牵着长留慢慢地往瞎子巷走去。

李渭感觉到长留的沉默，摸摸长留的小脑瓜："想什么呢？"

"没想什么。"长留捏着薛夫人给的见面礼，递给自己父亲，"爹爹，这个看起来很贵重。"

"嗯。"李渭轻轻呼出一口气，又轻轻蹙起了眉。

回到家中，家中阒黑，连阿黄都懒洋洋地睡下了，父子两人借着夜色将房门打开，李渭摸出火绒，将桌上蜡烛点燃。

冷风顺着大敞的门席卷而入，点灯如豆，弱弱小小地跳跃着，长留忙去把门合上，回头望，那烛火在李渭的掌心下慢慢稳定，光晕慢慢扩大，将男人的剪影照在墙壁之上。

长留看见自己的父亲凝神盯着火光，慢慢探出一根食指，贴近那橘色的火苗，似抚慰，似取暖。

"爹爹。"

李渭回过神来，温柔笑道："回房去，爹爹去打水给你洗漱。"

父子两人洗漱完，挤在长留卧房内，李渭听长留背完长长的一篇文，掖掖被子："睡吧。"

长留点点头，闭上眼。

李渭未走，又在长留床边坐下："过阵子，我们把赵大娘和仙仙接回来好不好？"

"好。我想仙仙妹妹了。"

李渭点点头，又慢声道："如果你和爹爹，还有春天姐姐，我们三个生活在一起，可以吗？"

"可以。"过了许久，长留颤声回答。

次日薛夫人带着春天来了瞎子巷。

马车车身阔绰，只能停在巷口，薛夫人携着春天，身后跟着唐三省，还有十来个婢女家仆，浩浩荡荡步行而入。

巷口的邻舍们未在瞎子巷见过这样的华贵阵仗，其中那位夫人花容月貌，丽质天成，眉眼和春天有些相似，再看两人言行举止，极像是一双母女。

李渭和长留在门前迎客，只见春天一张绯红笑靥，天真无邪，拉着薛夫人进了李家的大门。

几人热络说话，薛夫人笑盈盈地打量李家景致陈设，春天把薛夫人带去自己住的西厢坐了坐，又拉着母亲去耳房喝茶。

客气聊了半日，薛夫人见外头日头暖和，差使春天："巷口那些婶娘，想来都是此处的左邻右舍，娘带了些点心节礼来，妞妞去给婶娘们回个礼。"

春天点点头，带着几个婢女出去，李渭也向长留道："跟着姐姐一起去玩吧。"

屋里瞬间清静下来，只留薛夫人和李渭两人，门外守着唐三省。

薛夫人温柔浅笑，李渭坦荡不藏。

正堂里供着李老爹夫妻和李娘子的灵牌，薛夫人略一打量，拈了几根香拜了拜，同李渭道："妾听春天道起过，听闻恩公夫妻青梅竹马，伉俪情笃，情深义重，羡煞旁人。"

李渭如实点头："亡妻是我长姐，两人自小一起长大，颇有感情。"

薛夫人微笑："至亲新丧，妾感同身受，还请恩公节哀。这样深厚的情谊，想必恩公现在仍是内心悲苦，心如枯槁吧。"

李渭神情顿住，站在旁侧僵立不动。

薛夫人唤唐三省捧来一只黑檀描金小匣，那匣子沉甸甸的，薛夫人推至李渭面前，语气真挚："妾真心实意感激恩公，救了小女性命，又带着她一路往返于危机之中，安然归来。"

"没有恩公，就没有我的女儿，没有我。"她躬身对李渭行大礼，"这一点谢礼，实在不足我心意十之一二。"

黑匣的盖子已被取下，一满匣明晃晃的珍宝翡翠、黄金珍珠摆在其中，在暖阳下折射出耀眼的光彩。

李渭脸色毫无波澜。

"不知恩公爱好些什么,俱挑了一些。"薛夫人笑道,"妾知恩公不是那等俗人,但妾妇道人家,见识少,只能拿这点东西聊表心意。"

"请恩公万毋嫌弃,说起来,这些也是妾唯一能拿出的东西了。"

李渭黯然推拒:"我所做的都是举手之劳,当不得夫人此等大礼,请夫人带回去吧。"

"妾若是原封带回去,春天也定要生气的。她年纪虽小,也很明白知恩图报。"

"她看着虽然稳重,但内里还是个孩子。"薛夫人缓缓道,"恩公亦是为人父母,也肯定知道,小孩子心思多,贪图新鲜,容易爱一时、厌一时。"

"父母都是一片苦心,永远都把自家子女当孩子看待。"李渭淡声道,"其实孩子已经在不知不觉中长大,但父母多疏于察觉。"

薛夫人捧着茶盏黯然微笑,李渭亦垂着眼:"夫人如果有话,就直说吧,我听着。"

"春天这几天很开心,我瞧见她睡梦里都在笑。"薛夫人低头喝茶,"看到她这副模样,就好像回到了她小时候。

"我很多年没有见到她这样了,真希望她一直这么下去。"

"昨日夜里,我看见你们两人在树下那副模样。"薛夫人垂下眼帘,"我亦从她那个岁数走来,知道是个什么样的情景,再想想她这一路的际遇,亦不觉得惊讶。"

"恩公风姿英爽,兼是有情有义,光明磊落,我听春天讲述这一路情景,亦对恩公心悦诚服。"薛夫人道,"恩公如今又是孤身一人,的确是不可多得的良配。"

"春天是我的女儿,我这个母亲做得令人失望,但也希望她一生安顺喜乐,有一门好亲事,嫁个体贴温柔的夫婿,生几个乖巧儿女,不受一点磋磨。

"春天喜欢恩公,恩公也对她有情意,想必彼此内心里都有盘算。不知道恩公有无替她想过,她才十六岁,只比令郎大了一点……如果真的嫁过来,她要掌中馈,事事亲力亲为,逢年过节还要替恩公祭祀父母亡妻,要学着当母亲。她在这家里住过一段时日,亦受过恩公亡妻的照料,以后左邻右舍、亲朋好友会不会说什么闲话?若是以后日子不顺遂,河西不太平,恩公是否能呵护她平安无忧?如果她住不惯甘州,恩公是否肯迁到长安去?长安乃王侯之地,寸土寸金,恩公何以立足生活?愿不愿依附权贵生存?届时忙于奔波,能否照顾周全自己的妻小?

"人往后退一步易如反掌,往前走一步难于登天。以前年少的时候,只觉有情饮水饱,后来才知道,家世、门第、权势、财富,样样都是绊脚的门槛,再不济些，家里的鸡毛蒜皮，旁人的唾沫眼色，明的暗的，眼红的嘴尖的，件件都是杀人的刀。

"她年纪还小，正是情窦初开的时候，这一时的喜欢，是真的喜欢，还是夹着些别的东西？这种喜欢能否保持五年、十年、二十年？"

"请恩公再想想吧。"薛夫人道，"如果恩公想得明了，一切都自有打算，我这个做母亲的，想尽办法也会成全自己的孩子。

"希望我的孩子不要成为另一个我。"

门外有清脆的笑声，春天带着长留和婢女回来，正在庭中缠着阿黄打闹，薛夫人对李渭盈盈一拜，飘然出去。

"阿娘。"春天看着薛夫人出来，羞声道，"你们两人……说什么了？"

"恩公觉得谢礼太过贵重，不太愿意收呢。"薛夫人柔柔笑道。

"我也觉得太贵重，其实不必的。"春天低语，"我谢谢他就好了。"

李渭从屋内出来，面色极其平静，看着面前朝他狡黠眨眼的少女，极力微微一笑。

薛夫人带着春天告辞："天色不早了，早些回去吧。"

春天回头朝他挥挥手。

而后几日，春天时常抽空来看看长留和李渭。李渭神色如常，温柔浅笑，有时候两人只能说上一两句话，有时候李渭会带她和长留出去玩耍看戏，去酒楼吃东西，甚至还去马场带回了送给她的那匹小马。

春天觉得李渭心绪不宁，离别的日子在即，她心中亦是恋恋不舍，此去一别，何时能重逢，也没个定数。

陆明月和赫连广再与李渭见面，言语来来往往，最后仍是提到他和春天之事。

赫连广只是拍拍他的肩膀："兄弟，你也有今天。"

李渭无奈苦笑。

陆明月问："是她了吗？"

李渭说："是她。"

"这个缘分可不一般。"陆明月道，"你们出门那几个月，是不是发生了很多事情？"

很多事吗？那些事情在他看来都算稀松平常，但当初真没料想会有这样的结果。

陆明月叹了口气："当时春天住在你家时，云娘看春天和长留相处融洽，还动过那样的念头，最后被你拒绝了。她私下找人算过春天和长留的生辰八字……还试探过你对春天的心思。"

李渭道："当时我对她，没有半点非分之想。"

陆明月欲言又止："你可问过长留的意思？"

李渭道："长留……他说愿意的。"

"你心里有了人，我千万分替你高兴。"陆明月道，"但我把长留当亲儿子看，云娘走时最忧心的就是长留，我也答应她，好好照顾孩子，不让他受半分委屈。"

"你这几日可能心思多，没有顾及其他。"陆明月道，"但孩子就是孩子，再懂事，他的心思也藏不住。这几日里，我时常看着长留，和往日全然不是一个模样，心不在焉，郁郁寡欢，问他却屡屡摇头，我看他眼里常泛着红丝，是不是偷偷哭过了？他心思重，心里又惦记着亲娘，突然撞见你们那样，心里会不会有想法？"

李渭皱眉，闭目捏额。

他再问长留，长留只说愿意。

李渭看着自己乖巧的儿子，盯着他清凌凌的眼："长留真的愿意吗？以后让春天姐姐当你的后娘？"

说出"后娘"两字，他的心居然也在颤抖。

"愿意。"长留只觉父亲的眼神锐利无比，悄悄往后退了一步。

"长留，你在撒谎。"李渭皱眉盯着他，冷声道。

长留怯怯地咬了咬唇："我没有。"

"说实话。"李渭喝道。

"愿意。"长留把眼一闭，"爹爹怎么样都好。"

"爹爹是你最亲的人，你连实话都不愿意跟爹爹说了吗？"李渭叹气，摸着长留的小脑瓜，把他搂进自己怀中，"你心里是不是害怕？"

"我、我不想要后娘……"长留抽噎，"我不想要春天姐当我的后娘。"

"但我想要爹爹高兴。"

李渭将那个描金黑檀匣子送还了薛夫人，让仆人转了一句话："受之有愧。"

春天请李渭去喝羊肉汤饼，听别馆的小仆说，这家小摊的羊肉汤饼特别好吃。

汤饼鲜美，她绯红的小脸生机勃勃，喋喋不休地说着话。

李渭心不在焉地听着，一声不吭。

她渐渐发现他的异样，摇摇他的袖子："怎么了？"

李渭温柔一笑，等她将汤饼吃完，将她送回别馆，柔声对她道："前几日答应你的事情，我可能要爽约了。"

她疑惑地望着他。

他微笑，眼神璀璨："回长安后，别再来了，河西路途太远。"

她脸色霎时转白。

"为什么呢？明明说好的。"

"我不愿意等。"

他转身即走。

离去前一日夜里，春天去瞎子巷找李渭。

两人没有进屋，在庭中站立良久。

秋风寒冷，她披了件长袭衣，衣颈缀着一圈雪白的皮毛，柔柔的，娇娇的。

今夜夜色极其暗淡，天空没有星光，屋里的烛光照不着这个角落。她轻轻捏着自己的袭衣，柔软、温暖、厚重。

两个人并不说话，良久良久，李渭轻轻叹了一口气。

春天眼眶一热，咬着唇不说话。

"回去吧，不要再来了。"

她扭过脸看他，哽咽道："李渭。"

语气里有哀求的意味。

"你我说起来，其实只是萍水相逢，后来我送你一程，你安然回来，那就可以了。收到小春都尉的骨骸，你也该走了。

"回长安去，那是你该生活的地方。

"在长安，会有人疼你、爱你。你会有个如意郎君，他许你凤冠霞帔，诰命等身，一生安顺。

"我也有我自己的事情要做，有我自己的路要走。"

她低头默默流泪，却努力不发出一丁点声音。

李渭往后站了一步，极尽温柔地看着她："回去吧，好好的。"

"李渭……"

我想要你，我想和你在一起。

要如何跟他诉说，从不知何时起，她的心里就装满了隐秘的不为人知的心事。

要如何告诉他，他们也曾经有过一个混乱而亲密的夜晚。

要如何才能厘清这关系。

要怎么做，说什么，他才能明白她的心意。

此时的她毕竟太年轻。

她独自哭够了，手背抹抹眼泪，往外走去。

出了院门，她回头看一眼，李渭背手立在庭下，脸庞隐藏在阴影里，看不清神色。

她看着他，语气很镇定："李渭。"

"我们还会再见面吗？你会来长安吗？"

他说："不会。"

她点点头，往外走去。

瞎子巷里毫无光亮，她深一脚浅一脚往外走。

身后有焦急的脚步声，是长留："姐姐，我送你。"

送到巷口，鄯鄯和车夫俱等着。

春天摸摸长留的发顶，努力笑道："长留，姐姐走了，你要快快长大哦。"

春天随着靖王和薛夫人一起回长安。

走的那日，天淅淅沥沥下着寒雨，她披着狐裘站在檐下看雨，并没有什么行囊需要收拾，只等婢女们打点好一路所需物品，便可起身东行。

薛夫人见她独坐看雨，神色有些寂寥，上前揽住她："和瞎子巷的邻里们告别了吗？"

春天默然点点头，薛夫人将她抱入怀中，劝慰道："那就好，跟娘回长安吧。"

她年纪还小，这一切终有一天会过去，属于这里的记忆会逐渐模糊，很快会被另外的景色覆盖。

长安的日日夜夜，喧闹的灯会，风流倜傥的五陵少年，琳琅珠宝，高门府第，皇城宫墙，她经历得越多，这里的一切就会变得越来越不重要。

归去的马车碾过青石板路，车轮声，是一曲离歌。

赫连广见李渭坐在东厢窗下，神色平静地打磨箭头，拍了拍他的肩膀："马车已经走了，出了甘州城。"

他打量着李渭神色："真不去看看？"

李渭没有理他，摩挲着发亮的箭头。

赫连广慢声道："她这么一走，想必是不会再来河西了吧。你又何必呢？"

李渭抬起雪亮的眸子："走吧，喝酒去。"

两人喊了驮马队的兄弟，一起在酒肆里热热闹闹地喝酒。

店里人声喧闹，大家喝酒划拳，大声说话，大口吃肉，眉飞色舞。

喝到一半，李渭握着酒壶，倚着窗支着腿，懒懒散散地歪坐着，不知在想些什么。

窗外寒雨淅沥，不知从什么时候起，竟然已经寒意入骨。

他盯着那默然无声的雨丝，被风吹卷，身不由己地扑倒在地，在青石板上汇集成清清浅浅的水洼。

赫连广看见他眼中的红丝。

这么冷的夜，正需要一壶暖酒，浇尽一生愁苦呀。

李渭将酒壶中的酒一口灌尽,大口咽下,将手中酒壶就地一摔,往外走去。

兄弟们在他身后喊:"李渭,酒不喝了?"

"不喝了,以后再也不喝了。"

他从这日起戒了酒。

山间灰马一声轻嘶,李渭抑住马,见山下一队车辇往凉州道而去。

马车华丽,人儿娇贵。

山风过耳,寒雨缠绵,他恍然能听见少女清脆娇嫩的声音,时而明朗,时而忧郁,时而无助。

"李渭,我好难受!"

"李渭,你在哪儿?"

"李渭,你不准死!"

"李渭……"

这未必不痛。

身体和灵魂都有渴望。

他亦曾是热血少年,会为偶遇的一抹鹅黄怦然心动,听见少女的嬉笑声也会羞涩。

他也是普通男人,也容易见色起意,也爱慕,或是贪恋那一抹艳色。

走了很多年,做过很多事,经历过许多风霜和冷暖,原以为这一生不过如此。

就如原野一草,林中一木,碛中一沙,和旁的没什么区别。谁知道到后来却偏偏有些不一样,他从一开始就明白,所遇见的不属于他,不是他可以沾染的。

如若……他晚生十年,或她生得更早些,如果在更合适的时候,少年的他,遇到少年的她,他一身青衫磊落,可以为她提刀走天涯,可以把自己的所有都给她,可以用尽一切办法留住她。

李渭闭上眼。

太晚了。

甘州连着下了几场侵骨寒雨,城中四处游走的喧闹被一层层往下剥,只剩万千房舍嶙峋,像萧瑟干瘪的核儿。

陆明月抽空也去瞎子巷坐坐。

进家门一瞧,屋里只有耳房是暖的,父子两人一个念书,一个磨药,各自占着案几的一角。案几中间搁着几只鲜亮的香橙,书香药香混着橙橘的甜味,颇有安稳之意。

小孩子身量抽得快，陆明月来给长留送一双新靴，嘉言拉着长留在庭里和阿黄玩耍，陆明月看李娘子住的主屋仍然落着锁，问李渭："不打算住进去吗？"

"不了。"李渭也瞥了眼，"给云姐留着吧。"

陆明月抿了抿唇，垂眼道："她一走，长留落寞了许多。"

李渭颔首，声音平淡："我多带他走走看看，过阵子就好了。"

"过一阵，再和长留说说，他是个懂事孩子，会知道的。"

李渭抱手，看着庭中的两个孩子，淡然道："不是长留的原因，我不能误她……"

陆明月心中叹一口气，再看李渭，觉得他的神情和往昔并无不同，只是更沉稳内敛一些。就如一杯久沏的冷茶，浮沫茶梗，百般滋味，俱沉在杯底不得知晓，外人不过只能见一方澄净的琥珀色，连半分水纹也不生。

此后再也没有人，能让他再有那样温柔鲜活的眼神。

陆明月心中百感交集，暗自摸摸小腹。

几日之后，甘州下了今冬的第一场初雪。

天半阴半晴，还算暖和，第一片雪悄然落在祁连的冰雪之巅。

风略有缠绵之意，雪阵起势柔和，起初零零落落，三三两两，悄无声息地栖在鞋靴、车履之下，待世人觉察，方才洋洋洒洒，铺天盖地，像落花无数，像万千白蝶，于空中翩翩起舞，温柔地占领了天地间每一个角落。

"爹爹，下雪了。"长留仰首，"今年的雪比去年的早了几日。"

"嗯。"李渭摸摸孩子的头，"冷不冷？爹爹给你添件衣裳。"

"不冷。"长留伸手去接落雪，"春天姐姐走到哪儿了，能看到这场雪吗？"

"她应该过了凉州，往兰州去了吧。"

数百里之外的陇关道上，落叶枯黄，冷风萧瑟，打着旋地噼啪坠落在车盖之上。

王涪送靖王一行人至兰州后将返甘州。

她掀帘回望重重叠叠、浅黛深墨的祁连山脉，其中藏着无数的城郭村落，也藏着无数的喜怒哀乐。

天阴似雨，落叶之外，凝神去听，似乎有噼里啪啦的轻响，鄫鄫往车外伸手，欣喜地接住几颗晶白雪珠给春天看："姐姐，下雪了。"

她点点头，凝神望了帘外半刻，半晌，手从脖间拉出一根褪色的红线，她伸手取下，拢在手心，仔细端详，是一枚小小的、橙黄的铜哨。

被她的体温浸得暖融融的小铜哨。

鄫鄫看春天捏着那枚小铜哨，放在唇边轻轻吹了吹，哨子发出呜呜的低响。

像怨述，像呜咽。

她唇角微微弯了弯，而后问鄪鄪讨了个小香囊，将铜哨塞了进去，暂时搁在了茶案上。

"姐姐不戴了吗？"鄪鄪问。

"这是别人的东西。"她微笑，"等会儿王涪过来，要麻烦他带回甘州去，还给那个人。"

鄪鄪知道，这是李渭的东西，姐姐已经翻来覆去，看了很多遍。

陆明月送安景然回姑苏。

他们两人自小青梅竹马，情谊深厚，如果没有当年陆家的获罪流放，没有两方的阴错阳差，想必如今亦是一对恩爱眷侣吧。

她自小喜欢的男子，就是表哥这副模样，白马青衫，书生俊逸，风流写意。

跟我回姑苏吧，河西苦寒，风冷雪寒，又是异乡，终非久留之地，哪能比得上姑苏的草熏风暖，莺飞草长。

当年你家的那间临水小阁，我已买下来修缮一新，如今花窗长廊，花木扶疏，景致比小时候还好看些，又替你养了一对绿毛鹦哥，等你回去教它们说话。

教什么呢？

就教那句：小桥流水人家，古巷深井落花。

嘉言没有去过江南，我们带他回去看看，他在那儿会有一个新的家。

她终于下定了决心："表哥，我在河西住了十几年，已经习惯了这里，不走了。"

"明月，你再好好想想。"安景然苦口婆心劝她，"姑苏，真不如甘州吗？"

她双手搁在腹部："不想了，若是真想走，早在表哥寻上门的那日，我就跟着表哥回去了。"

她无奈苦笑："表哥，我嘴上虽然嫌弃这里，但心里早把这儿认成了家。"

姑苏，不过是想逃避的一个借口。

明晃晃的雪夜，她提着一盏小油灯，推门进来，将油灯搁在桌上，盯着床上的人。

赫连广慢慢从床上坐起来，掀被而起，犹如巍峨巨塔站在她面前，压迫得她喘不过气来。这样冷的天，他光着上身，只穿一条长裤，浑身俱是热腾腾的，连目光都犹如沸水，冒着热气般盯着他。

"我有些话想和你说。"她昂首，挺着胸脯，俏生生地站在他面前。

黑夜加深了他的眸色，烛火跳动在瞳仁里，却越发显得他如野兽般粗犷不羁。

她伸手，用尽全身力气，一巴掌狠狠扇在他左脸上。这一巴掌在暗夜里清脆无比，对他而言却并不疼，她低声道："你这个野人、混账，我是你长嫂，你却丝毫不敬，枉顾礼仪，对我有非分之想。"

又一巴掌拍在他右脸之上："以后你若敢负我，我拼死也要杀了你这个负心汉。"

赫连广愕然，盯着陆明月，眼里闪过莫名激动的光彩："明月……"

她甩一甩生疼的手，皱眉喝他："明天去找嘉言说，若是嘉言肯点头，婚事就不必了，过几日请兄弟街坊们来喝一杯吧。"

她摸摸肚子："我有孕了。"

他如遭雷击，不敢置信地望着她，望着她仍平坦的小腹，心中猛然撼动，喜极而泣，如暴风过境，眼眶湿润，几近哽咽，他将人搂进怀里："明月……明月……"

他喉头紧绷，将她抱起，去寻她的唇。

"你这个寡廉鲜耻的王八蛋，不要脸的家伙……"她迎着他的唇咬去，"三番两次欺负我，你就欺负我是个寡妇……"

话语吞没在炙热的吻里，有血腥气腾起，和香甜津液一起纠缠在唇舌之间，她又哭又骂，又咬又掐，最后迷醉在他狂暴的缠绵中。

只有在那极致的快乐里，才能察觉活着的乐趣，情缱有多热烈，过后的枕衾就有多寒冷，这一生已然过得破碎不堪，何必再逼自己苦守那些虚礼假意。

终于守得云开见月明。

王涪将靖王一行送至兰州便不再前行，要返回甘州去。

他来和春天作揖辞别，略说了几句话，春天看着他的背影，嘴唇嗫嚅，欲言又止。

鄯鄯看着茶案上那个小香囊，问春天："姐姐，这个哨子不还了吗？"

春天取过香囊，将铜哨倒出，想了想，在手心里握了半晌，仍是挂回了衣内。

拾玖 长安城

靖王在腊月回了长安，先绕道去了长安新丰镇，陪着薛夫人和春天，将小春都尉的尸骨归葬。

白幡飞舞，纸烛高燃，哭声哀哀，娇妻弱女，声声呼喊招魂。

尸骨还乡，旧坟新瘗，终得归了。

春天先在新丰镇守孝，薛夫人看着满地白幡飞舞，和靖王同回靖王府。

早有家仆在长安城开远门外接人，薛夫人默然看着眼前如云的仆从，又看了看靖王。

她在靖王府做小伏低，却凭着自己笼主的手段，跟着靖王去了河西，这样大胆出格的行径，回去的局面会如何难堪，不用想也知道。

靖王感受到她的目光，亦回望她。

两人互望，薛夫人突然对他柔媚一笑，慢慢上前握住靖王的手。

自出长安城以来，数个月间，薛夫人对他冷若冰霜，不闻不问，偏偏刚才一笑，如沐春风，勾得靖王百般品咂。

靖王握住薛夫人冰冷的手，拍了拍："不用怕，有我在。"

在离开甘州之前，薛夫人曾主动找过靖王一次。

她浑浑噩噩、随波逐流了数年，突然被一道惊雷劈醒，瞬时变得冷静，望着靖王道："王爷究竟想在妾身上拿到什么？"

靖王回她："红袖添香，夫妻恩爱。"

他一开始不过是见色起意，久而久之，食髓知味，哪知就此丢不开。

薛夫人问："那王爷能给妾什么？"

他问："淼淼想要什么？"

她想要他的权势、财富和尊贵，保护甚至捧起自己的孩子，免于落入和她一般被随意戏弄的命运。

薛夫人回他："妾如今什么都有了，别的再无所求。"

马车入了靖王府，王太妃和季氏都在大门前迎靖王回家，婆媳两人俱是热泪盈眶，王太妃握着靖王的手，连连抹泪："我儿，你这一路来回，都黑瘦了，下人们都是怎么伺候的。"

季氏亦是欢喜，对着唐三省询问王爷这一路的衣食住行安排。

正热络着，后头的马车下来一人，薛夫人恭谨地跪在地上谢罪，上首无人应答，只听见王太妃一声冷哼。

薛夫人低眉顺目，婉顺万分，不住磕头。

靖王见自己母亲和王妃季氏俱是冷眼，咳了一声，上前扶起薛夫人："行这样的大礼做什么，快起来吧。"

薛夫人诺诺垂首立在一侧。

奶娘怀里抱着个不过周岁的婴孩，穿着一身鲜绿的袍子，头戴小瓜帽，白嫩嫩的脸盘上有一双漂亮的桃花眼，靖王看见，百般疼爱地抱在怀中亲昵："岁官，爹爹回来喽。"

靖王抱着儿子在堂里一阵亲热，见薛夫人目光落在岁官身上，搂着岁官上前："岁官，来，看看你娘亲……"

一家团聚，场面似乎分外温馨。岁官看看薛夫人，看看靖王，早就不耐烦应付两个眼生人，咧嘴哇一声哭起来，就要从薛夫人和靖王怀中挣脱出去。

"罢，罢，你们去将岁官抱开，他哪知道谁是亲娘？统共也没见过几次的人。"王太妃满面不悦之色，"抱来我哄。"

是夜靖王一家团聚，薛夫人独自回了荔嘉阁，推窗望着王府点点莲灯，笙箫舞乐，摸了摸额头磕出的瘀青，吩咐婢女收拾荔嘉阁的一应器物。

荔嘉阁她住不得，要换个更静些的地方，过几日还要接春天入靖王府，她是绝不会再把春天送回薛府给兄嫂照料的。

夜里靖王来荔嘉阁看看薛夫人，屋里先落了帘子，而后有窸窣私语，薛夫人打点衣裳，娇懒地服侍靖王，又劝靖王去王妃季氏那儿过夜。

靖王舒泰过了，想了想，懒洋洋应诺，又见婢女满屋打点东西："这是要做什么？"

"荔嘉阁原是王爷的书房，妾住不得，想向王爷讨个大点的屋子。"她倾身仔细理着靖王腰间的玉带，白玉般的脸颊上还有妩媚红晕。

靖王知道她的意思，慢条斯理地玩着她的一缕秀发："也罢，给你挑个清净些的住处。"

他又拉拉薛夫人的袖角，眼角睨着她："那些事，都丢开了？"

薛夫人抬眼，眼波潋滟，羞涩一笑。

靖王颇有苦尽甘来之感。

薛夫人以前在靖王府，多闭门不出，不争世事，此番回来，心思全在靖王身上，日日殷勤伺奉王妃，又结交王府众人，宽待仆婢，日后渐渐在王府有了一席之地。

天未大亮，靖王赶去上朝，下朝后又去找了趟太子殿下，交代公事。

太子杨征正在书房，见靖王来，瞧他意气风发的模样，笑道："事办妥了？"

靖王笑吟吟问："殿下说的是公事还是私事？"

太子雍容闲雅地落笔，利落挑眉，双目隽秀："看来是办妥了，不仅办妥，还办得上佳。"

"殿下甭打趣臣啦。"靖王将手疏上呈，"臣大约摸了摸河西各府的底，税粮军马这些，可都头疼着呢。"

太子叹道："真要打起来，又是一场苦熬啊。"

两人说过一席话，前后出了书房，闲聊几句，已然是晌午时分，内官已在屋里摆了膳，靖王说完话就要往外走，太子唤住他："九叔这就走了，膳也不用了？"

靖王心思压根不在这上头，听罢顿住脚步，看了看日头，有些讪讪的，双手互揣在袖里："我倒是把这事给忘了，还以为时辰尚早。"

"九叔这是心里有了惦记。"太子莞尔一笑，挥挥手，"去吧去吧，下回再一起说话。"

靖王见太子不强留，径直回了府。靖王府里也摆着膳，季氏陪着王太妃用午膳，见靖王回来，欢喜地吩咐下人添碗筷。

过两日薛夫人要将春天接回靖王府，靖王把此事略提了提，桌上顷刻冷了下来。

府中人都知春天其实是薛夫人亲女，只不过为了颜面上好看些，以往都称春天为薛家侄女儿。这一次回来，靖王心里头有了打算，为了拢住薛夫人的心，无论如何也要将春天留下来。

季氏不言不语，细细的眉梢却耷拉下来，王太妃拿帕子揩着唇角，慢声道："怎么连阿猫阿狗都要往府里招。"

薛夫人晚些听到有人传此话，失神片刻，慢悠悠地拔了满头珠翠，换了一身素服，去王太妃那儿探看岁官。

春天回靖王府的那日，薛夫人先领着她去给王太妃磕头，场面虽冷，好歹有靖王遮掩过去。春天见到奶娘抱着个小小的孩童，瓷娃娃似的，跟菩萨身边的小仙童一般，知道这是自己的弟弟。

岁官身体软软的、香香的，乖巧地趴在奶娘肩头，春天小心翼翼地勾着他一只细细小小的手指，轻轻晃了晃，心头百感交集，他们两人身上流着一半相同的血呢。

靖王看见薛夫人凝视两个孩子的眼神，温柔似水，波光粼粼，心内兀地一暖。

"这可真是，看着倒像一对亲姐弟……"王妃季氏抿了一口茶，笑盈盈飘来一句话。

王太妃皱了皱眉，未搭话，也低头喝了口茶。

春天以往也来过靖王府，所见地方不多，每次都是匆匆来去，低头跟着仆人去见薛夫人，匆匆一面又被领着出门去。此番再来，见自己母亲换了个极偏僻干净的院子。

"以后就和娘在这儿做伴吧。"薛夫人将春天引到内室，"这阁子清幽，推窗就是一片竹林，做你的卧房可好？"

春天点点头。

薛夫人传唤侍女捧来枕席被褥，亲自铺设屋中陈设，母女两人在屋中独坐，春天突然道："阿娘，你这些年，过得也很辛苦吧？"

薛夫人摇摇头："娘一点不苦，妞妞才辛苦。"

"我走的时候，没有考虑过娘亲的处境。"春天盯着金猊上的青烟，缓缓道，"我那时只想着，阿娘在这里已经有了很好的生活，我离开也不碍事。现在回想起来以前的点滴，才明白原来娘亲在这靖王府，也要忍耐很多。"

薛夫人温柔微笑："只要妞妞在，一切都不算什么。"

"我希望娘亲过得顺心如意。"春天握着薛夫人的手，"如今我最大的心愿，就是希望阿娘和岁官能过得好好的。"

"娘会好起来的。"薛夫人拍着女儿的手,"一定会过得很好很好。"

薛广孝听闻妹妹带着外甥女回来,也带着妻女去了靖王府,最后勉强得了一见。

再见舅舅、舅母,两人看着春天皆落下泪来。

春天走后,薛夫人虽未直面指责兄嫂,但面上确实冷淡下来。

曹氏也实在想喊冤,她对春天也算是尽心尽力,平日里衣食住行都不曾短缺,屋里屋外都有婢女伺候,真要把春天当菩萨一样供起来。

春天也知道自己这一走,定然给舅舅、舅母带去极大的难堪,低头赔了不是,也知道自己寄住在舅舅家几年,劳累舅母照料,理当感激,只是有恩有愧,却没有暖意。

薛夫人扶着春天,不咸不淡地和兄嫂略说了几句话,将人打发回去。

春天望着舅舅、舅母离去的身影,和薛夫人并肩站着,母女两人心中各有所思。

春天在靖王府住到年节。

抛去府中纷扰,外人闲话,这段时日的确是母女两人难得的恬静时光。薛夫人教春天针线,两人齐齐为岁官缝新衣鞋帽,或是陪看岁官蹒跚学步,牙牙学语,一家三口,大小孩子,嬉嬉闹闹。

靖王每每来,看着这场面只觉满心欢喜。

正月拜岁,春天第一次见到了段瑾珂,是个风度翩翩、英姿潇洒的年轻公子。

两人拜见,春天对他行谢礼,被他轻轻托住,两人抬头,光风霁月,相视一笑。

相遇一载多,却在这时才得以相识。

"以前女郎尚在薛府时,就听过女郎的名字。"段瑾珂道,"在红崖沟,也见过女郎的模样,却直到今天才识得女郎。"

缘分真是奇妙,近在咫尺,却相见在千里之外。

段瑾珂道:"红崖沟还有一位故人,是当时一路照料女郎的一位胡姬,名叫婆娑,如今也在长安城,是太子殿下府上的舞姬。"

春天还模糊记得那位胡姬的相貌,笑道:"若是有机会,定要当面拜谢婆娑姐姐。"

除夕那日,又是岁官生辰,薛夫人去了前院伺候王妃,鄢鄢陪着春天,又和一众婢女喊了一桌酒菜,坐在阁子里过节。

天地银装素裹,长安漫天烟火,满府火树银花,语笑盈盈间,她突然回头,朝西北远眺。

去年今日，此时此刻，有人一边喝酒，一边剥栗子，悄悄将栗子推至她面前，问她想不想家。

她早已忘了当时自己的回答，只记得那颗颗栗子，香甜粉糯，她很喜欢。

今年今日，此时此刻，围炉夜话，她在想他。

甘州城里鞭炮齐鸣，李渭坐在火炉前剥栗子，一颗颗递给长留。

两人相伴守岁，去雪地里燃放鞭炮，去祭拜亲人天地，待到火烛烧尽，长留玩了大半宿，困得在耳房炕上睡去。

西厢门扉被吱呀一声推开，屋子许久未有人来，已落了薄薄的灰，屋内依旧是原样摆设，他在屋内站了许久，最后将门合上，黯然离去。

正月里，岁官在试晬时，绕过满地铺的果木、笔砚、算秤等物，从地上站起来，跌跌撞撞扑向靖王，一把抓住了靖王腰间的传印。

靖王抱住儿子，喜不自胜，薛夫人看着王妃僵笑的脸庞，眼中满是温柔笑意。

靖王府设了家宴，太子杨征得空携太子妃翟氏来靖王府少坐，第一次看见了靖王身后的薛夫人。

饶是太子阅过宫中佳丽，见了薛夫人也不由得暗赞一声殊色。

太子和太子妃成亲数载，膝下尚空，亦是心疼岁官，招来在怀中亲昵一番，赏下诞礼。

薛夫人上前将岁官抱回，温柔笑着转手抱给春天："去唤乳母来。"

太子看见一抹碧裙在薛夫人身后一闪而过。

晚些靖王送太子夫妇两人回去，太子问起春天："就是她？"

靖王点点头："正是。"

太子俊颜微冷，轻哼一声。

太子妃颇有疑惑，靖王略道了几句，言春天为拾父骨，从长安西行之经历。

太子妃翟氏最是淑贤，听毕后拊掌大喜："年前皇后娘娘令尚宫重勘女德，有意将《烈女传》《女诫》等书重新付梓，要选些本朝颇有孝悌的女子入册，这位女郎年岁虽小，却有这等决心孝意，正好合适立书。"

太子摇摇头："遗孤千里寻父骨，虽有孝悌，但女子离家出行，终归悖礼，不可取。"

靖王点点头："确实大胆了些。"

太子看着靖王，微有恼意："她没有关牒文书，是如何进出西北历道重镇关成的？"太子磨磨后槽牙，"一个弱女子，穿行千里，入各军镇守捉如入无人之境，这倒要好好查一查。这私逃出境的大罪，孤是要刑部去提点无视王法的她，还是去提点一路尸位素餐的守官们?"

靖王汗颜，赔笑不已："殿下，您看她一片孝心的分儿上，宽恕了吧。"

太子每每想起此事，心头都微微有些不悦，他兼任着河西大总管，花了如水的银子，备起河西几十万兵马。为了防西北各族，沿途设百十军镇守捉，城城盘查不可谓不严，却让个手无寸铁的弱女子逍遥出境，春天这一举，径直打到了他太子的脸面上。

"日后有空，我倒要亲自审一审。"

上元节过后，未等太子有空忆起此事，春天就和薛夫人请愿，入寺庙为父亲做七七佛事，超度亡魂。

一场佛事做下来要四十九日，连请高僧诵经拜忏，还要住在寺庙吃斋念佛，一般官宦人家只住满七日便罢，往后每七日再添香油钱。薛夫人心中万般不舍，却也知春天住在靖王府中未必称心如意。

春天见薛夫人心念左右摇摆，宽慰娘亲："若是娘亲不放心，请几个府丁随我同去吧。"

薛夫人只得点头，向靖王要了七八个府丁，一路陪同春天去了青龙寺。

青龙寺在乐游原上，乐游原遍植桃杏樱花，登升平阁可俯望长安全景。青龙寺位于山顶，是长安权贵最常去的寺院。

此时正是残冬，乐游原上草色枯黄，空林积雪，游人稀少，只有三三两两进香的车马路过。

鄀鄀往小炉里投入两块香炭，扒着窗子到处张望。

春天见她一双眼亮晶晶，好奇地东张西望，替她解说："等到繁春，这里就变成了一片花海，杏艳桃娇，宝马香车，仕女游侠，很是热闹。"

"姐姐，长安城可比伊吾有意思多了，伊吾只有那么一丁点大，城外都是风沙荒土，风一刮就很冷，但你瞧……"她探出一只手，"长安的风都是软的，像是卷着弯似的吹过来。"

春天被她的形容逗笑，也随鄀鄀一道看帘外风光，远处碧瓦重檐，精巧奇工，富丽堂皇，正是一片皇家园林。

入庙之后，有小知客前来接洽，将一行人送入禅房休息。春天和鄀鄀洗涤净身，卸了钗环，换了素缟麻衣，小知客送来素食果子，说了寺庙里的规矩，便退下了。

寺里常有贵客来做佛事，有专门送膳、送水、递话的小知客，靖王府的家丁都住在不远处的厢房。

每日寅时寺里敲晨钟早课，春天即起，跟着僧人们诵经拜忏，一直到午时方休，午课之后，寺里会有高僧讲经，春天有时也携鄫鄫去听听，有时就在僧房内看书写字。

薛夫人每逢初一十五都会来，偶尔还带着岁官。岁官已经可以蹒跚走路，每每乳娘放手，他便欢欢喜喜地拍掌，晃动着摇摇摆摆的身体，嘎嘎朝着薛夫人和春天扑来，将滴答的口水抹蹭在春天脸上。

算是佛寺生活里难得的热闹。

七七之后，薛夫人遣人将春天接回靖王府，正巧有自东瀛来的高僧住在青龙寺与住持讲法，有不少远道而来的僧侣、善男信女入寺听两人辩经。

春天以此为由，仍在青龙寺留了下来。

只叹天下之事，无巧不成书。

上首两位高僧辩经，下首有一位衣裳破碎、芒鞋蓑衣的枯瘦和尚听得如痴如醉，摇头晃脑。

是春天曾在肃州往玉门路上遇到的那位"我我僧"。

辩会散了之后，这位僧人仍是坐在蒲团上，一派怡然自得之色。

春天带着鄫鄫前去作揖，只闻得僧人身上一阵浓郁酒气，心头啼笑皆非。

那僧人掀起眼皮子，见一麻衣少女双掌合十，朝他微微笑道："原来大师也从陇西回来了。"

"小檀越认得我？"

"去年春，和大师在千里外的肃州城外有一面之缘。"

"哈哈哈，原来是故人，有缘，有缘。"

我我僧也在青龙寺中住，禅房和春天隔得不远，一老一少因此熟识。春天在庙里待了两三个月，有鄫鄫作陪，晨钟暮鼓，每日看书写字，闲时偶然找我我僧打双陆、下围棋，倒不算无聊。

山寺门前遍栽桃杏，春来如雪如云，看花人络绎不绝，春天有时也带着鄫鄫去踏踏春。

夜里惊雷阵阵，一起未得好眠，晨起又筛了一阵细雨，满园桃杏都被吹散。鄫鄫打着伞，春天提着小篮，正往僧房行去，路过我我僧的院落，见竹门大开，原想进门问好，岂料门里迈出一个挺拔身影，獬豸冠，月白锦衣，鹿靴玉革。

春天带着鄫鄫躲避，清朗带笑的话语传来："原来是你。"

春天抬伞，只见男子剑眉星目，凤表龙姿，是在靖王府曾隔着人群一观的太子杨征，忙屈膝拜礼："见过殿下。"

她心中忐忑，听太子话语，似是识得她一般，但两人尊卑有别，从未有过来往。

"这个臭和尚也不知跑哪儿去了。"太子背手行来,见她臂间挎着花篮,有十数个拳头大小的青桃,剑眉上挑,风雅卓尔,"这是偷桃去了?"

"回殿下,这是在后面林里捡来的。"春天道,"后林里僧人们植了一片新桃,今年才结果,我听昨夜风大雨急,桃枝羸细,大雨会将桃子打落……"

她见杨征在篮里拣了个青桃就要往嘴边送去,忙道:"不能吃,这是新桃树结的果,桃子很涩,我捡来做桃脯的。"

杨征只不过把那桃子递在面上嗅青桃的香气,闻言灿然笑道:"你倒是诗情画意。"

春天脸上有些讪讪的,正想着要退下,前边有内侍寻来,又有一端庄风流,身着朝霞绮云裙,步摇叮当的年轻女子被侍女搀扶着一道前来。

"殿下,您怎么到这儿来了?"那女子声若黄莺,春天见她头戴九钿,知这是太子妃,连忙敛衽行礼。

原来是太子的一个良娣亡了,在青龙寺请法事,正值好春光,太子妃见乐游原景致怡人,起了春游之兴,太子恰有空闲,携着太子妃微服私访。

"来寻鲁章机,正巧遇见了她——你听过的,就是靖王那日讲的那个去西北寻父骨的少女。"

"名唤春天对吗?"太子妃翟氏笑道,"这个名字我记得的,很特别。"

太子妃双十年华,也爱热闹,唤春天去廊下说话。她是真心喜欢春天那段西行的故事,春天拣了些有趣的往事说了说,太子妃又赞又叹,吩咐左右赏赐。

后来太子再见春天,是这年的端午节,长安城各河湖都有赛龙舟,沿河都扎了花棚以供观赏,青龙寺里游人稀少,很是安静。

春天和我我僧在树下坐,我我僧喝酒,春天抄誉经文。

她回靖王府小住了一段时日,前阵子又回了青龙寺。

薛夫人送来了一盒粽子,正摆在石桌上,粽叶青翠,五彩丝线,很是好看。

太子抬脚进来,见个小婢女打着扇子在扑蝴蝶,树荫下有素衣少女在低头写字,斑驳光影落在她的肩背和黑发上,只觉此人素净得几近和光亮融为一体。

旁有和尚闭着眼,轻轻打着盹。

"今天这样喜庆的日子,你如何在此?"太子坐下问她,"你在青龙寺出家了?"

春天有些不好意思,将手中笔搁下:"我为父亲守孝。"

不说倒好,一说太子又想治她的罪。

太子微微抬起下巴,眯眼,睨着她,轻哼了一声。

春天见太子这番神色,不解其意,又见太子的目光似乎落在桌上,见他孤身一人，想了想，挽袖净手，让鄯鄯捧来粽子，自己亲手剥了一只，装在碟子里呈给太子。

素衣玉手，黑碟白粽，色彩诱人。

太子不喜黏食，也不吃外人过手之物，见她低头递在面前，不忍拂其意，也为了突显自己的亲切近人，迫不得已咬了一口。

咬过一口之后，觉得半只粽子剩在盘里不够雅观，索性将整只粽子都吃进肚子里。

太子吃完一整只粽子，只觉满腔甜腻，又喝了半盏清茶，这才觉得好了些。

我我僧跌了跌脑袋，从迷醉中醒来，见太子前来，打了个大哈欠："你怎么来了？"

"来看看鲁大师。"太子四平八稳地坐在椅子上。

春天见两人要说话，收拾东西，和鄯鄯退了出去。

后几日，太子又来了趟青龙寺寻鲁章机。

寻了一圈，经小知客指点，去了后山的竹林。

太子见树下铺了草苫子，小婢女临炉煮茶，少女握着一片柳叶，放于唇边，双眸神游，不知落在何处。

"坐这儿出神？"太子咳了一声，走过去，"竹海茫茫，风声滔滔，倒是一个神仙地方。"

"太子殿下。"她提裙迎他。

他大剌剌地占了她原先的位置，春天只得跪坐在他身后，默声陪太子看风景。

"一直想问你，你从长安一路往西，至玉门关、伊吾，是怎么出去的？"太子声音不轻不重，"你的文书关牒呢？"

春天慌乱，俯下身去："请殿下治罪。"

"你先跟我慢慢说来，再来量罪。"太子占了她的茶盏，慢悠悠地呷一口。

春天硬着头皮，将一路关戍情景娓娓道来，言及李渭，她心中一酸。

"你好大的胆子，鬼市买关牒，借力出陇中，又贿赂行商出玉门关。"太子连声冷哼，语气里却带着笑意，"人小鬼大，罪该万死。"

太子摇着扇子，敲敲她俯得低低的脑袋："起来说话吧。"

他道："不该铤而走险，像红崖沟那样的好运气，可没有几回。"

说起来，两人最开始的交集，也是红崖沟吧。

太子早前已命人探访各州郡莫名消失的大黄去向，段瑾珂回来后，太子得了春天说的一些讯息，令人查了途经红崖沟的那支蹊跷商队，也查出了些许东西。

当时怎么就没有多留个心眼，查查在红崖沟受伤存活的这名少女呢？

太子暗自失笑。

此事罢了，太子走时，春天亦步亦趋地跟在太子身后，太子回头问她："有话说？"

"太子殿下。"她颇有些慌张，"当年军中判定，我爹爹违背军令，攻北宛战亡，爹爹因此没有被追恤功烈。但实际上，爹爹是按令行事，是上峰有意迫害，我手边有此事的证词，您是河西大总管，也管着伊吾军，可否屈尊，帮我替爹爹洗刷冤屈……"

她如此说道，太子焉有不管之理。

春天手上有靖王给的叶良供案，呈给太子："我不欲母亲再回伤心之境，若有事要问，请殿下径直找我吧。"

太子收了东西，点点头，出了青龙寺。

后来太子再去青龙寺寻鲁章机，却不见春天。

"她回靖王府去了。"我我僧给太子斟茶，"太子殿下这阵子，是为了和尚我来，还是为了她来？"

太子挑眉失笑："只不过常看你们一处做伴，随口问两句罢了。"

"春天每月初一至十五都在寺里度亡悼念，下旬回靖王府陪她母亲。"我我僧淡然喝茶，"太子殿下再来，可要挑准时候，和尚不耐烦陪无聊人。"

太子哼笑："师父这是嫌弃孤了。"

两人慢慢说话，太子见桌上搁笔的竹筒，里头插着几支新润的细毫："孤看师父还是还俗再回御史台罢了，成日喝酒吃肉，现今连送往太后宫中的经文都要旁人来抄录，还做什么和尚？"

他捏起一支细毫，正是春天常用的那一支，捏在指间看了看，温雅一笑。

中秋佳节，宫里设宴招待百官，皇后亦请了各家有品秩的夫人，王太妃带着岁官，靖王带着王妃季氏皆入了宫。

薛夫人带着春天，和一众婢女坐在月下吃酒赏月。

薛夫人望着女儿皎洁的脸庞和明亮的眸："一转眼间，妞妞就已经长大了。"

"长安城的王孙公子，妞妞也见过不少，有合心合意的吗？"薛夫人轻声问。

春天收回望着圆月的眼，慢慢摇了摇头。

"那慢慢来，不着急。"薛夫人抚摸着女儿的发，总需要时间来消磨心中的惦念。

靖王夜深才带着家眷回府，在王妃那儿少坐了片刻，喝了一盏浓茶，转身又去了薛夫人那儿。

薛夫人屋里温着醒酒茶，她蝶衣翩跹，秀发倾泻，正痴痴等着靖王回来。

这年秋天，太子给了春天好消息，在伊吾军中替小春都尉正名，追封烈勇，相应的抚恤送至春天面前，包括小春都尉麾下那两百名追随的精甲。

其实朝廷定例的恤银并不多，春天带着这些东西，去了父亲坟前。

父亲之死，是她永远的遗憾和悔恨。

千里之外的玉门关，严颂和李渭坐在破旧的酒馆里，一人喝酒，一人饮茶。

"听说黄帛级级递下，一直送到伊吾守尉面前，伊吾军还请了高僧，前去渡魂。"严颂叹道，"小春都尉这下可含笑九泉了。"

李渭听毕严颂话语，点了点头，平静道："甚好。"

她的心愿终了，甚好。

玉门关外荒芜凄冷，目光所及皆是铅灰孤寒的天和地，重兵围守的城。

寒冬翻过折罗漫山南下，随风雪而来的，还有铁甲悍马的北宛军。

北宛军未同以前一般，集结举国兵力一举南下攻打北庭、河西各重镇，而是沿着折罗漫山南麓扇开分兵南下，西域境内百数城郭，无论大小，一点点消磨攻打，一点点蚕食吞没。

行事风格刚柔并施，铁血柔情，是贺咄的手笔。

金棘城王病薨，登位的是金棘城王的第三子，名叫曲歌。金棘城内很快驱赶了汉使，停了朝贡，转身投靠了北宛人。

从这年深冬开始，太子疲忙于边陲军务，脸上一直挂着不悦。

又是一年岁末，又是一年年节，又是新桃换旧符，新年换旧年。

但人依然如旧啊。

上元节，春天和段瑾珂出门赏灯，去了丰乐楼。

她点了一道二十两银子的菜，叫碧落凝珠，那爽滑清新的口感滑入唇齿间，她想起这个味道。

是在东天山的苔原。

她吃过一顿简单又丰盛的佳肴，后来又遇见一只长脚的八叉虫，也叼住了他手中的最后一点甜蜜。

那些日子历历在目，又恍如隔世，他留给她的，除了那只铜哨，唯剩这些记忆。

他最后都吻了她，为什么还要拒绝她？

段瑾珂看她唇角噙着笑，眼泪却扑簌簌掉下来，递给她一方帕子，她把帕子覆在面上，良久才掀下来，恢复平静。

段瑾珂知道她一直有心事。

春天和段瑾珂在此处等婆婆。

白肤碧眼的胡姬披着头纱婀娜上楼，见着春天，盈盈而笑，吐出流利的汉话。

婆婆是太子府中的舞伎，很少外出，但每逢节庆灯会，长安城中有仕女出门游玩的风俗，可出来相会。

三人在丰乐楼闲聊许久，月上柳梢，依依惜别，两人先送婆婆回太子府，段瑾珂再送春天回去。

薛夫人见段瑾珂送春天回府，笑意盈盈地留人说了会儿话。

也该留心些，给女儿挑一个好郎君。

薛夫人屡屡对靖王提起春天婚事，以她目前的身份，放眼长安的王孙公子，心中略有些没底。

如果自己站得更高些，对春天的婚配也更好些。

靖王觉得段瑾珂可堪良配，段家家财万贯，可保一生无忧度日，门第不算太高，嫁过去翁姑规矩少些，日子也舒坦些，重要的是儿郎出息，颇有担当。

薛夫人看着春天越发耀目的容貌，又仔细看段瑾珂的为人处世，两人相处融洽，互有来往，略想了想，暗地里也认了段瑾珂，不遗余力地撮合两人。

太子有次和靖王一道共辇下朝，车行在靖王府门前，瞥见段瑾珂引着春天从马车上下来，一道入了靖王府。

靖王道："再两日就是岁官母亲的生辰，瑾珂接她从青龙寺回来祝寿。"

年秋小春都尉的事情了过之后，春天谢过太子，自此之后，两人之间就再未见过面。

太子忙于军务，也许久未去青龙寺看望鲁章机，沉吟问道："她还住在青龙寺？"

"古人结庐守墓三年，她怕也是要在寺中先守三年。"靖王笑道，"到底跟我靖王府无缘，三年一过，也该嫁了。"

太子盯着窗外，靖王说起春天的亲事："她母亲眼下有意段家二郎。"

既是薛夫人的生辰，太子回去和太子妃提了句。

太子妃心中生疑，却也不提，吩咐人准备寿礼，遣内侍送去了靖王府。

除去给薛夫人的寿礼外，还有几匣新式样的绡纱宫花，王太妃和王妃季氏都得了一匣，另一匣给了薛夫人，剩下一匣，内侍又给了薛夫人。

薛夫人惊诧，疑恐自己听错，那清秀小内侍道："奴才听太子妃的吩咐，确是指给夫人屋里的小主子的。"

春天见到那匣宫花，看了看，还给薛夫人："我在青龙寺也用不上，还是给娘亲戴吧。"

后来春天再撞见太子，是在太子府外。

春天带着鄙鄙，还有几个婢女，去太子府看婆娑。

婆娑离家万里，日夜忧心故土，段瑾珂费了许多心思，在外搜罗了不少胡地旧物，却转赠给了春天。

春天知道他的心思，这两人之间明明有情谊，却都各自端正守礼，彼此见面不说半分。

她心头百感交集，若逢上空当，便来太子府看看婆娑，跟她说几句话。

太子夫妇为人宽厚，体恤下人，在太子府后巷的一个小角门上，每月固定有一个时辰，可以恩准太子府的宫人婢女们和家人见面。

虽是探望，却也有侍卫重兵看守着，两人在众目睽睽之下，也只得说两三句话。至于那些段瑾珂搜罗来的小玩意儿，送不进去太子府，春天有时会带着让婆娑看一看，以解乡愁。

看完婆娑后，春天带着婢女们转出巷子，正看见太子的车辇从另条道上过来。

说起来，太子和她也近有半载未曾说话，见她穿着一条杏子红的花笼裙，低眉顺眼地贴着粉墙站着，吩咐软轿停住。

春天也只得道出实情："当时在红崖沟受了一位胡姬照料，这位胡姬如今就是殿下府中的舞伎，我偶尔会来看看她。"

"既是故人相见，何必在角门寻她，直接进来即可。"太子失笑，当即招呼春天入府，"来吧，进去和她说话。"

春天低头说"不敢"，太子又见她手中捧了个精巧的番式小盒，笑道："连送人的东西都带来了，还不跟着进来？"

太子妃见太子领着春天进府，心头惊诧，又听春天牵扯出府中一名胡姬的事情来，含笑招呼春天去见婆娑。

春天走后，太子妃去书房给太子送茶，看着伏案忙碌的夫君，轻声道："这孩子倒是瞧着不错。"

太子皱眉翻着手中的军情急报，良久之后，头也不抬地回她："嗯。"

"家里清寂，妾也觉有些孤单。"

"你若是觉得闷，时常喊她来说说话也好。"太子回她，"孤也觉得府里过于冷清了些。"

这年夏日，太子失了交河城。

圣上听完消息，连夜喊太子进宫骂了一通，太子在殿前跪了大半夜。

圣人有疾，平日里管的不多，常躲在宫里禅佛，将多半的军务政务都压在了太子身上。刚从庙里出来，就听闻交河城失陷，他指着太子的鼻子怒不可遏："朕将河西大总管这个位子交给你，不是给你闹着玩的，若是北宛军破入玉门关，河西一旦失守，长安就是北宛军的囊中之物。"

交河城失陷，百里之外的伊吾城在风雨中摇晃，昔日商旅如云的伊吾道被兵匪折磨得鸡犬不宁，几要中断。

趁着伊吾道中断之前，安万金带着家眷去了河西避祸。

太子头疼，河西和北庭，有战将，却缺悍将，北宛军此番打得温暾，西域各城相隔甚远，兵力分散，守得也很艰难。

以往和北宛俱是强拳针对，一举击溃，现在对方采取怀柔之策，倒一时没了方向。

太子妃闲暇之时，常招春天入太子府，有时下棋，有时说话，有时看看舞乐，偶尔太子也在，会一起说说话。

后来太子也很爱听春天说那一段西行的往事。

旅人们沿路的生活，莫贺延碛的金钵谷，星星峡的牧民，斛羽部的锻房，贺咄的王帐和军营。

她隐去了很多细节，太子也不甚在意，但会问她："李渭是谁？"

李渭是谁？

"他是个很厉害……很好的人。"

"是吗？"太子轻哼，"能有多厉害。"

想他堂堂太子，天之骄子，文韬武略，琴棋书画，样样精通，也没有一人说他很厉害。

太子妃对春天的态度越来越热情，薛夫人对此略有忐忑。

靖王从太子妃的态度中也揣摩出点意思，笑道："太子殿下也不错，日后真龙，只是这条道未必好走。但一旦走成了，那可是一人之下，万人之上的地位。"

靖王是宗亲，勉强算得上是太子的表叔，再往下，岁官这一辈，离圣人更远了些，若是春天能往上走，对他有百利而无一害。

高门大户的日子并不好过，何况是天家，但……那可是天家啊。

薛夫人这时心中也颇有些纷乱。

靖王道："若真是太子的意思，逃得过吗？"

薛夫人叹气。

她问春天："你觉得段家二公子如何？娘觉得他……可堪良配。"

"瑾珂很好。"春天也知道母亲想撮合自己和段瑾珂，"但女儿对他没有男女之情。"

"那，太子殿下呢？"薛夫人问。

春天沉默。

近来太子妃召见她的次数越来越多，赏赐也越来越多，她也听见外头有些风言风语，回想起来，春天也隐隐觉得有异。

她一个不起眼的年轻女郎，和高门嫡女差得不是一点半点，如何能得太子妃的青睐。

她和太子也更熟了些，但若说太子对她有什么意思，春天看不出来。

河西涌入了大量从西域各城来避祸的富商，安万金和绿珠在甘州城与李渭重逢。

绿珠见到李渭，笑嘻嘻问他："春天姐姐呢？"

李渭微微一笑："一年多前，她从伊吾回甘州后，随即回了长安。"

绿珠略有惊讶，瞪着眼睛看他："呀，你两人后来没成亲呀？"

李渭顿了顿，语气冷清："我和她并非……那样的关系。"

绿珠眼珠子转了转，昂头"哼"了一声："你又欺负她了？把她气走了？"

李渭失笑："并非你想的那样。我何时又欺负她了？"

绿珠嘀咕了两声，给了李渭一个斜眼："你在伊吾就欺负她，那天晚上她还哭了……"

绿珠猛然闭上嘴。

李渭听见此言，回头盯着她："你说什么？"

绿珠闷头不说话。

李渭蹙眉，低声喝她："绿珠！"

"伊吾那个晚上，就是你喝醉的那次……春天没和我在一起。她是从你房间出来的，晨起才来寻我，让我帮她骗你……"

李渭猛然攥住了她的胳膊，双眸漆黑，锐利地盯着她："你，说清楚。"

绿珠的胳膊被他握得生疼，见他脸色阴沉，浑身戾气，结结巴巴，翻来覆去地将那夜的事情说给李渭听。

李渭听罢，浑身冷汗，全身皆是针芒。

难怪那样地真实……此后的梦再如何，也不如那夜清晰。

他真的亵渎了她。

他喉间腥甜，双目赤红，扔开绿珠，大步走开。

春天自此在青龙寺待的日子更多了些。

夏日长安城有不少达官贵人至乐游原避暑，连日青龙寺里游人如织，香粉如云。

春天静心沉气，带着鄩鄩在僧房内枯坐。

等到夕阳半下，白云归岫，天气微凉，春天会带着鄩鄩去山顶走走。

后来再回青龙寺，春天见寺门清净，御林军将青龙寺围得铁桶一般，不许进出。她们绕回后院，亦有守卫在此，有认识的小知客道："晚间寺里来了贵人，要和住持论几日法，不许闲杂人等进出。"

小知客指指天上。

原来是圣人亲临。

青龙寺进不去，住不得，没有法子，春天只得回靖王府。庆幸的是，青龙寺山脚下就有马车可雇用，不必双腿走回长安城。

她足下穿的是软靴，从山顶走到寺门，又从寺门走到山下，天气又热，已累出香汗点点。多时养尊处优的生活过下来，她已不是当时那个纵马闯荡，手心握缰磨出茧的小女孩儿。

马车行至乐游原上，暮色四合，游人三三两两。

有华丽车辇迎面驶来，车夫往旁避了避，等马车至前，却听见有人唤她的名字，原来是太子妃。

"今日太子殿下随御驾至乐游原避暑。"太子妃笑着向她招手，"本宫收拾得晚些，才赶到这儿。"

太子妃听闻春天要回靖王府，挽着春天的手臂："跟本宫去行宫里住一夜，明日再回去吧。"

春天连连推辞，却被宫人们簇拥着往前，连车夫都被驱散走了。心知躲不过，春天暗自塞了一锭银给车夫，请他即去靖王府知会薛夫人一声。

太子妃带着春天入了行宫，两人沿途观赏行宫景致，又被宫娥引着进了主殿，春天陪着太子妃说过一席话，便要告退歇息。

宫女的茶失手泼在了春天裙上。

而后又有宫娥指引春天去温泉沐浴，春天更衣之后，望着镜中的娇艳衣裳，抓紧了鄩鄩的手。

引路的宫娥将春天带出温泉池，左拐右弯，已离了原来的路。

她不认得行宫的路，却知道自己已被引到了陌生的地方。

"太子妃请女郎近前说话。"有宫娥提着灯笼前来接人。

夜黑漆漆的，近前是一盏盏绡纱宫灯，在温柔的夜风中摇曳生姿，远处勾勒着模糊的曲折线条，是精巧高耸的宫殿，再远处，什么都隐藏在黑暗里。

她站住不动："夜已经深了，请太子妃早些歇息。"

那宫娥眨眨眼："太子妃请女郎近前说话，请女郎随奴婢来。"

这不是太子妃屋里的宫人。

春天低头，往后退了退："请太子妃恕罪，春天不敢从。"

任凭宫娥如何劝说，她僵持不动。

最后没有法子，太子妃亲自过来，看她低着头，蹙眉："你呀。"

太子倚在屋内高椅上，指节敲着宽大的桌面，问身边的内侍："人呢？"

内侍往外瞄了眼："跪在外头，向太子妃谢罪。"

太子叹叹气，扶着额头。

太子妃带着春天进了行宫，他是知道的。他的心思，太子妃也是知道的。

将人直接送到他怀里来……他这位正妃，亦是厉害手段。

薛夫人和靖王来得很快，却被内侍拦在了门外，行宫里已经下了钥匙，没有人点头，春天出不去。

"让靖王进来，把她领走吧，再待下去，连孤的声誉都不保。"太子捏捏额，皱眉道，"还不是时候。"

有人看见春天夤夜从太子行宫出来，风言风语更甚了些，连带着薛夫人当年的旧事也被翻了出来。

连靖王脸上都不太好看。

靖王府外，有人风尘仆仆而来，牵着匹大汗淋漓的灰马，坐在路边的凉棚里，听路人说些闲话，面色冷清。

如今的她，光华大盛，他望尘莫及。

是和太子吗？

春天频频回首。

"姐姐，你在看什么？"

她恍然瞥见人群里有一双熟悉的、温柔的眼，在她面前一闪而过。她猛然醒悟，提裙追上去，面色焦急地在人群中寻他。

世上有那么多人，熙熙攘攘，却只有一个他走进来，为什么呢？为什么最后他又要走开？

她一直想再问问他，他们曾经那样亲密，为什么不可以在一起？

要么再去一趟甘州吧，走的时候不明不白，这回再回去问问他，为什么改了主意，为什么又不要她？

春天站在街口，茫然地望着眼前陌生的人群。

这日过后，她生了一场病，不大不小，伤寒，卧床一月。

原来寒秋已经来到，天越发冷了。

西北的战情时好时坏，战事已经拖得够久，不能再拖下去了。

河西十几万军队枕戈待旦，太子点了名将，镇守伊吾道一线，要保住星星峡。

偶有闲暇，他也去看看春天，听说她刚病愈，找了不少补药给她。

两人之间那些风言风语渐渐熄灭下去，但太子见她的次数反倒多了起来，不知是巧合或是有意，每隔几日总能见面。

她脸色苍白，圆圆的眼却很清澈，黑白分明，带着一丝水汽。

他敲了她一扇子，逼她眨眼，别用那双眼望着他："你这双眼，生得跟太后宫里的玳瑁猫一般。"

她低头，从身边摸出个小匣子，是两颗硕大的夜明珠，很是贵重，还给他："太子殿下为何要给我这个？"

男子送女子明珠，意味总有些特别。

太子见她坦诚问，倒也开门见山，沉吟片刻："我府中人少，太后要替我纳几个良娣，你愿不愿入我太子府？"

她摇头，回答得干脆利落："不愿意。"

太子听她拒绝，不由得笑了："多少人赶着上门的好事，倒被你推了。"

春天低头："我尊敬太子殿下，但心里没有太子殿下。"

太子觉得分外好笑，又觉得有些心酸："孤身边的人，只要贤良、门第、品貌，孤又没有要这人的心。"他道，"一世荣华富贵，不想要吗？"

春天不说话。

"你心里没有我，是有了别人了？"太子问。

春天默然点点头。

太子心头酸溜溜的，隔了半晌："他不过一介白衣，还是个鳏夫，有什么好的，两年过去了，怎么样也该忘了吧。"

春天瞪着他，怔然道："殿下，您如何知道……"

太子暗自咬牙，冷哼一声："你惦记着他，可知他是不是也在惦记你？巷口搬进一户人家，是个卖油的小娘子，那小娘子是个寡妇，生得又俏，如今两人走得近，那小娘子日日来替他洗衣做饭，同进同出。"

春天呆呆地看着他。

太子又道："听说媒人都上门了，怕是好事要成了吧，鳏寡相配，正是一对佳话。"

她站起来，眼泪扑簌簌地往下掉，咬着唇，一声不吭往外走去。

太子抱手，望着她离去的背影，心中提一口气。

她消沉了很长一段时间。

后来太子也常来，她避而不见，薛夫人见如此，叹了口气。

如果被太子看上，躲得过去吗？

靖王和太子在一处，看着太子的神色，觉得颇有些难堪。

"女人嘛，愿意有愿意的法子，不愿意有不愿意的法子。"靖王献策。

"再等等吧。"太子皱眉。

这年的上元节，太子把婆婆赏给了段瑾珂，带着春天回靖王府。

他略喝了一点酒，马车上两人相对而坐，她有些局促不安。

马车颠簸，两人晃了晃，太子身体前倾，借着酒意，瞬时将她按在壁上，手探入她衣袖，就要向上蔓延。

"殿下。"她急了，用力将他推开。

"你要孤等到何时？"他慢慢坐起来，盯着她。

"殿下，恕我不能伺候您。"

她跪下，身体觳觫，裙裾散落一地。

"我没有办法伺候殿下。"她语气哽咽又镇定，"我身心都已经托付给了他。"

"你好大的胆子。"太子震怒，"身心……都给了他？"

太子收敛酒意，也收敛自己的情绪，沉默地看着她。

起初太子气春天说出的这句话，无论事情真假，有很多种方法可以掩盖过去，她偏要说出来。

而后气她说出这句话背后的心思，用自己的一世清誉做伐，来拒绝他的心意。

但他若执意要，她又岂能逃脱？

她最后说，殿下，我很爱自己的母亲，但我不想成为她。

彼时的靖王府，岁官已经长大，淘气聪颖，成了众人的心头肉。薛夫人得了靖王的独宠，地位在府中逐渐稳固，王妃季氏缠绵病榻许久，薛夫人终日衣不解带地伺候在王床前，耐心等着季氏咽下最后一口气。

上元节张灯结彩，火树银花不夜天，不远处的皇城巍峨，街巷游人嬉闹，她卑微地求他成全。

这夜之后，太子很久没有登靖王府，春天也几乎闭门不出。

繁春时节，她依旧去青龙寺为父亲请佛，没料想在乐游原遇上了故人。

"姐姐。"那声音陌生又有些熟稔，是少年换嗓时的音调。

春天愣了许久，最后激动地伸出手："长留。"

十四岁的长留身量已经拔得很高，比肩而站，她竟然只能仰视他。长留脸庞的轮廓更深了些，带了几分青涩，穿着一身月白小袍子，斯文又秀气。

他生得像李娘子，但此时的面容又有些像他的父亲，那一双眼黑漆漆、亮晶晶，尽显蓬勃朝气。

"你怎么在这儿？"她欣喜问，"什么时候来的？"

"我在甘州跟着复山先生念书。去年岁末，复山先生受邀从甘州至长安石鼓书院授课，我也跟着先生一道来了。"

石鼓书院离乐游原不远，常有学子们聚在乐游原上游玩赏吟。

"太好了。"春天亦为长留高兴，"石鼓书院很好，每年都择优入国子监读书，以后你可以入国子监，考科举做官了。"

她欣慰不已，满是笑意："长留，你长大了好多。"

长留腼腆一笑："姐姐这几年过得好吗？"

春天朝着长留眨眨眼，挥挥衣袖："你看我有不好的样子吗？"

她的眉眼舒展许多，身量也高了些，容貌明耀，肌肤盈目，彩衣锦绣，璎珞辉煌，在满城贵门仕女中丝毫不逊色。

春天带着长留在乐游原上漫步游玩，说了长安许多有趣的景和物，离别前相约下次相聚。

告别之际，长留看着春天的笑靥，忍不住道："姐姐……和爹爹见过了吗？"

春天不甚在意地扶着头上的一枚花钿，摇摇头，语气随意："你爹爹这几年还好吧，忙吗？"

长留注视着她漫不经心的神色："这几年里爹爹和广叔叔一直在甘州城，鹰窝沟的马场已经养了很多匹马，每隔一阵，爹爹会在青海和祁连山一带挑选良驹。去年河西点兵，官中马匹数额不够，官府给了一笔银子，把鹰窝沟的马场收走了，后来广叔一家去了姑苏探亲，爹爹也闲下来了……"

"甚好。"春天敷衍地点点头，被鄩鄩扶着上马车，语气惬意，"长留，下次再聚吧。"

长留追着春天："姐姐，今年开春，爹爹也来了长安，他在龙王桥边的柳桩巷里租了间宅子，和姐姐离得近……爹爹，没找过姐姐吗？"

"找我做什么？"春天微微一笑，"慢行。"

长留急急追着马车迈步，鼓起勇气："这几年爹爹他不说，但我知道，他心里一直念着姐姐。"

"爹爹只有在开心和忧伤的时候才会饮酒,但姐姐走后,爹爹便戒了酒,也戒了自己的喜忧。

　　"姐姐走后,西厢便锁起来了,里头还是姐姐住过的模样,一丝一毫都没有改变。

　　"去年夏天,爹爹曾来过一趟长安,说是有急事,但我知道爹爹是来找姐姐的。可是爹爹很快就回来了,消沉了好几日,一个字也不提。

　　"姐姐从甘州走的时候,我跟爹爹说,我不想要后娘,我不想姐姐当我的后娘。

　　"爹爹和姐姐走在一起时的神色,在姐姐来之前和姐姐走之后,我再也没有在爹爹脸上见到过。"

　　"姐姐,你若是有空,去看看爹爹。"长留道,"他现在还是一个人。"

　　马蹄嗒嗒,车轮滚滚,车上的人儿面容柔软又坚定,神情纹丝不动。

　　良久,她垂眼,轻声对自己道:"凭什么我要去看他。"

　　春天在青龙寺住了大半个月,被靖王府的消息召了回去,王妃病逝,靖王府里挂起了白幡,奏起了哀乐。

　　丧事期间,靖王府各库房钥匙、田产账目、名册,都送到了薛夫人手里。

　　薛夫人满意地望着满府缟素,极温柔地摸了摸岁官的脑袋,又看看自己的女儿,微微叹了叹气。

　　春末微雨,屋檐下乳燕呢喃,花枝坠地,绿叶葳蕤,日子终是过得百无聊赖,春天拈着一朵半凋的海棠花,一瓣一瓣扯下,抛进了水里。

　　身后婢女们都静悄悄地候着,水中红鲤簇拥在一堆,争先恐后地唼喋着娇嫩的花瓣。她垂着眼,心不在焉地喂鱼,抬头见日头绵软,花叶气息馥郁,倚着朱栏,靠在自己手臂上打了个盹。

　　睡醒之后,她带着鄩鄩,出府随处走走。

　　红尘紫陌,世人往来,这一切都和她无关。

　　她轻轻推开一扇门。

贰拾 人间事

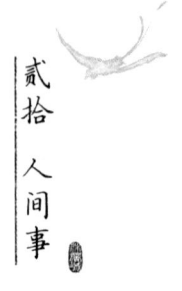

屋里极净,一个逼仄的小院子,庭中有棵杏花树,树下卧着一只垂老的黄狗。

她忽然就有了泪意。

"阿黄。"

柔风飘拂,粉白杏花纷纷扬扬,似白蝶翩跹,她一身水绿罗裙,坐下树下,慢慢抚摸着毛色暗淡的阿黄。

暮色四合,遥遥鸱吻之中她望见一角琉璃碧瓦,那是她住的靖王府。

原来他们之间不过隔着几重墙,听着同样的家长里短,闻过同一棵树的芬芳,踩过同一块青砖,却一直没有再见面。

不知何处传来阵笙箫曲调,凝神听去,是一曲《蝶恋花》。

枝上柳绵吹又少,墙外行人,墙里佳人笑。

门吱呀一声被推开,青翠的草绳上拴一尾跳脱的银鱼,鱼嘴里插着一根小葱,鱼尾甩动,溅了几滴水珠在葛衣上。

她站起来,杏花从她膝头拂过,绵绵飞落在地。

那人瞥见树下的人,乍然停住脚步。

春有百花秋有月,夏有凉风冬有雪,昨天和今天,都在酿一坛子酒。她吸一口气,都是他的味道、风沙、冰雪、沙枣花,遥遥大漠里干燥的、冷清的味道。

她那时候年纪还小,懵懵懂懂,所有的意象都变成了他。

想到心田干涸,想到眼里睡了沙,一根无根野草钻进心岩里,扎了根,长大了,始终不明白,他究竟是有什么好呀。

大漠孤烟直,长河落日圆,除此之外,还有些别的东西。

那么广袤、荒凉的大漠,正是日落时分,这世间只剩他们两人,他在前打马走着,她在后头跟着,他的身形轮廓被晚霞罩住了,模模糊糊,镀上一层金色的、温柔的光辉,照亮她的心田。

两人站得很远,隔着山长水阔,再见面时,她风华夺目、娇贵荣华,他粗衣短褐、风尘仆仆,越发显出差异来。

"长留告诉我的。"她拂去衣上的落花。

李渭"嗯"了一声,神色平静地将鱼送去厨房,洗净手,擦干手上水珠。他推门进屋,提出个瓦壶,寻出个陶杯,就着茶水洗了几道,给她沏了杯茶放在石案上:"喝杯茶吧。"

她慢腾腾走过去,在石案旁拣了张小杌子坐下,握起杯子,微微抿了一口苦涩的茶水。

近来养尊处优,她的口味挑剔了很多。

春天将茶杯搁下,快快垂下眼,语气颇有些厌烦:"没有好一点的茶吗?这茶水太苦了。"

他走过来,将残茶泼去,洗了茶盏,给她倒了杯凉水,淡声道:"那喝杯水吧,水没有苦味。"

她摇头不肯,看着自己的纤纤十指,是鄀鄀昨日才替她染的凤仙花汁:"我要喝茶。"

他站在她面前:"你想喝什么茶?我去买回来。"

她慢条斯理地回他:"要上佳的神泉薄香片,茶盏也不能用陶杯,要邢窑的白瓷,透亮一些的。"

他点点头:"好,我去去就回。"

"好,我等你。"她抬头望着他,目光澄澈。

等他将茶片和茶盏带回家,推门而入,院内空无一人,唯留阿黄看家。

隔几日她又来,又是春日黄昏,晚风温柔,落霞绚烂。

他这日在家,正在收拾晾在屋檐下的干净衣裳,见她来,将衣裳送到屋里,出来给她倒茶。

她低头，慢慢啜吸着香馥的茶水，问他："怎么事事都自己做，你没成亲吗？"

他慢慢摇摇头："没有。"

她冷哼一声："追雷呢？"

"院里太窄，没有马厩，我把它养在别处。"他手里捏着几颗橙黄的箭头，在石上一颗颗打磨尖锐。

"你来长安做什么？"她问，"不是说不来吗？"

"我不放心长留一个人在长安，就跟着一起过来了。"

她轻轻一笑，不由得点点头，四顾院内陈设："屋子租了多久？"

"三个月了。"

"为什么要住在这儿呢？"春天把目光落在他身上，"长安有一百零八坊，为什么是在这儿？"

"捎客介绍的。"李渭顿下手中动作，"价钱合适，就租下了。"

"是吗？"她盯着他，把杯中茶水饮尽，嫣然一笑，"但我不想你住在这儿，我不想在这里见到你。"

他转过身来，漆黑的眸注视着她，面容平静，回她："只是个临时落脚之处，退了便是，也没什么大碍。"

她歪歪头，眨眨眼，欣然一笑："那很好，早些搬走吧。"

她起身要走，他亦起身要送，被她止住："别送了，在甘州城时你没来送我，在这儿也不必送了。"

他停住脚步，将院门打开，温声道："天色不早，路上小心些。"

后几日她再去寻他。

两人从巷子左右走近，迎面遇上，他刚从外回来，一身浅灰紧衣，衣袖挽起，腰间挂着箭囊，是行走在外的劲装打扮。

他先走到门前，立在那儿默不作声地等她。

她走近，上下打量他两眼，问他："你什么时候走？"

"过两日吧。"他道，"我要出一趟门，这屋子已经退了，我进去拿点东西。"

她点点头。

李渭推开门，独自走了进去，她站在门槛外，看到屋内陈设已然空荡，阿黄不在，杏花谢尽，什么都没有留下。

李渭很快出来，拎了个褡裢在手中，走出来，将门合上。

两人在门前面对面站着，他看着她漠然的神色，眼神温柔，语气低叹："你自己好好的。"

"好。"她回他，"那我不送你了。"

"嗯。"他平静回答。

春天转身带着鄀鄀走。

"你没有什么话要跟我说的吗？"春天走了几步，突然回头问他。

"说什么呢？你想听什么？"他温柔地看着她。

"就说，后会无期吧。"她说，"李渭，我讨厌你，以后不想再看到你。"

良久，他轻声回她："好，那就后会无期。"

她展眉，笑得极灿然。

"那我们各走各的路，不许回头。"她笑，"后会无期，李渭。"

她缓步走出许远，拐过巷子，取出了挂在颈间的铜哨，慢慢在手中摩挲，而后——用力吹响了它。

这是她第一次吹响铜哨。

哨声并不尖锐，响亮而浑厚，声音回荡在窄窄的巷子里。

片刻之后，身后传来脚步声，由远及近，停在她身后。

"春天。"时隔三年，他第一次喊她的名字。

她停住哨声，回头，目光无邪地望着他，微笑："说好了后会无期，不许回头，你回来做什么？"

他脸上终于起了波澜，目光深深，眼神莫测地看着她手中的铜哨。

当年，他说，如果我走得远，吹哨把我喊回来。

她握住铜哨，用力砸向他，扬起头颅，发间步摇叮咚："一个破铜哨，我不稀罕，还给你。"

铜哨摔在他靴边，他弯身收起哨子，握进了自己手中。他走近她，深深吸气，闭眼，复又睁开，问她："春天，你想我怎么做？"

她不说话，只直勾勾地看着他。

他住在她黑白分明的眼里，心头有遮不住的柔软，慢声问她："这几年，过得还好吗？"

"不好，不好，不好。"她仰着一张娇艳的面庞，咬牙道，"李渭，你这个浑蛋。"

他眼神深邃，面容英朗，神情永远沉稳淡定，是这样地可恶。

她圆圆的猫儿眼恶狠狠地瞪着他，眼里腾起怒火和哀怨，双手握拳，朝他的胸膛上狠狠砸去："你这个浑蛋，为什么要来长安？你在长安这么久，为什么不来见我？"

她朝他怒喊："你为什么要这样对我？为什么不可以对我好一些？"

他任凭她在自己身上拳打脚踢，岿然不动，温柔叹道："春天。"

她发泄着她的千万怒意，泪簌簌地掉下来，睁开濡湿的眼，仰头问他："李渭，你心里有没有住着一个人？"

在她喜欢他的时候，他是不是也把她珍藏在心底？

如果不喜欢，他怎么会有那样深沉又温柔的眼神，怎么会有那样剧烈的心跳？伊吾那夜他为何要深深吻着她，为何要不断喊着她的名字？

她那时候懵懵懂懂，不够明白，等到再大一些，日日回味，才依稀了解他的深意。

他伸手抹去她脸上的绵绵泪珠，温柔道："别哭了。"

"李渭，你回答我。"她又气又怒，"谁在你心里？"

"是你。"他抓着她两只泛红的粉拳，无奈地喟叹，"只有你，我心里只有你。"

"那为什么，为什么要拒绝我，为什么要推开我？"她双目通红，脸庞潮湿，咬牙切齿地问他，"为什么一直不来找我？"

他无奈地叹一口气。

"因为你还是个孩子。"他说，"你太小了，才刚刚长成，没有经历过太多，等你见过不同的人，看过不同的风景，尝试过不一样的日子，你才知道，什么是好的，什么是想要的。"

"而我一无所有，给不了你所有。"他弯下腰看着她，绵绵注视着他，"我能给你的，只有心意，这太少了。

"你聪慧又秀美，在长安，能遇上俊杰公子，可以锦衣玉食，一生无忧。见到的人越多，你就知道，我其实没有什么好，这世上胜我者成千上万，我李渭不值一提罢了。"

"我心里有你。想看着你、守着你，却不敢靠近你。"

"你怎么可以把自己的想法强加给我，让我独自过了这么久？"她号啕大哭，委屈万分，"我是我，不是别人，也不是你，我有自己的想法。

"我只想要你，只要你的心意，对我而言，它胜过世间万物。"

他把她的手按在跳动的胸膛上，酸涩低叹："以前没有人偏爱过它，我不知道它价值几何，只能当它一文不值。"

她心中满是酸涩和苦楚，她想了他好久好久，想到心灰意冷，他却一直无动于衷，留她一人惊慌失落。

她抓住他的一只手，拉高袖口，恶狠狠地咬住他的手臂，要将她的痛也送到他皮肉里去，让他尝尝她的苦。

他一动不动地凝视着她。

腥甜的温热沾上舌尖,她吸吮溢出的血珠,尖尖的利齿用力加深伤口。

滚烫的泪珠落在他手臂上,他伸出另一只手,温柔拂去她的热泪。

她一边哭一边咬,最后嘴里满是血的腥气,她停住嘴,看见他手上血珠淌出,模糊一片,涕泪滂沱地问他:"疼不疼?"

她对他,从来都是心软。

没有人问过他疼不疼。

"从出玉门关起,我遇到了一个人,他陪着我走过一段很长的路,他救过我,教过我,安慰我。

"日日夜夜,我的眼里和梦里都是他。

"那时候我年龄还小,不知道要怎么说出自己的心意,不知道要怎么抓住他。但我一直知道,我想留在他身边,我想永远陪着他。

"我并不在意凤冠霞帔,诰命夫人,荣华富贵,我所求者,不过是一人心。"

"别说了,春天。"他弯下身体,捧住她潮湿的脸,用唇堵住她的唇。

他尝过相思的痛,并不亚于以往他受过的伤,伤口总有愈合的一天,但思念永无止境。

他以往的人生都在接受别人给他的要求,没有勇气去主动触碰她。

他也懦弱。

这吻炙热而深情,痛苦而压抑。

她热烈地回应他。

"再也别留下我,别放开我,李渭。"她在他唇舌间呢喃,紧紧地抓住他,"我只想和你在一起。"

"再把我抛下,我真的会恨你。"

"好。"他回她,"对不起,把你扔下。"

庆幸的是,他遇上的是她,一个天真又勇敢的小女郎。

对不起,就让我用我的余生,来守护你吧。

李渭和长留去接从姑苏来的挚友一家。

嘉言骑马在前,见到两人,大笑呼喊:"李叔,长留!"

"嘉言。"长留微笑着跑上前,和好友重重握拳。

嘉言抖开自己的风帽,揪揪妹妹的小辫子:"小樱桃,叫哥哥。"

怀中颤颤巍巍地探出个小脑袋,是个粉妆玉琢、白肤栗发的小女童,有些羞涩,奶声奶气地跟长留说话:"哥哥。"

马车缓缓近前，赫连广搀扶着挺着孕肚的妻子，撩开车帘，两人见到李渭，俱是笑颜："李渭，许久不见。"

陆明月已孕六月，腰身丰腴，脸颊微丰，眉眼间却舒展娇艳，想是近年生活如意，夫妻恩爱。

她扶着腰问旧日好友："春天呢？"

李渭笑道："婚期快到了，这几日她出不了门，只得托付我好生招待你们。"

"恭喜。"夫妻两人齐齐笑道，"紧赶慢走，总算赶上了你们大婚。"

婚期就在这年的秋天，李渭不想再等了。

"不容易吧？"赫连广同情地拍拍李渭的肩膀。

求娶的过程的确不易，薛夫人虽对两人的情缘无奈点头，但也颇怨他白白折腾了春天三年，加之高处那位的不悦和阻挠，他时时碰壁，很是吃了一些苦头。

春天心头对他还有气，有时候也乐于见他吃亏，有时候又心疼他的无助，半真半假地对他说："要么，我们私奔去甘州吧。"

他摸摸她的头："应过你的事情，就一定要做好。"

他总是做的多，说的少，她用一分真心对他，他认定后，就要十分地还在她身上。

后来他往太子府去了数趟，几经波折后得见太子真容，说了一席话，亲事才最终尘埃落定。

长安居住不易，李渭算是倾其所有，买了一座精巧宅子迎新妇，这几日已布置得张灯结彩，喜气洋洋。

薛夫人嫁女，也近乎倾囊而出，靖王为了讨她欢心，搭出靖王府不少私产，送来的陪嫁单子豪华得令人咋舌。春天看完后转给李渭，李渭看完又还给她，淡声道："等岁官大些，再还给他吧。"

两人的亲事没有太过操办，只请了一些熟识亲友，长留也邀了些同窗，但有靖王府的排场在，还有段瑾珂和婆婆的仔细打点，当日来的宾客险些踏破了家中门槛。

太子未至，但太子府送来了厚礼，惹得一时喧哗。

宾客更是对李渭身份琢磨不透。

岁官性子养得娇纵，满屋乱窜，见长留带着一粉妆玉琢的女孩儿在院里玩耍，"咦"了一声，问道："长留哥哥，这是哪儿来的小妹妹？"

小樱桃见岁官手中抱着个佛手瓜，奶声奶气地指着："小樱桃，要！"

"是赫连叔叔家的小妹妹。"长留道，"你要不要带着小樱桃一起玩耍？"

岁官蹲下来，抚摸着她豆腐般的小脸蛋，笑嘻嘻道："小樱桃，你长得真好看。"

新婚之夜，银烛高烧，牡丹沉醉。

李渭几年滴酒未沾，陪着宾客喝过几轮后，醉意迷蒙，被众人哄笑着送入新房。闹过半日后，屋里人才陆续散去，最后喜娘合门："郎君、新妇，歇了吧。"

春天端坐在床沿，垂首把玩着手中的鸳鸯团扇，两鬓璎珞垂落，遮住生烫的脸颊。

待到屋内寂静，宾客喧闹声逐渐远去，她抬起头来，只见李渭穿着一身鲜红喜服，眼眸清亮无比，站在门前盯着她，唇角带笑。

她目光躲开，四下乱瞟，心头纷乱。

脚步走近，她闻到酒气，而后是他的气息和身影，就定定地在她面前。

他俯下身来，在她满头珠翠的头顶寻了趁手处，揉了揉她的发，问她："累不累？"

"头沉死了。"她皱皱鼻子，"脖子酸。"

他轻笑，低头吻了吻她的发："我把花冠拆下来。"

两人都在铜镜前，她坐着，他站在身后，低头探索她头上的钗环。

他也是第一次接触女子的这些琳琅首饰，慢慢抽出她头上的花钿，而后是花冠、簪钗、步摇，然后是项间的璎珞、珍珠玉链，最后是耳上的明珠珰。

满头青丝全都披泻下来，绸子似的滑厚，长及腰际，他掂在手中，忆起昔年旧景，在莫贺延碛的风沙里，他静静地看着她手执匕首，削去青丝。

千斤负重卸下，她慢慢舒口气，扭扭自己的脖颈。

而后有手温柔地捏在她肩膀颈项，替她捏去酸痛。

她仰头去看他，他亦低头，两人挨得很近，他的鼻尖摩挲着她的，嗓音低沉呢喃："春天。"

炙热的吻落下来，颤抖着落在她的额头、鼻梁，最后是她红润的唇，她无助地承受着他凌乱的呼吸，伸手牵住了他的袖子。

深吻之后，李渭停下动作，春天早已软在他怀中，目光迷离，红唇微肿。

他深深吸气，平静半晌，扶着她的肩膀，苦笑道："是不是饿了，吃点东西吧。"

枕衾间散落着花生、红枣、桂圆、瓜子、石榴等果子，两人挨坐在床沿，他剥，她吃，夜这么静，红烛旺旺地烧着，窸窸窣窣，咯吱咯吱，是她咬果仁的声音。

他手中举着剥好的松仁，含笑看着她，肩膀微微倚在床栏上："夜半小鼠觅食来。"

她塞了满嘴的吃食，快乐地挑挑眉："全赖主家投喂勤。"

嘴里的吃食都咽下去，她的脸颊还鼓囊囊的，李渭伸手去捏，噗的一声把她的腮帮子捏扁，她的唇便噘得高高的。

他再偷得一吻，见她双眸亮晶晶的，心头柔软，捏捏她的脸颊："睡吧。"

此时夜已过半，更漏声长，两人都累了一日，漱口脱衣歇去。

他伸手去撩挂帐的金钩，叮的一声轻响，红榴花销金帐落下来，将烛光俱挡在了帐外。

两人都规规矩矩地平躺着。

春天心内没由来有些慌张。

她翻身，面对着他，去扯他的袖子。

他也翻身向她，伸手将她搂进怀中："好好睡一觉，今天你太累了。"

她在他怀中闭上眼，深深地嗅着他身上的气息，只觉心神安定，四肢疲累，小声说："我今天算是得偿所愿。"

他的指尖抚过她的秀眉。

良久，她小声嘟囔："李渭，我们在伊吾那夜……"

"我知道。"他回她，"绿珠告诉过我。"

"有时候我想，如果那夜，我一直待在你怀里，等你醒来，我们会不会不一样。"

"我不会在甘州放开你。"他叹息，"为什么要瞒着我？"

"是啊，为什么要瞒着你。"她抚上他的脸颊，"我怕醒来是那种难堪场面，你心中悔恨，我心中愧疚，那时候还有李娘子……"

"无论是梦境还是真实，我都不该。"他低叹，"我把你留在那种境地。"

她用唇堵住他的话语。

好似有风拂过，金钩叮咚叮咚作响，罗帐轻微晃动，在烛光中投下一片密密蒙蒙的剪影。

鲜艳的喜服搭在床边，随着罗帐的轻晃滑落于地，绛红青绿的外裳，描金镶玉的腰带，素纱雪白的中单，胡乱堆叠着。最上头是一件银红蝉翼纱的小衣，两枝并蒂莲，枝叶纠缠，你中有我，我中有你。

烛光忽地一跳，发出噼啪声，溅出几点火星，灯芯焦长，却无人来剪。

玉瓶里插着娇滴滴的牡丹花，半开不开的花骨朵，被风轻撩慢拂，花叶颤颤，花蕊滴露，脉脉含情。

风急了些，折坠了一片花瓣，飘飘摇摇地跌在满地衣裳上，染了轻红。

他抱着她，手指拭去她止不住的泪，心疼又懊恼："疼吗？"

她点点头。

他眉尖蹙起，神色慌张："我揉揉？"

"我不是因为疼才哭的。"她抽抽鼻子，"我再也不要离开你。"

她还委屈于他曾经的放手。

"你放心，我再也不会离开了。"他心头极痛，缠绵地吻她，"永远也不会，以后我就是你的影子，一直都在。"

李渭购置的房舍原是一江南富商的产业，不算奢华阔气，胜在小而精巧，闹中取静。邻里多是些富足闲散的商妇人，无事时常坐一起闲话，也常说起这家新邻。

两人成亲那日，香车宝马堵塞了整个巷子，听说有心人第二日清早捡到了好几个花钿，拿去典当行换了不少银钱。

第二日上午，这家主人遣婢女往邻家送来糕点喜果，又连连道歉这几日的纷扰吵闹，礼数做得十分周全。四邻对此番做派皆是满意，只是不知是何方人士，暗想寻机结交一番。

后来众人瞧见主人家，男子青年沉稳，衣裳朴实，姿势利落，看起来像个行路的商贾之流，可叹的是主母青春少艾，姿容清艳，两人同进同出，恩爱异常，对四邻和气气，知节懂礼。

后来常见一十四五岁的少年，叫那男子爹爹，众人揣度："这娶的是续弦。"

又常见华贵马车载着个绝色妇人，观其容貌似是主母的母亲，听闻是靖王府里的夫人，是尊贵人。

想这家主母容貌万中挑一，四邻皆叹男子的好运，时下续弦能娶尊娶贵的，极其罕见。

这年年节刚过，春来之际，夫妇两人忽然搬走，把宅子留给了长子。

薛夫人心头难舍难分，万万没想到，她当年将女儿从河西接回来，此番又要送女儿去河西。

山长水远，此次别后，还不知何时才能再见。

春天看着薛夫人："娘亲保重身体。"又抱抱岁官，"乖乖岁官，姐姐以后再回来看你。"

陆明月已在长安产下一子，夫妻两人要跟着李渭一道回河西去，长留和嘉言都留在了长安，阿黄老了，也把它留在了长安安稳过日。

小樱桃抱着哥哥的腿大哭不已，岁官心里酸涩，也跟着一起大哭。

宽慰的是，此一别，仍有相见之日。

路程虽然遥远，但薛夫人安排得妥帖，阔车高马，随从如云，行路还算舒适，春天带着小樱桃，陆明月照顾几个月大的赫连勒邬，一同踏上了回河西的路。

勒邬是白兰语，是白鹰的意思，陆明月生产那月，常梦到有鹰隼在高空翱翔。

李渭此次回河西，要再回墨离军去。

和春天成婚之前，太子明里暗里使了不少绊子，李渭直接找到了太子。

太子对他的过往了如指掌，坐在书案后睥睨他许久，和他聊起了墨离军。

"如今墨离军的陈英将军已老，几番上书求病退，河西经营，玉门多赖墨离军，慕容保保虽然骁勇，但毕竟是青夷族人，他一人独掌墨离军，孤甚是忧心。

"你也行过商，走南闯北，对西北诸胡、西域各国都很了解，也入过行伍，上阵杀过敌。你有将才，却甘当贩夫走卒，随性过日，孤甚是钦羡你的洒脱。你有热血，如今大敌在前，你却安于度日，只想着男女之情，孤亦是失望之至。"

李渭脸色淡然。

太子摩挲着手上的扳指："若不是你，如今她也许已得一世荣华，显赫之至，你一介凡夫俗子，何德何能？"

李渭低头，半晌道："草民请殿下恩准，再入墨离军。"

"你当年在军中，按战功本应擢升副尉，如今孤仍把这个副尉头衔还给你，你回墨离军去，往上走，让我看看你几分能耐。"

赫连广和陆明月仍回了甘州，春天跟着李渭去了墨离军。

"墨离川生活清苦。"他再三和她说道，"害你吃苦头了。"

他的确不舍得把她留在长安、留在甘州，只能让她跟着自己。

她又如何肯离开他，两人骑在马上，她坐在他怀里，仰着一张明艳的脸庞，兴致勃勃地道："我一直想来墨离川看看，这下如愿以偿了。"

墨离川早就准备了他们两人的新居，两人带着鄢鄢，从甘州出发，最后来到山坳中的墨离川。

这是一年中生机勃勃的夏，她和他共骑追雷，路过绿草迷蒙的河西牧场，蹚过雪山融化的潺潺溪流，摘过酷热沙碛里芬芳撩人的沙枣花，走过野草漫至天际的荒野，最后看见村头的一片如云绿林。

墨离川有一条赖以生存的河流，正从绿林中潺潺绕出，日光和绿意，都洒在河面之上，点点碎金，片片圆绿。

还有左右两条自雪山化出的溪流，跳跃着穿梭在绿林之间，三水交汇的浅滩，绿草蒙茸可爱，鲜花娇嫩芬芳，有浣衣的妇人，头簪金花，三三两两，挽袖光足，一边说话一边玩笑，顽皮孩童在凫水，猛地从水中钻出个光溜溜的小脑袋。

妇孺看见外人来，停住动作，眼里满是好奇。

春天在这一刻终于知道，她的人生，将和河西这一片土地息息相关，她不是过客，是归人。

李渭和她相视一笑，被他牵着手，带上前说话。

墨离川依附墨离军而生，居住者甚多，大半为青夷族人，也有食肆、酒铺，每逢月初还有很热闹的集市，附近的牧民都会赶来，兜售自家的物产。还有货郎不辞辛苦，挑着香粉、首饰前来，每每都被爱俏的青夷族妇人们团团围住，所带的货物顷刻兜售一空。

青夷族人淳朴又彪悍，墨离川是广袤沙碛中小小的一块世外桃源。

李渭重入了墨离军，拜见了陈英将军，也重逢了虎向南。再习骑射，对他而言，是重遇了年少时光。

军中操练再繁忙，每夜他总要归家看看她，夜半归，未亮走，实在忙碌不得归时，也要让人带个话回家，让她心安。

墨离川有她人生中另一段极度纯净的岁月。那时候还没有孩子，只有他们两个人，新婚宴尔，耳鬓厮磨，朝夕相处，他重新带她看过朝阳和晚霞，星辰和月色，春夏秋冬，一年四季。

军中旬假，李渭多带着虎向南来家玩耍，当年的虎家哥哥已然是个矫健蓬勃的兵将，归了李渭麾下，看见春天的那一刻，虎向南挠挠头，还为自己当年那一点旖旎的心思不好意思："嫂子。"

春天端着酒肉，扑哧一笑："向南哥哥。"

李渭在一旁，兀地挑眉，睇着春天的笑靥，偷偷捏她的脸："改口，叫虎兄弟。"

后来陈英将军也常来，陈将军的家眷都在肃州，月旬才归家一趟。军帐生活难免冷清，一来二去喜欢上了李家的舒适，他每每捻着胡须，摆手道："不去不去。"脚步却坚定地跟着李渭，踏入了李家的大门。

再后来……来打秋风的人更多了些，李渭部下众兵见李渭家的小嫂子生得好看，又一团和气，每每都有热酒小菜，就爱三天两头跟着李渭身后。

人群散去，她坐在梳妆台前，抽开妆奁盒，点灯数着里头的碎银子。

李渭在军里的月俸并不算多，他进门，看她手中攥着几枚铜板，走上前去："够不够用？"

她乜斜他一眼，故作不悦道："缺着呢，你花的都是我的体己钱。"

薛夫人给的嫁妆俱留在了长安，两人几乎算是空手来了河西。虽然屋子里外都是薛夫人的大手笔，花钱的地方也不多，但春天还是不想依赖母亲的馈赠，日子也要精打细算。

"我给你挣。"他吹灭烛火，抱起她走向床笫。

两人在一处，总是情难自抑。

她终于得了长相厮守，发觉他温柔之下的惊涛骇浪，对他的爱慕与日俱增。

月华如水，阒静暗室，照耀一片欺霜赛雪的景致。

她压抑着自己的低低抽泣，却只得他哑声安抚："难受就哭出来。"

多年前她哭一哭，他几要心碎，如今却强硬地逼出她的泪水。

和北宛时时有战，春天从不会叮嘱李渭，但是李渭知道，他若是死了，当年那个少女有多大的勇气去寻找爹爹的骸骨，就有多大的勇气去为丈夫收殓战躯。

他绝对不会再让她经历一次至亲战亡的痛，不会再让她在旷野里踽踽独行。

李渭入墨离军的第三年，河西并北庭军合攻北宛，经过长达一年的苦战，北宛损失惨重，退回了折罗漫山。论功行赏，朝廷对青夷族的打压也终有结果，在两方的退步下，李渭主了墨离军。

他行事风格向来柔中带刚，很受青夷族人的敬重。

春天即将临盆，破羊水那日，家中诸人忙忙碌碌，产婆和嬷嬷、大夫都是王涪从甘州带过去的，李渭听到消息，从军中急急赶回来。

他一边脱军甲，拔步就要冲去产房，婆子们连连惊喊："将军，将军，您不能进去。"

这时就听到一声婴孩啼哭。

他吐出一口浊气，手中军甲叮当落在地上。

李渭只记得十几年前，李娘子生长留的时候，母子都病弱不堪。

产房有淡淡的血腥气，春天倚在床上，柔情地看着新生儿，见李渭来，对他微笑。

母子平安健康，她的生产没受什么罪，孩子生得很快。

他时常惊叹，他的妻子竟有那样的韧性，那么娇弱的身体，竟然有如此强大的意志和活力，竟如她的名字一般。

就像玉门关的春，微弱风中蕴藏无限的生命力，转瞬就让苦寒野外覆上一层春意。

是个男婴，李渭接过来，小心翼翼地抱在怀里给春天看，夫妇两人看着孩子的小脸庞。

"像长留小时候吗？"她问，"怎么这么小呢？"

"不太像。"他盯着自己的孩子，"长留生得像云姐，他生得像你。"

"取个名字吧。"她道,"叫什么名字好呢?"

这又是一年春日,玉门关外石缝里能看见点点绿意,李渭沉思片刻,想起昔日他们西行的时光:"就叫望野吧。"

"望野吗?李望野。"她微笑,"那小名就叫莫离。"

"不,春望野。"李渭抱着孩子,"他生得像你。"

"李渭。"春天鼻子一酸。

"不要哭。"他亲亲她的眼睛,"我是个孤儿,本来也不姓李,也不知自己的姓氏,让孩子跟你姓。"

贺咄带着残留的北宛余部,辜雪带着牙牙学语的孩子,一路西迁,要往极西之地去。

李渭和春天私下去送别故人。

两个男人,年少时的朋友,战场上的敌人,对立的立场,身上都流着热血和豪情。

各人的命运,如何能说得清。

战事平息之后,李渭带着娇妻幼子回长安访亲,长留成了沉稳的年轻人,在长安崭露头角。

薛夫人已成了靖王妃,岁官成了名正言顺的世子。

李渭为成婚购置的那座宅子,留给了长留,新皇封李渭为三品将军,赏金赐宅,引入朝堂,百官弹冠相庆。

当年的四邻再观李渭,已经有了不一样的面貌,平和的气质在军旅生涯中,已被打磨成了锋芒毕露,沉稳的面容有了运筹帷幄的笃定,清亮的眼已化成凌厉的刀剑。

在墨离川的岁月宁静,生活简单,夫妻恩爱,没有婆媳磋磨,没有后宅应酬。春天眉宇间依旧明澈纯净,边塞风沙只打磨了光华,没有给她愁苦。

薛夫人终于欣慰,她的女儿嫁了个合适的人。

在长安待了月余,李渭陪着长留,春天带着莫离陪着薛夫人和岁官,过了一段热闹的日子。

再之后一家三口动身,又重回了河西,去了肃州,李渭成了肃州太守,兼任墨离军使。

除了军政之外,他也要学着吏政,白天忙完政务,夜里还要挑灯夜读。

春天总喜欢在书房陪着他。

只恐夜深花睡去,故烧高烛照红妆。

再几年后,李渭升迁之路走得四平八稳,任了甘州太守,时隔数年,两人终

于回到甘州生活。

瞎子巷是李渭和长留的家，夫妻两人平日都住在甘州的府邸里，每逢月初会回去给李娘子和李老爹夫妇焚香。

赫连广和陆明月恩爱有加，两对夫妇看着彼此，俱想起了旧年时光。

四人坐在耳房里喝茶，东厢和西厢，隔窗相对。

等家中只剩两人，李渭说了很多话，说他少年时候的生活，她默默地听着，心里却浮起一丝嫉妒之意，最后又释然。

这是两人初识之地，那么多年过去，他仍然记得两人相见时，她一双潋滟的眼，满是警惕、敏捷、伪装和忧愁。

夜半醒来，两人十指紧扣，他柔软的唇触着她的耳珠："春天，再给我生个孩子吧。"

她哆嗦着坐起来，他的胸腹肌肉紧绷，劲腰收敛，灼灼地望着她，喉头滚动着喊她的名字。

她俯下身，睁开春潮潋滟的眼，咬在他肩头。

这年，春天又再度有孕。

春天想尽了一切办法，翻阅了渭水旁几十年的卷宗，终于找到了李渭的宗族，他原本姓陆，是太原人氏。

春天这胎仍然是个男孩儿，李渭接过褓褓中的儿子，还记得望野出生的那天，回家下马的那一刻，是他生平第一次脚软，差点从马上摔下来。

这个孩子，取名陆随影。

他就是她的影子。

后史书记载，一家三子，三子三姓，鸾鹄停峙，本枝百世。

李渭四十岁那年，长留携新妇回甘州拜见父母，父子两人经年未见，在书房内聊天。

李渭讲起一事，近来连天雨水，李娘子的坟碑被水冲倒，李渭想将李娘子的坟茔重起修葺，与李老爹夫妻两人合葬。

"你的母亲，是我的元妻，也是我的长姐，我永远记得她，但……"

长留看着窗外，他的三弟正在蹒跚学步，新过门的妻子和继母左右牵着他的手，望野提着木剑，骑着匹小马在花园内玩耍，满园都是他们的欢声笑语。

他知道父亲的意思，百年后，父亲要和继母合棺一处。

长留点点头："就按父亲的意思办。"

他还是个小少年时，曾恋慕过春天，后来年岁渐长，便也释然，欣慰父亲和继母两人的恩爱，他的父亲，遇见了很好的人。

傍晚李渭从衙里回来，见屋里帷幔低垂，烛光昏暗，婢女全都不在，春天双手托颐，正盯着面前开放的花骨朵。

他悄声问道："看什么呢？孩子们呢？"

她眨眨眼："昙花开了，我嫌弃他两人闹得慌，把他们赶去花园玩。"

她这时已过而立之年，正值一个妇人的极盛年华，有比她的母亲还要浓艳的风骨，摄人心魄，沾之即醉。因他多年的珍呵，眼里还有少女时熠熠生辉的光彩和清澈。

花啪的一声绽放。

"好容易养了这棵。"她把花瓣一片片拾起，装在冰裂纹碟里，"埋在雪里，留着来年春泡茶喝。"

李渭的心思全然不在这上头，嗅着她衣裳上的幽香，大掌顺着她的手腕慢慢游走入衣内，抚摸着雪腻臂膀，向上游走。

她躲开，睇眄流光，红唇衔笑。

他把深吻衔过去。

无论他官位如何，世人如何称呼他，她私下里，依旧称他李渭。

是那时候留下的习惯，她一声声，一句句，这两个字，是催情药，是断肠草，是迷魂汤。

猊兽香炉吐出袅袅青烟，比这更袅袅的还有喘息声，柳枝因风要折断，更显星眸迷离，脸颊绯红，艳色欲滴。

雪絮落花被狂风吹卷，身不由己，只能攀附。

她累极，抬起汗津津的手，断断续续道："花，还没……"而后咬住他的唇，将破碎低吟碾碎在纠缠的唇舌间。

李渭捞起她柔软的腰肢，他鬓边已有点点华发，但体态维持得很好，身体依然矫健，面容仍然英俊，漆黑的眼睛，温柔又凌厉，依旧不改清冽。

餍足之后，花瓣已萎，她嘟唇抱怨："我好不容易养的昙花，一年就开这么一次……"

李渭将她搂进怀中，亲吻她湿透的发："还有明年呢。"

还有此后漫长的一生呢。

十年后，李渭治凉州，兼任河西大总管。

那段时间，河西屡出悍将，最负盛名的有两人，亦是李渭的左臂右膀，一为虎向南，一为赫连嘉言。

李渭在治八年。在他治期，河西四郡"闾阎相望，桑麻翳野，天下称富庶者无如陇右"。

他不在朝堂，却是真正的位极人臣，当守河西，对抗后来崛起的西陀和珂罗，扛起了半壁江山的安稳。

他也给了她诰命等身，无数荣华。

那一年的冬天，他在病榻上，温柔地对她说："妞妞，我先走一步。"

他拉着她的手，亲吻她的额头："好好的，看着孩子们成家立业。"

"好好照顾你们的母亲。"他对三个儿子说，"我在时，护她如明珠，你们亦当然。"

他死后，三子扶棺，万民相随，连绵的送葬队伍不见尽头，走入祁连山内。

他的夫人那天没有穿哀衣，而是穿了一身极奢丽的珂罗国红衣，骑着枣红马，她的容貌还未衰，美丽依旧。

人人钦羡李渭的人生，一个普通庶民，中年发达，平步青云，官至极位，娇妻美艳，子孙成器。

很少有人提起他年轻的时候，是一个被收养的孤儿，是军队的卒兵，是行路的护卫。

但其实是那时候，他遇见的一个人，改变了他的一生。

他的一切荣光，皆因她而起。

他们厮守三十年。

很多很多年后，敦煌雷音寺有佛洞倾塌，僧人们找出佛洞中一匣供养文书，阅览之后，送往了凉州府。

陆随影看过之后，沉默半晌，拨金在敦煌莫高窟建了一个佛窟，将这个匣子送入窟内供奉。

他是幼子，已年近耄耋，记忆最深的，是父母亲的恩爱。

阿爹无论走到哪里，都要带着阿娘，怕她孤单，怕她找不到他。

阿爹袖子里总藏着一块狮子糖，起先只偷偷塞给阿娘吃，后来被兄弟两人发现，每次都无奈地分给母子三人，但母亲那块，总是最大的。

阿爹生活清简，却喜欢阿娘丽妆华服。

阿爹总是偷偷带阿娘出去跑马游玩，却把两个儿子落在家里。

阿爹私下对阿娘有很多称呼，小猫儿、小呆子、喳喳、珠珠，偶尔被两兄弟听了去，阿娘就要对阿爹生气。

阿爹也暗暗生气阿娘偷酒喝。

父亲亡后，母亲没有离开过河西，兄弟三人中，他相貌随父，便时常陪着母亲。

他的母亲那时还很年轻，但眼里的光彩渐渐枯萎，她逐渐寂寞，几年后，母亲就随父亲而去了。

走之前她要装扮自己，衣着鲜妍，妆发娇艳，神采奕奕，顾盼生辉。

长留带着两个弟弟，将两人合葬在祁连山深处。

他一直以为家家父母都同自己父母这般相处，长大之后才知道，自己才是特别的，父母情笃，浑然天成。

匣子里装的，是很多年前，父亲案牍劳形之余，带着母亲游历敦煌时，借住在雷音寺，父亲亲手写的一卷供奉菩萨的《金刚经》。

"稽首三界尊，皈依十方佛，我今发宏愿……愿百姓康宁，国泰城安，再愿来世再结姻缘，早得厮守。"

你有没有用一生爱过一个人，有没有因为一个人爱上一片土地。

马后桃花马前雪，祁连不断雪峰绵。

玉门关外风滚草，黄沙漫漫驼铃道。

（正文完）

番外壹 现代篇

从兰州的中川机场出发，从高空往下俯瞰，是广阔蜿蜒的黄河，披云裹雾的乌鞘岭，绿意连绵的祁连山脉。

一个小时后，下午三点一刻，飞机准时停落在张掖甘州机场。

机场不大，略显陈旧，一眼望尽，这时正值暑假旅游旺季，多是背包的游客，形单影只或拖家带口，从五湖四海来。

出口处熙熙攘攘，都是拉客的司机和地导，见游客下机一窝蜂地涌上去："张掖包车，敦煌包车，七彩丹霞、马蹄寺一日游。"

田甜在黑压压的人群中踮脚张望，目光望向不远处，壁柱旁有一人，高而瘦，黑色棒球帽，洗得发白的黑T恤，深蓝牛仔裤，旅游鞋，和微信中描述的外形一致。

西北男人身材多高大结实，陆风一米八七的身高站在人群中，腰背笔挺，肩膀瘦削，颀长如一棵挺拔的小白杨，虽然完全被棒球帽挡着脸，还是招惹了三三两两的行人目光。

"小陆师傅。"

他抬头，眸光锁定田甜，露出一张年轻人英朗的脸庞，肤色微黑，一双菱眼分外明亮，很年轻，是个在青稚和成熟之间游走的大男孩儿。

田甜内心暗赞一声。

陆风微微一笑，大步朝田甜迈过来，先伸手去接田甜手中的行李箱。

田甜道谢，把身后的同伴亮给陆风："不好意思，我们在兰州认识了一个新朋友，多了一个人……不影响的吧？"

原先微信里和他说好的是同伴三人，两男一女，堂表兄妹，都是刚高考完的学生。

她身后几步还跟着三人，两个青涩的大男孩儿，一左一右拥着名穿黑裙的女孩儿，女孩儿戴着渔夫帽，帽檐压得很低，三人凑在一起，看着女孩儿手中缤纷跳跃的手机屏幕。

"没关系，刚好坐得下。"他嗓音沉，略带一点低哑，是少年变声期已然结束，但还未完全转化为成熟音色的声音，很好听，像雨滴敲击耳膜。

田甜没料想这样的帅哥连声音都是酥的，笑嘻嘻道："那这几天麻烦你了。"

沉浸在手机屏幕里的三人听见两人交谈，齐齐抬起头来，两个男孩儿见到田甜一直联络着的张掖包车司机，"哇哦"了一声，惊讶于这司机的年轻，笑着扬手打招呼。

陆风连声道欢迎，见戴渔夫帽的黑裙女孩儿一双黑白分明的眼，眼波清澈，唇角露出一丝微笑。

"走吧。"他不动声色，指了指方向，露出一个干净的笑容，"我的车停在外面，你们跟我来。"

田甜高考结束，动了出去旅游的念头，无意间在网上看到一篇敦煌游记，楼主贴出几十张美图，文末又大肆赞扬了在张掖的包车师傅，是个年轻人，车技老辣，话很少，为人诚恳热心，重点是，长得特别帅。

还有一张偷拍的照片，鸣沙山，夕阳下，棒球帽，轮廓起伏的侧脸，唇线极其温柔，是青涩与成熟交融的男人气息。

正好自己的姑家表哥、姨家表弟都是同届学生，成日闲在家中打游戏，几家一琢磨，给几个孩子定了去西安的机票，结伴出游。

两个兄弟——周扬和黄又文，在兰州的酒吧搭讪了一个穿黑裙的女孩儿，一聊方知彼此都是毕业生，小黑裙独自出游，在两人的盛情邀请下，最后居然结伴从兰州来了张掖。

车子停得不远，田甜跟上陆风的脚步，语气轻松，脚步雀跃："小陆师傅，想不到你这么年轻。"

陆风微微笑了笑:"谢谢。"

"你多大了?有二十岁吗?"

陆风把行李箱放入后备厢:"比你们大一些。"他岔开话题,"晕车吗?我这儿有晕车药。"

"不晕。"田甜先钻入副驾驶位,很是不耐地看着落在后面的三人,朝人挥挥手,"周扬、黄又文,你们快点。"

陆风站在车前,开着车门等着三人走近。三人都只背了包,行囊很少,两个男孩儿一左一右钻入车里,把渔夫帽女孩儿挤在中间。

普通五座车,车子很旧,好在很干净,车上有洗手液和消毒液,还有淡淡的清洁剂香味。

"你们订酒店了吗?"陆风问,"时间不早了,我先送你们去酒店放行李。"

"没有呢。"田甜低头回微信,"小陆师傅,你给推荐一个呗。"

年轻司机点头:"现在是暑假旅游旺季,酒店房价也贵。我知道一家民宿,偏离市中心一点,但周边很热闹,有很多本地人爱去的老馆子,房间也很干净,价格也合适,带你们去看看?"

田甜点头,全权委托给了陆风安排。

后座三人窃窃私语,突然爆发出一阵大笑,田甜回头:"你们笑什么?"

"我们在聊高中生活。"黄又文扭头问,"小白,你们学校是什么样的?"

温柔的少女声响起,像轻雪:"你们学校的老师都好有趣。我上的是民办高中,老师都好严格,可无聊了。"

陆风专心开车,耳边筛过几人的聊天话语,等红灯的空当,突然觉得车内有些异样,他瞥了后视镜一眼,只见后座的女孩儿摘了帽子,紫发,使得暗沉的车内渲染了几分明媚。

女孩儿手指点着下巴,发觉有人望她,抬头,和陆风在后视镜对视一眼,眼波流转,粲然一笑。

民宿正如陆风所说,在一片居民楼旁,很是热闹,也挺干净,几人在前台开了房,略一商量,等晚些去甘州夜市逛逛。

陆风道:"你们好好休息,西北天黑得晚,七点半我在大厅等你们。"

四人各自回房,这几日玩得累,趁着空当补觉。陆风等客人都上楼后,往二楼清洁间走去。

马兰今天上的晚班,正坐在窄小的工具房里叠床单,见自己儿子来,推来一个塑料凳子:"客人住这儿了?"

陆风点点头,帮自己母亲干活:"我先带他们去夜市,晚点来送饭。"

马兰应声，她身体消瘦，肤色暗白，年轻的时候也是个美人，只是身体不好，不能劳累，在家附近找了个酒店服务员的工作。陆风爸爸在家巷口守着个配钥匙的小车，两人收入勉强维持一家生活。

近几年西北古丝路沿途的城市旅游业发展得都不错。往年寒暑假，陆风都跟着当地导的叔叔跑腿打下手，招揽游客，有了驾照之后，自己也能单独带游客出行。

晚上七点，陆风买了四杯杏皮茶在大厅等人。

前台老板娘和他聊天，这两个月陆风带来不少游客，民宿生意不错，他不收回扣，她就给马兰多添了五百块的工资。

七点半准时，周扬和黄又文先下来，在沙发上玩游戏。几分钟后电梯间翩然飘出一袭白裙，田甜也下楼了，可惜兄弟两人没一个正眼瞧她的新裙子，只有陆风捧场："很漂亮，裙子很适合去草原拍照。"

田甜羞涩一笑，道了声谢。

十分钟后，有女孩儿从电梯里出来。紧身吊带黑裙，黑靴黑袜，外露大片雪色肌肤，两只纤细雪白的腕子上，两串手环叮叮当当，没有了渔夫帽，露出一整张巴掌大的脸，鲜艳的紫色长发，浓郁的唇。她肤色白，这么一装扮，分外地冷艳，像张扬的炸街黑暗少女，偏生了双柔软的杏眼，瞳孔圆又亮，带着几分水汽。

陆风把一行人送到市内最有名的夜市，张掖美食不比兰州差，夜市灯火初燃，晚风里灌满食物的烟熏香气，人潮往里涌入。事先说好的，陆风只负责行程，不陪逛这种景点，把人送到后开车走了。

晚上十点半，陆风去接马兰下班，母子两人沿着街角慢慢往前走，民宿门前有蓝色的出租车停下，一行年轻男女相继下车，嘻嘻哈哈进了民宿。

他看见一头紫发，单薄的黑裙，玲珑的身体和一双纤细雪白的腿，女孩儿肩上披着件男款衬衫。

第二天清早六点半，陆风去民宿接人。

这一天的行程是丹霞地质公园和大佛寺，早上七点出发，一车人都有些昏昏欲睡，只有陆风神清气爽。他帮着买票，在入口处帮四人拍了合照，在车里等他们。

两个半小时后，周扬带着小白先回来，周扬去买水，小白先上了车。

她今天依旧是一身黑裙，脸颊双臂晒得发红，进车先皱了皱眉："把空调开低点。"

他伸手去调温度，回头朝她望了一眼，见她在后座抹防晒霜，他递过一把遮阳伞："太阳很晒，要穿防晒衣，打着伞。"

那伞样式普通，她乜斜他一眼，把伞收下，塞进包里。

下午从大佛寺回来，陆风开车回了民宿。一车人神色各有不同，车里气氛也沉郁，黄又文脸色冷清，只顾着刷自己的手机。

第三日行程安排是上午市内活动，下午田甜他们坐火车去敦煌。

陆风原打算带着几人随意逛逛，田甜见陆风来，搓搓自己僵硬的脸，眼神黯淡："昨天晚上周扬和黄又文两人打架了，小白一大早就走了，我们买了下午回家的机票。"

兄弟两人争一个女生的芳心，年轻气盛，三言两语不和，打起来了。

女孩儿随心所欲，男孩儿们争风吃醋，陆风当多了地导，对此司空见惯，安慰了田甜几句，下午将三人送往机场，又顺道去火车站接了下一拨游客。

回家的路上，他在民宿门口撞见一头鲜艳的紫色长发。

他靠边停下来，按喇叭，女孩儿回头，初是惊诧，很快扬起笑脸："是你啊。"

"你怎么在？"

她嘴里嚼着口香糖，说话一吞一吐："我刚从额济纳回来，在这儿住一晚，明天去敦煌。"

她瞥瞥他："他们已经走了？"

他点点头。

她耸耸肩膀，"哦"了一声，自顾自地低头玩手机。陆风正打算要走，她突然抬起头来，俯下身，隔着车窗问他："陆风，你去不去敦煌？我包你的车。"

他问她："你一个人，还是和同伴一起拼车？"

"我一个人。"

他后面几日还有游客要接待，本该拒绝，心思却像风筝飘在空中，打了个旋，不知怎的，点点头："好，一天五百，我的食宿自理，成吗？"她无所谓地点头，递过来手机："加个微信。"

"你都要去哪儿？"

"我没有定行程，都是边走边玩，慢一点，我有时间。"

次日她睡到日上三竿，陆风来接她。

张掖距离敦煌六百公里，要经过酒泉、嘉峪关、瓜州几地，他们沿着这条线一路走下去。

高速上风声呼啸，天极蓝，云雪白，他们离天空极近，广袤荒野，连绵枯山之上，伴随他们的，是白雪皑皑、云雾缠绕的祁连山。

陆风沿途指点风景,她瘫坐在副驾驶位玩游戏,偶尔摇下车窗,懒洋洋地伸出手机拍照。

午饭在酒泉路边一个脏兮兮的小饭馆里,她点菜随意,也不听劝,点了份大盘鸡,羊羔肉,驴肉黄面,每个菜盘比她脸盘都大。她每样吃了几口,很快就停了筷子——余下的都进了陆风的肚子。

两人上车,她俯身系安全带,听见他微微打了个嗝,很快压抑住,她埋头闷笑,而后听见年轻人严肃又正经的声音:"吃东西不可以浪费。"

她漫不经心"哦"了一声,声音含着笑。

车子久不发动,她抬头去看他。

车内空间狭小,两人离得近,他年轻又深邃的面庞好像浮在她眼前,黑漆漆的眼盯着她,微含冷意:"西北很多地方都不富裕,还有很多人连饭都吃不饱,我们不能浪费食物,下次少点些菜。"

她手托着腮,指尖点着脸靥,眨眨眼,点点头。

下午在嘉峪关和悬壁长城停留,夕阳之下,千百年前的金戈铁马皆化作漫漫黄沙,厚重狼烟化作满天云霞,触目皆是枯寒、寂静和辽远。

她在嘉峪关眺望祁连山,而后目光落至眼前无垠的荒野。

晚上住在嘉峪关,陆风肚子仍撑得难受,也懒得再吃晚饭,她非得找他陪同。

两人进了酒店隔壁的一家麻辣烫,点了份不辣的麻辣粉。

她吃得面颊红热,额头冒汗,将一头紫发胡乱扎起,却仍留了几绺黏在脖间。大红色的口红被她吃去,露出一张红艳艳的唇,鼻音咻咻,粗糙的面巾纸擦得鼻头红通通。

也有几分可爱。

第二日从嘉峪关出发,小白难得安静,没有刷手机,扭头盯着窗外的风景。

大地寂寞,高空孤远,眼瞳中的色彩极度浓郁鲜艳,她额头抵在车窗上,望着窗外飞掠的景色,语气有一丝忧郁:"我好像一只蚂蚁,永远也走不出这片戈壁。"

他淡声道:"能走出去,还有几个小时就到敦煌。"

"喂。"她扭头道,"这种时候,你能不能感性一点。"

"整天老气横秋的……"她轻声嘀咕。

他全神贯注地开车,唇边是一丝笑。

她瞥见他嘴角的一丝笑,凑上来,正经问他:"陆风,你多大了?三十几岁?"

他的脸瞬间黑沉下来。

"做这一行几年了？结婚了吗？有没有孩子？"

他磨磨后槽牙："我今年十九。"

她发出一串哈哈哈的欢快笑声，玩自己的手指甲："那几天田甜一直在追问你的年纪，你为什么不说？"

他把车子靠边停下休息，去后备厢拿矿泉水："你听到了？"

那时候她只顾着和左右两个男生说说笑笑，满车的喧闹，只有她的声音是多样变化的，笑声时而娇，时而脆，时而柔，时而媚。

她唇边含着笑，斜斜地看他一眼，眼里满是灿烂的日光，语气娇柔："我倒是不想听，却偏偏听见了呢。"

最后那个语气词，音调往上抛，带着钩子，轻轻荡下来。

陆风将水咽下，皱眉，抿唇，扭头走开。

她也不恼，笑嘻嘻地垂下肩膀，弯腰去摸座椅上自己的手机，低头的瞬间，脸上的神色已经收敛，平和又沉静，像一张贴在书桌上，平整单薄的白纸。

她跳过沿路栽种的芨芨草，在荒野里随意走一走。

陆风倚着车门等她回来。

她背对他，反手握着手机，慢腾腾地走在干涸荒凉的戈壁里，并不远。

紫色的发飞扬在干燥又炎热的风里，像天地之间一面小小的旗帜，又像此地孤独生长的花。

陆风见她抓了抓头发，摸出手机，面对无垠的荒野打电话。

电话时间不算短，她走走停停，来来回回，腰背挺得笔直，脚尖踩踢着干枯的地面，脚步兜了几个圈子，无意识地转过身来，面对着笔直的公路和路过的车流。

她偏头倾听着手机里的声音，眉眼垂着，面容沉寂，像有冰霜流淌，偶尔蹙眉，嚅动嘴唇，回应两句。

电话挂了。

她仰头望了眼高远天空，双手叉腰吐出一口气，而后脚步烦躁，踢过脚下一块石头，往陆风的车子走来，用力拉开了后座车门。

"走吧。"声音没有情绪，淡如云烟。

车子飞驰起来，陆风见她脸上没有表情，眉是眉，眼是眼，不含一丝情绪，扭头望着窗外，长睫久久不眨，姿势凝固，宛若一尊石像。

这个姿势维持了很久，一个小时后，他再看她，已经蜷在后座上，两条腿垂在座位边缘，一手垫在脸颊下，一手捂住面容，一动不动。

陆风将空调温度调高，上了高速，往敦煌去。

她一路睡着，车子一路也未停，到敦煌正是下午两点，满街的喧闹，她在后座一动不动。

陆风将车内音乐扭开。

片刻之后，她从后座坐起，脸上是绯红的痕印，眼神却清明，清澈如水。

"先去吃饭？"他扭头跟她说。

她摇摇头："我不饿，你去吃吧，我在车里等你。"

"那先去酒店吧。"他将她带去酒店入住。

她直接回了房间，微信上跟他说，今天歇歇，不出门。

第二日一早，陆风在微信上再问她，她依旧表示要歇歇，这空闲的一日仍算包车的钱，她将后几日行程的钱一并转给了他。

陆风看着手机界面，仰头叹一口气，摇摇头。

两人并不同住一家酒店，她住的酒店好些，陆风住在几步之外的一家青旅，七人间，屋里吵闹，他坐在民宿门口看看书，刷刷手机。

这两日她都没有出过酒店的门。

日落西山，陆风收拾东西，去酒店找她。

开了一条门缝，屋内漆黑，她探出个紫色的凌乱脑袋，鼻音含糊，揉揉眼睛："怎么了？"

"吃饭了吗？"他问。

她摇摇头，又点点头："我屋里有薯片，还有牛奶。"

"一起出去吃点？"

她面无表情，又有些无精打采，垂着无波无澜的眼睛，懒洋洋问："去哪儿吃？"

"去夜市吧。"他迟疑道，"如果你愿意的话。"

"那你稍等。"她捂着嘴打了个哈欠，将门轻轻合上，"很快的，我换个衣服出来。"

再出门，她又是那个炸街的黑裙少女，脸上依旧挂着那副娇艳的神色，眼波朝他挑了挑，甜甜一笑："走吧。"

两人找了家大排档坐下，她给自己点了碗面条，陆风点了两个菜，看着面前少女，问："你再看看有什么喜欢的，多点两个？"

"不用了。"她撑着下巴，屋里的灯光照得她眼中流光溢彩，瞥着店外流动的人群，轻声道，"我吃不了多少，点你自己够吃的就行。"

两人埋头吃饭，他话不多，她似乎也有心事，一顿饭吃得很利索，她突然意

197

识到桌上盘盏皆空，秀眉跳跃，将面前的空碗往前推了推，得意地摇头晃脑，用筷子敲敲碗沿："这么大一碗面，我居然吃完了哎。"

眼眸亮晶晶的，脸上堆砌着满满笑意。

他"哦"了一声，点点头："了不起。"

没有开车，两人肩并肩往外走，夜风拂过，风稍凉，他瞄瞄她光洁的肩头。

她一边走路，一边分心看手机，问他："明天我们一起去莫高窟可以吗？"

"你的票买好了吗？"他问。

她摇摇头："我是临时起意来的，我们买应急票可以的吧？"

"那个要排很长时间的队。"他瞄着她的手机屏幕，"想看莫高窟，淡季再来一次吧。"

她扭头看他，眼里落着路灯的光辉，声音清淡又遥远："淡季啊，有点麻烦呢，以后可能来不了啦。"

"这两天可以先去其他地方逛逛，可能能刷到退票。"

"明天不行吗？"她轻轻叹口气，垂下眼睛，眼里的火光也咻地坠下。

他抿抿唇，轻声道："我想想办法。"

陆风拿的是高价黄牛票，两张，时间很早，早上七点就到了莫高窟，没有排太久的队。

她兴致很好，有人作陪，喋喋不休地说着话，笑声俏皮又生动，因耀目的外貌，惹得游人纷纷注目。

人潮急急忙忙往前赶，她接二连三地被人撞着肩头，和他冲开了些许距离。

"陆风。"她踮脚朝他招手。

陆风回头望见她的笑靥，逆着人流等她，她嘻嘻一笑，走到他身边，牵住了他T恤的一角。

漂亮的男孩儿女孩儿并肩走着，目光匆匆扫过那些洞窟壁画，那些绚丽的色彩，流畅的线条，古老的故事，千百年前的过去，尘封的历史，永不磨灭的记忆。游览的体验并不算太佳，但她依旧很高兴，两人坐在台阶上休息，望着面前铅灰的山岩。

他们在多媒体展示中心看见洞窟经书里有这么一段话：

"稽首三界尊，皈依十方佛，我今发宏愿，持此金刚经……愿百姓康宁，国泰城安，再愿来世再结姻缘，早得厮守。"

"还有多少故事沉睡在这些石窟里，没被世人知晓呢？"她喃喃问道。

"就这样沉睡着也很好。"他顺着她的目光望去，"世人的目光，多是无关痛痒的情绪，又多添了破坏和吵闹。"

"本来不想来的。"她托腮，"原本只打算在兰州玩几日就回去，听见田甜他们说要来张掖和敦煌，突然想来看看。

"以前从来没有留意过这里，田甜说的时候，心里有股冲动，让我非来不可。

"从来没有过这样的地方，我想是不是有什么东西，在这里等着我。"

"那你找到了那个等你的东西了吗？"他晃着矿泉水瓶问她。

"当然找到了呀。"她拖长声调，歪着头，探到他面前，挑逗地眨眨眼，灿烂一笑。

陆风的脸晒得通红，定定地注视着她，俯近她，慢悠悠道："你的口红花了。"

她的目光瞪着他，"哼"了一声，猛然扭头，偏过身体，掏出口红补妆。

两人无所事事，出了莫高窟在外头晃到夕阳偏下，去了鸣沙山。

沙脊上站着密密麻麻的游客，她要拍照，又不想跟众人混在一堆，带着陆风左转右转，来到一片游客稀少的沙丘上。

她把手机递给他："要把我拍进落日里。"

陆风点点头，她走上沙丘，又突然回过头，勾勾手，眯着眼："陆风，你过来。"

他过去："怎么了？"

她突然凑上前，揽住他的脖子。

香甜的少女气息扑来，柔软的唇贴上来，是不可思议的触感，他愕然，她递过来一点东西在他舌尖。

那是……她嘴里的口香糖。

她退开，狡黠地看着他。

他含在嘴里，吐也不是，咽也不是，一时失了方寸。

她笑盈盈地跑上沙丘，半道又扭头回来看他："你脸红了。"

他不看她，将口香糖吐出来，包在纸巾里，塞进了自己的牛仔裤口袋，垂着漆黑的眼："我给你拍照。"

拍完照，他把手机递给她，自己大步往回走。

"陆风……"她在身后喊他，气喘吁吁地追上来。

"你生气了？"她笑吟吟地跟着他，去牵他的手，"别生气，我跟你闹着玩的。"

这话说完，他冷冷睨了她一眼，猛然把她甩开，面色冷，眉眼寒，浑身森然地往外走。

"陆风，小陆师傅。"她跌跌撞撞地跟在他身后喊他，"喂，喂，喂……"

她气喘吁吁,追不动他,索性不追,一屁股坐在沙丘上看晚霞。

霞光缠绵,世间可爱。

她的身影像一幅贞静的画,眉眼婉约又忧愁,被一旁拍风景的摄影师咔嚓一声,收到相机里。

余光暗淡,她才拍拍屁股,往外走。

当天的飞机,小白告别敦煌,飞往家乡,陆风把她送走。

两人再未联系过。

这年的九月,丹桂飘香,正是大学校园最热闹的迎新大会。

陆风和几个同学去图书馆领教材,有汽车缓缓驶入漂亮的校园,在图书馆门前停下,车里下来一对气质优雅的中年夫妇,而后是个年轻女孩儿。

齐肩黑发,掐腰白裙。

脸上无妆,清清爽爽的脸庞,巧笑嫣然,又乖巧又甜美。

一双圆圆的猫儿眼。

路过之人偷偷侧目。

陆风停下。

他偷偷凝视过她鲜活的眉眼,也有过一段若有若无的心动,最终在心底留下一抹明媚的紫色。

这人他是认识的。

番外贰 墨离川

静夜有呼哧呼哧的声响,是风撞击窗棂的声音。

"起风了。"

"是秋风,天要凉了。"正是好眠的时辰,李渭搂紧纤腰,严严密密地贴在自己怀中。

两人额头相抵,脸颊相贴,四肢相缠,在枕上窃窃私语,闲话家常。

"往后刮风下雪,你就住在兵营里,别每天回来了。"她半眯着眼,迷迷糊糊地嘟囔,"家里有我和鄯鄯,还有青夷族的嫂子们,我们相处得很好,你只管放心……"

"好。"他捏捏她软软的耳珠,"再睡会儿吧。"

她微笑,偎依着他,安安静静闭上眼。

甜梦乡里逛至一半,她被男人温热的吻啄醒,缱绻风雨随之而来,清梦里沉沉浮浮天翻地覆,四肢百骸轻颤紧蜷,她勉强睁开黏重胶合的眼皮:"李渭。"

"嗯。"他在帐前穿衣,结实遒健的肌肉若隐若现,捞起铁甲,回头看她,"我走了。"

她点点头,缩在馨暖被内,被子有他的余热和醇冽气息——想起身送他出门,但实在是……太累了,连手指都难能抬起。

李渭将床帐拂平整,出屋去洗漱,冷水扑脸,肃整劲衣,面对寂静残夜,只觉神清气爽。

天还未亮,大地都睡着,月亮星子隐匿无踪,天地间黑茫茫一片,只有冷风宵行。

他拂拂衣袍,步伐矫健,利落上马,朝着远方夜空纵马远去。

日上三竿,春天才懒散翻身,拥着被子独坐半晌,看看屋内的铜壶滴漏,时辰已是不早。

天光透过窗子筛进来,天色不算太亮,应是个昏昏的阴天。

在长安那几年,她常住青龙寺,听着寺里的晨钟早课,也勤于早起,成亲之后,倒养成了个贪睡晚起的习惯。

门窗推开,鄙鄙坐在门槛下吃酸涩的山葡萄,听见门开的吱呀声音,探出梳着小青髻的小脑袋,声音伶俐:"娘子,你起啦。"又道,"昨夜刮了大风,今天天冷啦,娘子多穿一件。"

春天穿白襦衣、石榴裙,又披了件竹青的织锦半臂,打开妆奁,日常居家,不用太装扮,只需描眉点唇,耳朵添两粒石榴色的小坠子,正衬这身罗裙。俏生生的年轻娘子,她很喜欢自己身上鲜活又漂亮的色彩。

和鄙鄙一同用早膳,鸡丝粥,几样家常小菜,鄙鄙近来厨艺越发好,春天也花了点心思学着做两样,最拿手的,是一碗羊肉汤饼。

主人既起,院落的小篱门就松松开了半扇,这是墨离川的风俗,邻里皆是军眷,多半是妇孺儿童,日常爱串门说话。院门两开,要迎大客;开半扇,欢迎邻里闲话;院门紧合,主家有事毋扰。

吃过早膳,主仆两人俱坐在进门台阶下,吃鄙鄙未吃完的那捧山葡萄,家里养着许多鸡鸭家禽,在院里翻地啄食。

山葡萄不知是谁家摘的,就挂在院门上,许是邻家嫂子的谢礼,许是常来玩耍的孩子们多摘的一挂。葡萄豆子大小,碧青色,像一颗颗玉翡翠,味道多酸少涩,春天和鄙鄙一人半串,比试着每颗山葡萄的酸甜。

春天捏了一小串在手里,面色寻常地咬了几颗,递给鄙鄙:"你尝尝我这串,分外地甜。"

鄙鄙连着吃了几颗酸果,正捧着一盏甜茶清口,见春天手中那串又小又青透,皱皱眉:"娘子手中这串看着挺酸。"

"试试。"春天眨眼,"特别地甜。"

鄯鄯半信半疑接来，扔了两颗在嘴里，齿尖一口咬碎，葡萄汁水溢在嘴里，“呸呸”两口吐出来，皱紧脸：“好酸啊，娘子你怎么这么能吃酸？”

“大老远就听说酸。”一名头簪金花的青夷族嫂子从外推门进来，脸上满是笑意，“什么东西酸？”

李渭请了个手脚勤快的青夷族嫂子来家中帮忙做些杂事，挑中了白鸽。白鸽嫂子年岁三十六七，住得不远，丈夫和儿子都在军中，有个十五岁的女儿也嫁了，闲时就住在李家帮忙，待丈夫儿子归家，也回家去住几日。

主仆两人说着酸葡萄，白鸽嫂子也吃了小半串，酸得口里生津，笑吟吟地盯着春天：“娘子最近爱酸？”趁眼往春天身上瞄了瞄，“娘子近来也越发爱睡了。”

听罢此言，春天脑里轰的一声，脸上瞬时烧得通红，结结巴巴道：“我早上向来喜欢偷懒。”

白鸽嫂子拍手笑：“近来这阵子雀儿叫得欢快，怕是有什么好事哩。”

“不是嫂子想的那样。”春天羞红了脸，知道白鸽嫂子想岔了。其实这几日癸水刚过，她只是爱山葡萄的那种酸脆而已，两人还没有生孩子的打算，李渭不急，她年岁小，也不急。

傍晚李渭抽空回来一趟，其实也只是路过，营里正在附近点兵习骑射，他夜里要值守营地，几日都不得回来。这会儿也只是路过说句话，因此并不进屋，连马都未下，看一眼家里人便走。

春天只来得及匆匆塞给他一个酒囊，见他打马远去，军甲铿亮，背影猎猎，分外耀目。

禁不住提裙跟他跑了两步，待回神站定，她又觉得自己举动有点羞意，脸颊上还残留着他粗粝手指拂过的触觉。

新婚宴尔，柔情蜜意，总盼着能多相守一刻。

墨离川的秋来得极快，刮过两场秋风之后，村头的落叶已然金黄，簌簌随风飘落在水里，草色已然沾了衰意，恹恹地垂趴在地面之上。

仿佛就是几日的金黄时光，此后就是漫长的冬，再等着来年春。

家里男人都在军里，全村老幼妇孺要做的事情很多——采摘野果，拾捡柴火，缝衣晒洗，挖窖存储……

趁着秋阳明晃，从天不亮起就忙得不可开交。

春天让鄯鄯帮嫂子们去水边摘芦花——秋天的芦花又蓬又软，嫂子们把芦花晒干后，压实缝入衣内，做自家里常穿的外袄，能省下一身棉花，给军里的男人多缝一身衣裳。

她自己领着七八个蹒跚学步、牙牙学语的小孩儿，在院子里陪孩子们玩闹，给孩子们做精细吃食。

春天有靖王府的关照，也有长留和陆明月等人的挂念，李渭向来也是心细如针，家中生计无须忧心。长安或是甘州常送东西过来，上至衣料器物首饰，下至书籍笔墨药材，只要能想到的，无所不有。

这些东西家里花销不尽，春天拿去送人，但墨离川的人不轻易接受他人馈赠，春天也想法子做点事情。

村里孩子不少，也没个教书先生，家中有笔墨纸砚，她教孩子们认字开蒙，给孩子们缝衣做鞋。

但凡四邻有个头疼脑热、跌打损伤的病痛，她有医书和各种伤药，跟着军里的大夫学习医术，琢磨着治点寻常病症。

日子也算是忙忙碌碌。

大家也时有回赠，山里逮的野兔，沙碛里的石头，土里生的药材，可以做胭脂染指甲的野花，俱是春天以前未见的，也算是大开眼界。

这时节，军里也忙碌，每日演兵操练外，墨离川还有屯田和菜地，抢收粮食，筑窖打猎，甚至酿酒烧炭——要打仗，军仓先要富足。

李渭跟着一众兵将都在泥里摸爬滚打，他为人和善，办事公允，和上峰下属关系都甚好，正值旬假，身边兵将笑嘻嘻凑过来："李兄，回家去？"

"嗯。"好几日未归家，正好有一日歇，归心似箭。

"我这儿有条鹿腿，膘肥肉厚，李兄你拎回去送嫂子。"

"我这儿有壶烧刀子，酒香扑鼻，都尉您也带着，给嫂子尝尝。"

"我这儿也有……"

众人一阵殷勤，李渭岂不知他们的心思，瞥着众人挑眉，黑眸含笑，挥手："想去？那都带上，走吧。"

大家呼朋引伴："走走走，大家去李兄家喝酒去，都带着东西啊，别空手，白吃白喝的，忒不厚道。"

也真不怪大家都往李家跑，家里屋子宽敞，春天招待又周全，每回去人，恨不得把酒肉菜肴全都搬出来。大家围坐一起，吃个酒足饭饱，胡吹海侃，还有点心果子消食，屋子暖和，炭火也足，躺下就睡，何不乐哉。

春天见这一拨人要来，厨房忙不过来，也是请了四邻过来帮衬，杀鸡宰羊，大火掀锅，窖里有几大缸酒，都是赫连广送来的，知道酒是军里的金子，只多不少。

她依然记得，在甘州城，驮队里的汉子们聚在一起喝酒聊天，屋里沸反盈天，人人脸上通红，是家常温馨的场面。

晚上家里一阵闹腾，喝酒划拳，高谈阔论，闹到半夜才散去，天还不十分冷，李渭不留客，把这帮人都赶回家去。

最后走的是虎向南，还架着喝得醉醺醺的叩延英的一条胳膊——谁也没料到，叩延英也到了墨离川——他帮北宛军偷运兵器和大黄，被虎向南逮住，押到墨离军做了俘虏，收作探路的小兵卒。

叩延英仗着当年在莫贺延碛和春天的交情，在李家如同自家一般，若不是虎向南硬拽，他可就要留下来过夜了。

长安有来信，嘉言闲不住，早想着收拾行李来投奔李渭，要不是长留和陆明月拦着，可真管不住他。

墨离川的朋友越来越多了。

家里终于清静下来，鄜鄜收拾残局，李渭自去浴房沐浴，春天抱着他的铁甲，坐在灯下，沾湿布巾擦拭上头的泥土灰尘。

待她忙完回屋，李渭已然换了干净衣裳，支腿躺在屋内的软榻休憩，呼吸沉沉，剑眉微敛，星目紧闭，一头黑发还湿漉漉地滴着水，披垂在软榻边。

她取了发巾替他擦拭，见他霍然睁眼，凝视着她半晌，眼珠子随着她的动作滚动，沾着酒意的声音喑哑："头发长了，替我铰铰吧。"

军里忙碌，难能梳洗，李渭头发向来不蓄长，堪堪扎髻即可，近来都是春天替他打理，常要动剪子铰短。

"好呀。"她又去寻剪子和发油，比照着长短，铰下几寸，把剪下的发束装进香囊里。

"这是做什么？"李渭浅笑，握住她的纤细皓腕，粗粝的指沿着那一截滑腻肌肤细细摩挲。

春天把香囊藏在身后，顾左右而言他："席间我看你光顾着喝酒，也没吃什么，要不要给你煮点汤饼，垫垫肚子？"

"倒真是有点饿了。"他扶着她的柔软腰肢，往自己怀里一送，春天"哎哟"跌进他怀里，闷闷地撞在他胸膛上，惹得他一声沉闷低笑。

李渭懒散支起一条长腿，姿势带了风流随性的兴味，眉梢眼尾坠着欲色，嘴角噙着微笑，看着她的眼神又深又暗，有股罕见的放荡不羁和玩世不恭的气质。

春天看着他的这副神情，心头忽然如小鹿乱撞，讷讷不知该说点什么。

也无须说什么，深吻递过来，甜滋滋如同蜜糖一般。

两人的气息交缠在一起。

次日醒来，罗帐内只剩春天，天光大亮，又是懒起被人笑话的一日。

她银牙暗咬，忍不住腹诽。

李渭在外间耳房炕上，坐得端端正正，温良无害，认真翻一本史书。鄀鄀搬个小机子，守着家门剥豆子。

两人听见声响，俱抬头看她，眼里都带着笑意——晨饭已经摆在桌上，早凉透了。

吃过早饭，春天冷着脸拿着掸子满屋子扫灰，拖桌子摆椅子，非得闹出些动静来才罢，就是不让家里人安安稳稳。

李渭不看她，也仿佛听不见屋里声响，握着那卷书看得专注，半晌之后抬头，唤她的名字："这是什么字？"

她瞟一眼，噘嘴："笨，这是一个人的名字。"

李渭把书递到她手里，半是笑语半是恳求："你学问多些，你念书给我听，我来琢磨。"

他学识不算丰富，也就是小时候在瞎子巷跟着王秀才念了几年书，全凭多年阅历行事。还是这两年，慢慢再捡起书本，先读兵法，再读史书和舆图，每天总要挤出一点时间，就算是深夜也要挑灯。

春天知道他的辛苦，也知他为何如此。

就算是昨日晚上，大家都聚在一起喝酒闲聊，提的最多的还是河西四郡、西域十六国、汉人、西陀人、北宛人、粮草战局……

她这会儿也不娇气，坐在炕沿，捧着书，一字一句念给他听，声音清柔，娓娓动听。

秋日的暖阳铺满软榻，也铺了她半张脸庞，面容一半透明一半嫣红，浓密的睫落在光亮中，根根鸦黑，在鼻梁上投下半扇睫影。

他端着杯茶，凝神听着，时而蹙眉，时而舒展，若有所思。指节一下一下轻轻叩着桌面，她也在这轻敲的节奏中，觉得心里安定，觉得这贫瘠苦寒的墨离川，有了可依赖的安稳。

两人也一起出游，天气甚好，李渭带她去跑马打猎，一人一骑，提鞭进山。

马鞭依然是虎向南所制，他这手艺在军里独一份，身边友人，一众兄弟都得了这好处，甚至连叩延英也讨了一根，神气活现地挥鞭纵马。

山里有牛羊、麋鹿、野驴、野猪、羚羊，也有青狼、鹰隼，正是秋猎的好时节，兵士们围剿山林，把兽群往山下赶。

妇人们也挽起袖子，割肉抹盐，熬油煮血，正是一年难得大动荤腥的时候，连村里的狗都能抱几块骨头啃，养点秋膘过冬。

外头的行商小贩通常也在这时候来，再晚一些，冬日大雪封路，高车进不来。这趟一来收购墨离川的皮毛、羚角、药草一类，二来把青盐、布料、茶叶、女子的胭脂、糖果吃食等，运来售卖。

春天带着鄑鄑，揣着几个银钱去买没见过的吃食小玩意儿，拿来哄念书的孩子们。李渭抱着手守在一边，看她和妇人们兴致勃勃地翻看布料胭脂，纵使家里用不上这些，多看一眼也是开心的。

大家抱着东西开开心心归家，晚间对着妆镜卸钗，春天拔下头上一支银簪子，倒是一愣，这可不是她的东西。

身后有人执梳，替她梳起满头青丝，声音清浅："算不得好东西，只是样式像是南边的，也许长安时兴过的，你戴着玩吧。"

她鼻尖一酸，李渭俯身，环住她的腰肢，磨蹭她的脸颊、颈项："我知道墨离川日子难熬，我又常不在家，待以后……打完仗，我带你回甘州、回长安，带你回去见你母亲和弟弟。"

"才没有呢。"她捏着发钗，笑中带泪，"我很喜欢这儿。"

她喜欢这片宁静贫瘠的土地，喜欢彪悍又热血的军营，喜欢每日里那些和善鲜活的面孔。

只要是和他厮守的岁月，她都喜欢。

墨离川的冬天来得很早，冬日苦寒，兵营里调兵遣将，烽火狼烟在即。

村里时常有狐狼一类的野兽出没，咬死圈里的鸡羊家禽。

鄑鄑打开房门，看见庭中雪地里的爪印和血迹，冲进鸡舍，一脸哭丧着找春天："娘子，咱家的鸡全被吃了。"

鸡舍一夜之间空了。

春天还指望着这一窝鸡生蛋，来年多抱小鸡，给常来家里吃喝的那帮军士吃肉喝汤呢。

李渭听了她主仆二人的哭诉，挑了个空闲日子，在村里四处设下圈套，逮住了几只红狐。

他拎着鲜艳的皮毛回来，送到春天面前，问她喜不喜欢。

"要做什么？"

"给你做个狐皮手笼。"

"母亲给我送了好几件裘衣，也有手炉和手笼，不用了。"

"那是你娘给的。"他道，"这是我做的，不一样。"

春天蹲在他面前，看他挥动匕首，硝皮娴熟，撑着脸颊："李渭，你怎么什么都会？"

他含笑看着她，用沾着黑灰的手指触她的鼻尖，轻声问："你到底什么时候才改口？"

　　"改什么口？"她明知故问。

　　"夫君、郎君、大爷……这么多称谓，你总得挑一个。"

　　"才不。"她做口型，"你就是李渭。"

　　从什么时候起，她改口叫他李渭的？

　　后来就一直是李渭。

　　李渭黑眸含笑，低低地应她一声。

　　两人眉目传情，春天左右睃拉两眼，飞快地将唇印在他腮边。

　　狐皮手笼做好后，他就要率兵出发，前线迎战北宛，春天在墨离川等他回来。

　　临走前的那夜，李渭撩开罗帐，春天凑过来，将头颅枕在他腿上，紧紧搂住他的劲腰。

　　他的手指插入她发间，梳理她微潮、柔顺如水的黑发。

　　"李渭。"

　　"嗯。"

　　"你记住。无论你在哪儿，我都会去找你。"

　　"我知道。"他落下一个轻吻，语调沉沉，"我会活着回来。"

（番外完）